# PAI DO
## DESTINO

Editora Appris Ltda.
1.ª Edição - Copyright© 2025 dos autores
Direitos de Edição Reservados à Editora Appris Ltda.

Nenhuma parte desta obra poderá ser utilizada indevidamente, sem estar de acordo com a Lei nº 9.610/98. Se incorreções forem encontradas, serão de exclusiva responsabilidade de seus organizadores. Foi realizado o Depósito Legal na Fundação Biblioteca Nacional, de acordo com as Leis nos 10.994, de 14/12/2004, e 12.192, de 14/01/2010.

Catalogação na Fonte
Elaborado por: Josefina A. Guedes
Bibliotecária CRB 9/870

| | |
|---|---|
| C316p<br>2025 | Carrijo, João Gilberto Marin<br>     Pai do destino / João Gilberto Marin Carrijo. – 1. ed. – Curitiba: Appris, 2025.<br>     310p. ; 23 cm.<br><br>     ISBN 978-65-250-7274-6<br><br>     1. Ficção brasileira. 2. Violência familiar. 3. Discriminação. 4. Resiliência.<br>5. Religiosidade. 6. Fé. 7. Amor. I. Título. II. Série.<br><br>                                                                                         CDD – B869.3 |

Livro de acordo com a normalização técnica da ABNT

**Appris** editora

Editora e Livraria Appris Ltda.
Av. Manoel Ribas, 2265 – Mercês
Curitiba/PR – CEP: 80810-002
Tel. (41) 3156 - 4731
www.editoraappris.com.br

Printed in Brazil
Impresso no Brasil

JOÃO GILBERTO MARIN CARRIJO

# PAI DO
# DESTINO

Curitiba, PR
2025

## FICHA TÉCNICA

| | |
|---|---|
| EDITORIAL | Augusto V. de A. Coelho |
| | Sara C. de Andrade Coelho |
| COMITÊ EDITORIAL | Ana El Achkar (Universo/RJ) |
| | Andréa Barbosa Gouveia (UFPR) |
| | Jacques de Lima Ferreira (UNOESC) |
| | Marília Andrade Torales Campos (UFPR) |
| | Patrícia L. Torres (PUCPR) |
| | Roberta Ecleide Kelly (NEPE) |
| | Toni Reis (UP) |
| CONSULTORES | Luiz Carlos Oliveira |
| | Maria Tereza R. Pahl |
| | Marli C. de Andrade |
| SUPERVISORA EDITORIAL | Renata C. Lopes |
| PRODUÇÃO EDITORIAL | Maria Eduarda Pereira Paiz |
| REVISÃO | Katine Walmrath |
| DIAGRAMAÇÃO | Bruno Ferreira Nascimento |
| CAPA | Kananda Ferreira |
| REVISÃO DE PROVA | Lavínia Albuquerque |

*"Somos todos anjos com uma asa só,
só podemos voar quando abraçados uns aos outros"*
(Luciano de Crescenzo, escritor e filósofo italiano)

# AGRADECIMENTOS

Sou grato ao doutor Lincoln Ferreira Corrêa, médico nefrologista, pelos esclarecimentos e ensinamentos acerca dos procedimentos e desdobramentos decorrentes no transplante renal. À doutora Michele Arzua, médica veterinária, pelas reflexões e prodigiosas sugestões feitas durante o processo criativo. Ao doutor Paulo Henrique Oricolli, advogado, pelo suporte jurídico nos imbróglios suscitados na trama. Ao amigo Carlos L. W. Jorge, por ler o original e oferecer diversas sugestões para tornar o texto mais fluído; e, especialmente por chamar a minha atenção para a surpreendente complexidade linguística de empregar o "dialeto mineirês". Tive a imensa sorte de trabalhar com a equipe de profissionais da editora que me deu todas as orientações para transformar os originais em um livro premiável. À minha abençoada mãe, Ivone, e seu esposo, Renato Ribas, pelas inspiradoras fotos da Serra da Mantiqueira, do município Passa Quatro e cercanias. Como sempre, pude contar com o apoio familiar, minha adorável esposa, Sandra, e minhas queridas filhas Paola e Bruna.

# PREFÁCIO

Foi uma bela surpresa ser convidada para escrever o prefácio de *Pai do Destino*.

Sou formada em Direito, trabalhei por anos em escritórios de advocacia e órgãos públicos redigindo peças e pareceres. A escrita, pois, me é familiar. O autor deste livro ainda mais.

Convivi por mais de 36 anos ao lado dele e ouso dizer ser surpreendida por tamanha criatividade, sensibilidade, atenção aos detalhes e inquestionável ousadia. Aos leitores, vocês se depararão com uma narrativa única que permeia pessoas, famílias e continentes. Que permeia histórias.

Histórias de irmãos, de casais, de mães, de pais e filhos. Histórias que se limitam à relação laboral, à conexão meramente carnal e também àquelas que ultrapassam barreiras de nomes, credos e almas.

Histórias que transcendem.

Tudo se inicia com uma aparente tragédia nos campos de Minas Gerais. E, na tentativa de desmantelar a família, um desalmado acaba por começar a cavar um buraco no chão.

A partir disso, vocês embarcarão numa jornada única e peculiar, tal qual o meu pai, escritor deste livro.

É a segunda vez que tenho a experiência de mergulhar num livro por ele escrito. Muitos podem dizer que a minha avaliação é fadada ao subjetivismo, mas preciso admitir que minha maior surpresa é, por vezes, esquecer da nossa relação parental.

Sinto como se tivesse em mãos uma obra de quem é experiente e faz isso desde que nasceu.

E peço licença para, em público, em palavras escritas, discordar de uma frase que ele gosta de repetir: "o mundo não mais me pertence". Sim, ele pertence. E é você quem o cria com um dom há pouco descoberto. Este é o livro *Pai do Destino*. E o senhor João é orgulhosamente o meu pai.

**De sua filha, fã e leitora, Paola.**

# SUMÁRIO

PRÓLOGO ................................................. 13

CAPÍTULO I      LAMENTAÇÃO ............................. 29

CAPÍTULO II      INVERSÃO DE PAPÉIS ...................... 47

CAPÍTULO III      VOLÚPIA ................................. 69

CAPÍTULO IV      RESIGNAÇÃO ............................. 81

CAPÍTULO V      OBSCURECÊNCIA ........................ 103

CAPÍTULO VI      PARAÍSO ............................... 129

CAPÍTULO VII      ATITUDE .............................. 133

CAPÍTULO VIII      IDÍLIO ................................ 153

CAPÍTULO IX      DEFRAUDAR ........................... 175

CAPÍTULO X      OBSTINAÇÃO ........................... 199

CAPÍTULO XI      DESFRUTAR ............................ 215

CAPÍTULO XII      EXTREMOS ............................. 231

CAPÍTULO XIII      SOFRIMENTO .......................... 245

CAPÍTULO XIV      TRAMA ................................ 257

CAPÍTULO XV      INQUIETAÇÃO ......................... 269

CAPÍTULO XVI      NOBREZA .............................. 281

CAPÍTULO XVII      ORAÇÃO ............................... 293

EPÍLOGO ................................................ 305

# PRÓLOGO

Verão de 2007. Passa Quatro.

O sol sorria, mas prenunciavam-se lágrimas. O ar úmido, peculiar em dezembro, fazia tudo colar. Dos que habitavam a casa-grande na Fazenda Berro Alto, à exceção do pequeno Rudá, ninguém dormiu. Não pelo calor e nem o cocoricar do galo. Um a um, com ou sem escapismo, enfrentou o destino que aquele dia lhe reservava.

Gregório, acabrunhado, se sentindo penosamente traído, botara a picape para serpentear o caminho ainda enlameado pelas fortes chuvas do dia anterior. Forte também o ponto final do entrevero. Com um hematoma na têmpora direita, Amana, resignada, descascava pequenas abóboras para o guisado no almoço. Landara procurava ocultar a ansiedade, o nervosismo, a revolta e o medo. Resoluta, colocaria seu plano em ação.

A brisa trazia o frescor da Serra da Mantiqueira. A mãe, precavida, aconselhou a filha:

— Leve uma toalha — Amana manteve o olhar nas abóboras.

Landara abriu a gaveta do armário e pegou a que estava em cima.

— Pegue a xadrez — Amana olhou de esguelha para a gaveta. — Use como xale.

Landara deixou a toalha xadrez sobre a cesta. A tralha toda já estava no alpendre. Subiu acordar o irmão. Rudá ralhou, mas logo se animou quando Landara o lembrou do piquenique. Landara adorava levar Rudá até a ponte da estrada de ferro desativada para contemplarem a correnteza do rio Passa Quatro. O rio cortava a fazenda na parte baixa ao sul e fornecia água de boa qualidade para o reservatório. Não demorou e os dois desceram.

— Passaram protetor? — quis saber Amana, sem encará-los.

Landara assentiu com a cabeça. Amana se abaixou e Rudá a beijou na face esquerda.

— Fiquem debaixo do guarda-sol, e se esquentar demais tire o moletom dele.

Amana mantinha-se voltada para a bancada. Os dois tinham pressa. Landara nunca se intrometia, mas naquele instante quis deixar a mãe preparada. Soltou da mão de Rudá e o irmãozinho correu acarinhar o cachorro. Parada junto à porta, raspou com a unha do dedão a cutícula do outro e, cabisbaixa, sussurrou:

— Eu ouvi o papai gritando com a senhora ontem. Por que não vamos embora? — olhou para fora e apontou para Rudá, entretido com o cachorro. — Nós três?

A mãe, envergonhada, manteve-se silente.

— Não seria nada fácil, mas seríamos felizes — Landara esperou a reação da mãe.

Amana instintivamente se virou. Landara ficou incrédula. Aproximou-se e suavemente passou os dedos na face direita da mãe.

— Ai, mãe — Landara olhou, compadecida.

— Vão — Amana esboçou um sorriso.

Landara não dispunha de tempo e sabedoria para conversar com a mãe algo tão complexo. Determinada, ajeitou a cesta e demais apetrechos na frente do carrinho de mão. Acomodou Rudá sobre um travesseiro na parte de trás.

— Não querem levar o Radar com vocês? — Amana sugeriu com os braços cruzados e ombro colado ao caixilho da porta.

— Esse cachorro não para — Landara respondeu sem olhar para trás.

Amana prendeu a coleira do Radar numa enorme corrente junto à viga que sustentava o alpendre. Observou os filhos seguindo pela trilha. Landara estava moça. Corpo formado, cabelos negros esvoaçando ao vento. Rudá, faceiro, balançava as perninhas para fora do carrinho de mão, agarrado ao inseparável pônei azul de pelúcia. Sentiu a magnânima esperança abraçar seu corpo. Olhou para o céu em agradecimento. A claridade atingiu ardentemente seus olhos. Quando franziu a testa, a dor lhe trouxe a lembrança da agressão mais recente. Conformada, voltou à cozinha escolher o arroz. Era folga de Dandá.

&&&

A picape dirigida por Gregório não seguiu, como de costume, ao curral de manejo. Tampouco aos cochos e bebedouros. A Fazenda Berro Alto, referência na pecuária leiteira, tinha muitas instalações que tomavam um dia inteiro para ser vistoriadas. Deixando a rotina de lado, dobrou à esquerda na altura da encruzilhada batizada "A Forca", com uma árvore que os antigos contavam ter sido utilizada para enforcar um escravo fujão. Rumou sentido cidade para encontrar o irmão Gregori.

Gregori, alguns anos mais novo, assemelhava-se apenas no nome e na personalidade vil. Não era atarracado e forte como Gregório, que torneava os músculos nos afazeres da fazenda. Gregori, um boêmio raquítico preguiçoso. Habilidoso em negociar com policiais e agentes sanitários. Conhecia os corruptíveis residentes nas cercanias de Passa Quatro. As prostitutas também.

— Acorda, Gregori! — chacoalhou-o Gregório.

— Porra, que susto! — ralhou Gregori, esfregando os olhos.

— Comoocê conssédurmi tanto? Me dera eu, sô!

— Experimente beber mais.

— Precisamocontinuá nossa prosa.

— Antes preciso de um café.

Gregori enfiou os dedos entre os cabelos sebosos e coçou o couro cabeludo. Bocejou, levantou-se e foi em direção ao banheiro. Deixou a porta entreaberta para ouvir.

— Di uns tapa na Amana.

Urinando, Gregori estrilou:

— Porra, você não se controla mesmo!

— Procê é facim! Num é na tua cabeça quetá um par de chifre.

Gregório foi até a porta do banheiro.

— Chifre! — Gregori olhou para o irmão e bateu na própria testa. — Bota isso na sua cabeça: toda merda tem um motivo. Um interessado — olhou-se no espelho, alisou o queixo áspero e voltou-se para o irmão: — Aprenda isso!

— Cuma? — Gregório franziu a testa.

— Puta caralho! — Gregori desdenhava de Gregório. — A diferença é que, quando eu bebo, durmo e lembro de tudo no dia seguinte. Você, ao contrário, não dorme e esquece! — levantou a sobrancelha e perguntou: — O que nós combinamos ontem?

Gregório, com os olhos fechados, buscou resgatar da memória a conversa do dia anterior. Gregori colocou pasta na escova de dentes e enfiou goela adentro.

— Num foi a primeira vez que bati nela! Muiéintojada. Só purqueistudô mais. Lê os livrinho dela. Mania. Sempre reparano meu jeito. É muita desfeita, sô! — lamentava-se Gregório.

Gregori cuspiu, olhou abismado e disse:

— Se você falou desse jeito, meu Deus!

— Num me amola não, sô! Enquantoocê se enfiava na facudade, eu aqui, ó, na lida — Gregório riscou a testa com o dedo.

— Repara então! — Gregori ergueu as sobrancelhas. — Você, quando está ansioso ou nervoso, parece um jacu da roça falando.

— Inté parece minha muiéfalano!

— Sério, só você não percebe! Quando se concentra, fala normalmente.

— Bão, vai… Quero dizer… — Gregório respirou fundo. — Está bem, vamos ao que importa.

— Viu? Só se acalmar — Gregori bateu no braço forte do irmão. — Dizia eu que todo cuidado é pouco — ergueu as sobrancelhas novamente. — É foda tramar a morte de alguém. Ainda mais…

O alerta do caçula deixou o mano velho reflexivo. Gregori se espremeu todo para passar pela porta com Gregório estático no caminho. Disse sem olhar para trás:

— Discrição na lanchonete, hein?! — olhou profundamente para Gregório. — Não diga merda! Escolha termos ambíguos e fale baixo.

Gregori se vestia e Gregório sugeriu:

— Por que numvorta comigo inté a fazenda? Prosiamo no caminho.

— Preciso comer alguma coisa.

Gregori apalpou os bolsos da calça. Olhou-se no espelho na parede do quarto e encarou Gregório.

— Ontem, quando te puxei pelo braço pra conversar, tive a impressão de que Amana desconfia da gente. Precisamos ter cuidado!

Colocou a chave do lado de fora da porta.

— Bora, vamos descer tomar café.

A lanchonete do Brito era embaixo do apartamento onde Gregori ficava quando estava em Passa Quatro. Gregório pagava o aluguel. Pagaria o pingado e o pão na banha também.

&&&

Landara estendeu a toalha. Colocou sobre ela fatias de pão, geleia, queijo, o tupperware com bolo. Suas mãos delicadas tremiam. Não tinha fome, mas precisava alimentar o pequeno Rudá. Seria um dia intenso. Insano. A dúvida a corroía. Não teve tempo para pensar em tudo. Não avaliou tudo. Temia desistir. Seguir adiante parecia inquestionável. O receio de cometer erros a martelava.

A manhã, para uns, arrastava-se como lesma, para outros corria como lebre. Aproveitando o sol a pino, Amana estendia lençóis no varal. Avistou a filha, que vinha em disparada. O coração bateu acelerado. Largou tudo.

— Landara, por Deus! O que aconteceu?

— Mãe! Mãe! O Rudá…

Landara caiu de joelhos. Soluçava. Faltava-lhe fôlego. Radar latia e pulava impaciente ao lado dela.

— O que tem ele? Diga, pelo amor de Deus!

— Não sei, mãe. Eu não sei!

— Como? Cadê ele? — Amana apoiou uma mão no ombro da filha e com a outra conteve Radar.

Os olhos encharcados da filha fitaram os olhos agoniados da mãe.

— Eu não sei!

O gemido gutural de Landara desnorteou Amana.

— Como assim, filha?!

— Procurei por tudo, mãe. Eu não sei o que aconteceu!

— Se acalme e me conte tudo! — Amana procurava passar tranquilidade, embora começasse a se desesperar.

— Rudá dormiu — Landara respirou fundo. — Eu devo ter cochilado… — ela fechou os olhos. — Cochilei, na verdade — encarou a mãe e falou entre os dentes: — Acordei e não vi mais ele!

Amana correu e bateu o sino como quem soca o diabo. Radar ficou ensandecido. Os latidos rivalizavam com o tilintar do sino. Até aparecer alguém, Amana entrou e agarrou o telefone fixo. Amaldiçoou intimamente a teimosia do esposo de desprezar os aparelhos móveis. Trêmula, errou a discagem. Na terceira tentativa, ligou para o escritório da fazenda. Pediu pelo esposo. Informaram que Seu Gregório ainda não havia aparecido. Desesperou-se:

— Procurem por ele e digam pra ele vir pra casa imediatamente… Não! — Amana respirou e manteve a voz determinada. — Diga pra ele me encontrar próximo à ponte de ferro.

Tirou do fogo tudo o que fumegava para o almoço. Voltou ao telefone e ligou para a delegacia. Deixou o escrivão atônito. Pediu desesperadamente para ele dar o alerta sobre o sumiço, talvez o sequestro, de seu menino.

Quando fechou a porta, Landara falava com Bó, o faz-tudo da Berro Alto. Aproximou-se deles:

— Uma bênção, Bó, você ter trazido a charrete. Iremos nela — embarcando, determinou: — Bó, pega o Radar.

No caminho percorrido, aproximadamente três quilômetros na trilha ladeada por eucaliptos, Landara respondia evasivamente às mesmas perguntas. Amana tinha o olhar voltado para as margens na esperança de ver Rudá desorientado. A área não era usada para pastagem ou plantações. Não cruzaram com ninguém. No horizonte, a floresta ombrófila altomontana, afloramentos rochosos, um véu que vestia a serra dos pés à cabeça. Mais próximo à ponte da estrada de ferro era possível avistar um ou outro barracão abandonado.

O carrinho de mão estava próximo à toalha estendida numa pequena relva. Bó tirou a charrete da trilha e a guiou até lá. Apearam todos apressadamente. Amana viu o resto da comida sobre a toalha. Seguiu olhando a relva até se deparar com as margens do rio. Não teria aprovado a proximidade. O volume e a correnteza a deixaram apreensiva.

— Bó, leve Radar com você e siga margeando o rio até onde der — Amana apontou a direção.

— Landara, venha — pegou a filha pela mão. — Vamos pela ponte.

Ouviram o ronco de um veículo que se aproximava. Gregório estacionou diante delas. Gregori estava junto.

— O que aconteceu? — bradou Gregório.

— Rudá desapareceu.

— Cuma?

Ele olhava ora para a esposa, ora para a filha. Landara esboçou uma explicação, mas Amana adiantou-se:

— Não sabemos bem o que aconteceu. O importante agora é procurar nas proximidades.

— Quando foi que o menino sumiu? — quis saber Gregori.

— Uma, duas horas atrás. Landara adormeceu e, quando acordou, Rudá tinha sumido — Amana gesticulava com os braços.

Os irmãos se entreolharam. Pareciam confusos. Amana exigia atitude.

— Bó desceu com Radar pela margem do rio — Amana apontou com o queixo e depois olhou determinada para o marido: — Seria importante pedir ajuda das pessoas.

Gregório manteve-se inerte.

— Um de vocês poderia seguir pela estrada. Alguém pode ter encontrado o menino, pegado ele, sei lá! — Amana demonstrava irritação.

— Vamopensá um tiquim — Gregório pegou Amana pelo braço e a encarou: — Se alguém pegô o minino... — olhou instintivamente para o relógio: — A essa hora já taria na cidade.

— O certo é avisar na delegacia — observou Gregori.

— Já liguei avisando — informou Amana.

— Um telefone celular ajudaria muito nestas horas — murmurou sarcasticamente Landara.

— Iocê seria mais avoada ainda! — disparou Gregório.

— Parem, vocês dois! — repreendeu Amana com firmeza.

Gregório tirou o olhar enfezado da filha e voltou-se para o irmão.

— Pega a picape. Vai pela istrada do Morro Branco — Gregori franziu a testa, discordando, mas Gregório explicou: — Mióataiá caminho. Pergunta de casa em casa — Gregório ergueu as sobrancelhas grossas: — Fica ativo. Chegano na usina, liga pro Jonas na delegacia e ispia se tem notícia.

Gregori embarcou e Gregório se apoiou na janela:

— Consegue uma cambada pra vir acudir — Gregori manobrava e o irmão gritou: — Volte pela estrada das Cobra. Pergunta pra todo moço queocêcruzá.

Amana escolheu uma densa vegetação para vasculhar. Gritava o nome do filho. Landara acomodava na charrete o que trouxera para o piquenique. Gregório avistou algo apavorante e correu em direção à ponte. Havia um fiapo de tecido grudado num dos dormentes. Um adulto não passaria por entre eles, um menininho do tamanho de Rudá, sim. Amana e Landara se juntaram a Gregório. Amana, atônita, com a voz embargada, clamou à filha:

— Diga que tirou o moletom dele.

Landara balançou a cabeça, negando. Não houve tempo para conjecturas. Ouviram um grito. Bó voltava correndo e Radar o seguia. Estáticos e impacientes, aguardavam a justificativa daquele alarde.

Segundos intermináveis. Avistaram Bó segurando um brinquedo. O pônei azul. Amana caiu de joelhos, aos prantos. Queria juntar esperança, força, fé. Suas mãos arrancaram apenas terra e mato. Landara a abraçou. Bó se dirigiu ao patrão:

— Ispia só.

Mostrou o brinquedo.

— Onde encontrou isso?

— Foi Radar. Logali — apontou o queixo mirando na direção para onde o rio contornava uma encosta. Voltou-se e completou, ressabiado: — Rio arroiado.

Todos entenderam o que o faz-tudo insinuou. Acaso o menino tivesse caído naquele rio turbulento, diminuta a chance de encontrá-lo com vida. Landara pegou o brinquedo.

Uma cambada foi chegando. Entre eles o delegado. Fez breve averiguação. As orientações tornaram-se aparentemente mais estruturadas. Mais pessoas significavam mais curiosos, menos tato, muito mais impertinências. Alguém mordendo um ramo de mato murmurou:

— Que nem o preto Tião! Cagano, bebo, cascarçariada, trupicôladilá. Rio tava arroiado — tirou o ramo da boca e apontou na direção do rio: — Que nem ansim — encarou todos. Curtiu seu momento e procurou ser dramático: — Pelejamodinterim. O trem foi inté o rio Verde. Crendeuspai! — fez o sinal da cruz.

Landara sentiu os olhares da condenação sumária voltados para si. Ouviu tudo atentamente. Nada disse.

— Chega de prosa, pessoal! — advertiu o delegado. Fitou Amana e ponderou: — Tão logo chegue o barco, o corpo de bombeiros iniciará... — escolheu as palavras — os trabalhos.

Amana baixou os olhos e ele acrescentou, querendo confortá-la:

— Não descartei a hipótese de alguém ter levado o menino. O brinquedo deixado às margens do rio pode ter sido um despiste. Ele também pode ter-se embrenhado na mata. Tudo é possível. Pedirei reforço. Aconselho aguardarem em casa.

— Bó fica pra ajudá. Inté o cachorro — Gregório subiu na charrete e se dirigiu ao delegado: — Quano o Gregori chegá, pede pra ele levá a picape lá pra casa.

Dirigiu-se à esposa, abraçada à filha:

— Vamo, muié!

No caminho de volta imperou um silêncio sepulcral. As lágrimas deram lugar à incredulidade. Diante do casarão, Gregório não desceu. Manteve-se pensativo, segurando as rédeas. Amana recolheu o lençol umedecido largado junto à tina d'água. Desacorçoada, prestes a desabar. Landara tentou se aproximar, mas o olhar intimidador do pai a desencorajou.

A picape se aproximava. O para-brisa refletia o sol da tarde. Gregori estacionou e anunciou da janela:

— Sem notícia do menino.

Gregório foi até o veículo e sentou-se ao lado do motorista. Os irmãos conversavam confidencialmente. Amana percebeu em Landara um semblante taciturno.

— Filha, não se culpe — puxou a filha pela cintura e sussurrou: — Sinto que não perdemos Rudá — Landara a encarou, surpresa. — Releve as acusações do seu pai.

Elas olharam para os dois dentro da picape. Eles pararam de conversar e as fitaram.

— Vou pro meu quarto — disse Landara sem tirar os olhos do pai. Caminhou, e do alpendre pediu à mãe: — Quero conversar com você.

— Ajeito as coisas e subo, meu bem.

Landara estava no seu quarto no andar de cima esperando Amana. Gregório e Gregori adentraram a cozinha. Beliscaram o almoço inacabado e frio. Serviram-se do café da garrafa térmica em duas canecas esmaltadas.

Sentaram-se ao redor da mesa, esperando Amana. Antes que a esposa chegasse à escada, Gregório a chamou. Gregori, teatralmente, segurava uma folha timbrada.

— Tem ideia do que o Gregori tá segurano? — Gregório perguntou, zombeteiro.

— Observe seu linguajar, Gregório!

— Dexa pra lá essa bobiça!

Gregório se mostrava tenso e provocativo. Levantou-se. Pegou a esposa pelo braço com brutalidade. Arrastou-a até a mesa e a fez sentar. Amana não tinha ouvidos para nada além de notícias de Rudá.

Gregório, abruptamente, pegou o papel da mão do irmão e ameaçou jogá-lo na cara da esposa. Cerrando os dentes, vociferou:

— Isso aqui, ó... — apontou o documento a um dedo do nariz da esposa. — É o exame feito em Sumpaulo. Essa vergonhera!

Amana não esboçou reação e sua inércia ativou o fogo que já consumia a mente de Gregório. Tomado pelo ódio, não mediu a forma e a contundência das palavras:

— Então? Nunca tive cria do meu sangue e continuo num tendo, sua puta veia! Foi través de outra puta queficamosabeno do meu chifre — Amana não demonstrou qualquer interesse, mas Gregório quis explicar: — A Leninha sedeitô comigo uma pá deveze nunca imbuchô. Na primeira co Gregori, pimba! — Gregório estalou as mãos.

Amana não riscou um traço em seus lábios. A indiferença dela foi querosene, e Gregório explodiu:

— Iocêcoa historinha — Gregório afeminou a voz, imitando a esposa: — Porque o avô era preto, então o menino saiu mulatinho... — cutucou o ombro de Amana com violência: — Se eu num posso têfi, di quem é a disgracera daquele menino? — olhou para Gregori e falou com desdém: — Ou era, né?

A esposa desviava da cusparada que vinha com as palavras. A pressão e a tensão aumentaram.

— Anda, disimbucha, muié! De quem era?

Conjugar o filho no passado pela segunda vez ensandeceu Amana. Levantou-se e fitou o esposo com fúria:

— Seu monstro! Estúpido! Preconceituoso! Nunca gostou do Rudá! Nunca o aceitou. Por isso nunca agiu e não age como pai. Não sofre como pai. Rudá pode ter sido levado pelo rio ou por alguém sem coração e você só pensa em você!

Gregório se levantou atabalhoadamente. A cadeira onde estava sentado foi arremessada contra a porta encostada. A porta se abriu e Landara ficou exposta. Ela estava perplexa, tapando a boca com as mãos. A mãe quis contornar a situação.

— Filha! O que faz aí em pé? — Amana percebeu o olhar estarrecido de Landara: — O que você ouviu, querida?

A filha nada respondeu e abaixou a cabeça. Empertigada junto à porta, chorou baixinho. A mãe correu abraçá-la. Levantou a cadeira estirada e pediu que a filha se sentasse. Desobediente, Landara olhou diretamente para o pai. Passava em sua mente a explicação para as inúmeras atitudes injustificáveis daquele homem tosco, truculento, insensível, que jamais a protegeu, que nunca lhe fez um carinho, que nunca esteve presente em sua vida.

— Por que tá meolhano assim, mocinha?

Landara nada respondeu. Gregório, insolente, falou:

— O que aconteceu co Rudá é tudinho tua cupa.

Observando o ardor corando o rosto da filha, Amana saltou e arrancou o papel da mão de Gregório.

— Você ouviu a discussão, filha?

Landara permaneceu calada.

— Seu pai e eu…

Landara a interrompeu gritando:

— Ele não é meu pai! — olhou Gregório com desprezo e, soluçando, disse: — Eu já sabia que Rudá não é filho desse monstro!

— Com quem ocê acha que táfalano? — Gregório deu um passo à frente e ergueu a mão.

Gregori e Amana pularam para impedir a iminente agressão. Landara extravasou, ameaçando-o com o dedo em riste:

— Não se atreva! Você não é meu pai! Não é digno de respeito. Se agredir a mim ou à mamãe mais uma vez, será a última!

— Cuma? — Gregório quis avançar sobre Landara e foi contido.

— Chega, Gregório! — Amana jamais havia gritado com o marido.
— Landara, eu... — Amana baixou o tom: — Estamos todos chocados com o que está acontecendo! — a voz embargou: — Por favor, vamos deixar essa discussão para depois.

— Depois da merda que sua fia fez?! — Gregório apontou o dedo na cara de Landara: — Se Rudá tá morto, a culpa é dela!

Gregori interveio:

— Irmão, se acalme — segurou Gregório pelo braço e o olhou de frente: — Não é o momento para acusações.

Amana quis abraçar a filha, mas Landara se esquivou, chorosa:

— Pensei que éramos confidentes. Que podia confiar em você — Amana a olhou com ternura e tapou a boca com a mão. Landara se afastou em direção à porta de acesso ao alpendre.

— Desculpa te decepcionar, querida.

Amana definhava.

— Ele está certo — Landara apontou para Gregório: — A culpa é toda minha — fitou um por um e disse: — Me deixem em paz!

E saiu num rompante. Amana correu até a porta e a interpelou:

— Para onde está indo, filha?

Landara virou-se e respondeu:

— Para bem longe daqui!

— Espera, filha!— Amana virou-se para Gregório: — Vá atrás dela, homem!

— Dexa! Dexa ela seanuviá.

Amana olhou para os irmãos:

— Então eu vou!

— Fica! — Gregório foi enfático. — Precisamoterminá a cunversa.

Amana hesitou e Gregório gritou:

— Senta!

Desorientada, Amana não obedeceu e começou a guardar a comida ressecada. Gregório e Gregori a observavam silentes.

— Tôesperano! — advertiu Gregório.

— Por Deus, homem! — Amana permaneceu de costas para eles: — Só consigo pensar o que pode ter acontecido com Rudá — enxugou com o dedo a lágrima que riscou sua face e murmurou: — E a Landara sozinha.

— Ocê só pensa nos fio. Liás, ninhum é meu, né, sua puta? — Gregório se levantou e ficou em pé atrás de Amana: — Disimbucha, muié! O traste do Rudá, de quem era?

Amana, quase em transe, o olhar parecendo vislumbrar alguém em seu imaginário, confessou:

— Não sabia o que era paixão. Sentir atração por alguém.

Os irmãos se entreolharam embasbacados. Suas feições coadunavam. Ambos pareciam ter a mesma dúvida. Ouviram a mesma coisa? Amana mantinha o olhar e as mãos sobre a panela de ferro com feijão e continuou:

— Fui amada como irmã e não como mulher. Quis o destino que eu me tornasse uma propriedade. Só sirvo pra servir — havia desprezo em seus olhos: — Obedecer e obedecer. E eu, quem se preocupa? — ela agora mirava o horizonte através da janela da cozinha.

Houve uma pausa excruciante e logo Amana, com um semblante mais ameno, concluiu:

— Um só momento e me senti gente, me senti mulher — olhou Gregório com desafeição: — Sabia que seria passageiro, mas foi real e intenso — os olhos de Amana brilharam: — Sem regras, submissão, apenas desejo — agora o olhar perigosamente desafiador: — Desejo de estar com alguém.

A voz subiu um tom:

— Você não sabe o que é amor — agora havia ódio em seus olhos. — Nem por mim, nem pelos filhos, por ninguém — Gregório parecia atônito e surpreso. Amana cerrou os dentes. — Você é incapaz de olhar para uma pessoa e desejar o melhor dela. Você não tem compaixão.

Gregório olhou para Gregori. Ambos estavam estupefatos. Amana manteve-se resoluta:

— Rudá… — cerrou os olhos. — Sabe Deus o que pode ter acontecido — voltou-se para Gregório: — Carrega o seu nome — não tirou os olhos do esposo e apontou para Gregori: — Você e esse parasita ali poderiam estar ajudando na busca, mas não, estão aqui, tomando café e exigindo explicações!

— Cuma? Indoidô? Perdeu o medo? — Gregório deu um basta.

Amana concentrou-se na panela.

Gregório colou o queixo no ombro de Amana e falou debochadamente:

— Di quem é u mulatinho, ou mió… — olhou para Gregori e esboçou um sorriso e sussurrou no ouvido da esposa: — Di quem era?

Amana, num instinto, atirou a panela no rosto de Gregório. Gregório se recompôs e acertou a fonte de Amana com um potente soco. O golpe a arremessou contra a parede. Ela caiu desacordada.

Gregori pulou para conter o irmão.

— Enlouqueceu, Gregório? — Gregori segurava Gregório pelo braço.

— Oia o que a disgramada me fez! — Gregório apontou para os feijões colados em sua camisa.

Gregori ajoelhou-se e deu tapinhas do rosto de Amana.

— Apagou! — constatou Gregori.

Em meio ao rebuliço, um frasco de soda cáustica caiu da prateleira mais alta e rolou pelo chão. Maus pensamentos atraem péssimas decisões. Foi Gregori quem teve a ideia:

— Mano — Gregori, com as sobrancelhas sobressaltadas, olhou para Gregório e apontou para o frasco.

Gregório parecia absorto, preocupado apenas em se limpar.

— Ei, Gregório!

— Esse trem num sai, sô! — pinçava feijões da camisa.

— Gregório! — Gregori elevou a voz.

Obteve a atenção pretendida.

— Muita gente morre tomando esse troço aí — apontou para o frasco novamente.

— Que ocê tá falano? — reconsiderou: — O istrupício deve de tá boiano a essa hora. Num precisamo mais disso.

— Não tô falando do Rudá.

Gregório estreitou os olhos sem entender onde o irmão queria chegar. Gregori apontou para a cunhada e nada disse.

Gregório tardou a entender o pensamento maquiavélico do caçula.

— Ocê tá falano sério, sô? — Gregório roía a unha do dedo mindinho.

— O que conversamos há pouco? A morte do Rudá resolveria teu orgulho, tua parte na fazenda ficaria maior… — Gregori olhou para a desfalecida Amana e voltou-se para Gregório: — Ela, que te chifrou, continuaria tendo uma boa parte — Gregori se levantou e falou muito próximo do ouvido do irmão: — Depois do que ela te disse, o jeito que ela te enfrentou! — Gregório olhou enfezado e Gregori profetizou: — Ela te deixa, e logo logo... — Gregori apoiou a mão no ombro do irmão: — você terá um novo sócio.

— Só me falta essa! — Gregório olhava a esposa caída no chão.

Nunca houve amor, respeito, compaixão. Foram necessários apenas alguns segundos para Gregório assimilar de vez a funesta intenção.

— O que fazemo então?

# CAPÍTULO I

# LAMENTAÇÃO

A pequena casa de madeira encolhia-se, temendo ser engolida pelo céu enegrecido. A lua, para não ser notada, escondia-se de nuvem em nuvem, e quando surgia, tímida, parecia pérola dependurada no braço do velho carvalho. As moradoras moviam-se habilmente entre os cubículos, já as visitas guiavam-se pelas projeções da luz bruxuleante gerada na lamparina a querosene.

Era a choupana mais antiga daquelas bandas. De tábuas pintadas de amarelo pardo. Única janela veneziana e porta de acesso no mesmo tom azul. Três cômodos. Dois quartos apertados separados por uma cortina de tiras, cozinha e sala conjugadas. Havia outra porta, mas agora franqueava o acesso ao puxadinho de tijolos rebocados, sem pintura, telha de amianto como teto. Construído para substituir a temida latrina. Fazia tempo não se falava do dia que um desafortunado caiu pelo buraco e mergulhou nas fezes.

Sem papel passado. Seu Antônio, a esposa, Dona Francisca, na época com dois filhos pequenos, assustados, nem sequer sabiam pronunciar o nome da maldita ação, e aceitaram os termos do acordo proposto. Ficaram com a casa que já era deles e "mais" um acanhado espaço de chão não cultivado em volta dela. Uma ilhota incrustada na imensa fazenda de papel passado em nome de quem chegou bem depois. Determinantes para o injusto desfecho, a parcialidade do juiz e o advogado em conluio.

Superado o imbróglio jurídico, restaram meia dúzia de animais magros, a miséria, o desespero. Sobreviveram pelejando para o patrão, agora oficialmente vizinho por todos os lados, até onde nem a visão chegava.

Derrubaram algumas árvores, atearam fogo em outras e capinaram muito. Parte da floresta primária no pé da serra foi paulatinamente se transformando em pasto. Das mãos grossas e grandes do seu Antônio, Tonhão, como era conhecido, juntamente com as mãos menores, e que ainda sangravam, dos filhos Cido e Ditinho, ergueram-se currais, silos, reservatório de água e outras choupanas mais acanhadas para abrigar os que iam chegando. Crescia a Berro Alto, fazenda voltada à pecuária leiteira. Nascia Dandá, mais uma boca para Tonhão alimentar.

Uma década e pouco mais e o coração do Tonhão parou subitamente. Cido e Ditinho, diferentes do pai, de geração não afeta ao conformismo, descontentes com o pouco em troca, deixaram aquela vida de entregas de segunda a segunda, dia e noite. Partiram praticamente na mesma época. A mãe sofreu o primeiro derrame, mais leve, imperceptível, porém tomou-lhe a vista do olho direito. Dandá, à época com treze anos, assumiu as rotinas domésticas na casa-grande.


Agora Dandá estava na casa dos trinta. Landara aconchegava Rudá em um cobertor surrado. O menino abraçado ao pônei azul. Provisoriamente dormiriam no quarto milimetricamente menor, na chorosa cama de campanha que há muito não recebia alguém. Dizia-se, a surrada cama, a cada movimento, chorava tal qual um gato enfraquecido.

Ao lado, separado por coloridas tiras plásticas, o quarto milimetricamente maior de Dona Francisca. Sempre à espera dos netos. Soube que era avó pela letrada nora, esposa do Cido, numa única carta endereçada a ela e lida por Dona Amana. A idosa aguardava o fim da vida confinada à velha cama de casal, que exalava forte odor de urina. O segundo derrame, sofrido havia dois anos, foi ingrato. Mas continuava afirmando que a vida sempre foi generosa com ela.

— Eu disse que traria seu pônei de volta, não disse? — praticamente sussurrou Landara.

— Eba! — o vernáculo de Rudá era diminuto.

— Durma agora? Amanhã a mamãe vem.

— Mimi — o menino se virou e dormiu quase instantaneamente.

Landara agora teria tempo para repensar aquele dia surreal. Ansiava tranquilizar sua mãe. Não pretendia fazê-la sofrer uma noite toda, mas a discussão, as descobertas, a tiraram de casa antes do planejado. Havia muitos pontos em aberto. Executou apenas os primeiros passos. As dúvidas lhe corroíam a mente e a preocupação estava estampada em seu semblante. A solícita Dandá ofereceu ajuda:

— Tôdimiradaco quecê fez, fia.

— Estou com medo. Mamãe sozinha naquela casa. Pensando no pior. Fiz o que fiz sem pensar direito — desabafava Landara sob os olhares atentos de Dandá. Continuou:

— Não é só Rudá que está em perigo. Você e tua mãe também. Meu pai... Melhor dizendo, Gregório e o infame do meu tio, virão pra cima de vocês se souberem que ficamos escondidos aqui. Aliás, presta atenção, é muito importante o que vou te pedir.

Landara desviou os olhos de Dandá e olhou com clemência para Dona Francisca deitada na cama do quarto ao lado:

— Eles não podem de maneira alguma saber o que eu contei pra vocês.

Naquela manhã Landara e Rudá apareceram num rompante. Ofegante, Landara contou que ouviu escondida no celeiro o plano sórdido do pai e do tio de dar cabo do seu irmãozinho Rudá, fazendo parecer um acidente. Que mais tarde explicaria melhor. Que no momento precisava deixar Rudá aos cuidados delas. Saiu em disparada, deixando Dona Francisca e Dandá atônitas.

Agora justificava:

— Não conseguiria esperar mais um dia pra fazer alguma coisa. A noite passada já foi um terror. Pra piorar, papai... diacho!, o monstro do Gregório brigou com a mamãe e pelo jeito bateu nela. Tudo agora é motivo pra ele implicar com ela. Não sei como ele não jogou na cara dela que Rudá não é dele. Morri de medo por ela e por Rudá. Pensei no pior.

— Crendeuspai! — exclamou Dandá, fazendo o sinal da cruz.

— Coitadinha da mamãe! Não tive outro jeito. E pior, Dandá! Briguei com ela quando soube que Gregório não é meu pai. Nem tive tempo pra pensar nisso tudo. Tô perdida!

Dandá tocou-lhe o braço. Landara esfregou a testa com a ponta dos dedos. Escorreram-lhe lágrimas. Soluçando, continuou:

— Bem, traga mamãe amanhã cedo. Nunca imaginei, minha mãe teve um caso! Ou tem?! Já não sei mais nada da vida dela.

Dandá lhe dirigiu um olhar enigmático e Landara especulou:

— Você sabe de alguma coisa? A pessoa com quem minha mãe traiu Gregório?

Dandá se ajeitou incomodada. Olhou para Dona Francisca. A idosa lhe devolveu um demorado piscar de olhos, consentindo.

— Num carece falá cum Dona Amana primeiro?

— Digo que te obriguei. Conta logo, Dandá!

Dandá, tomada pela coragem e desejo de finalmente pôr para fora algo que lhe corroía:

— Fia, chegô a hora. Cêtava no internato, lá em Oro Preto.

Dandá fazia uma pormenorizada retrospectiva quando Landara, espantada, a interrompeu:

— Tio Gregori tentou abusar de você também?

— Istrupício do inferno!

Dandá, constrangida, seguiu contando a seu jeito:

— Eu ainda menina, Gregori morria de medo do papai, Tonhão, como era conhecido. Respeitado não só por fazê de tudo na Berro Alto, mas também pela força e corage. Despois que papai foi pra uma vida mió, sem o Cido e o Ditinho por aqui, o Gregori foi se achegando. Discarado. Atrevido. Num dava trégua. Ele aparecia na fazenda e eu me iscondia na saia de Dona Amana. Como sempre, tua mãe me protegia.

Relembrou como Amana ficou ensandecida ao flagrar Gregori bolinando Landara, e mais ainda quando Gregório não tocou o irmão para fora da fazenda.

— Por isso Dona Amana mandôocê pro internato. Zelo de mãe.

Dandá sorriu. Ressaltar o incondicional dever protetivo da mãe fez Landara se levantar. Serviu-se da água na moringa, bebeu um gole e pediu a Dandá:

— Amanhã cedo, por favor, traga mamãe aqui. Não conte nada sobre Rudá. Custe o que custar! Temo que a alegria dela desperte Gregório. Invente algo. Diga que sua mãe precisa dos cuidados dela. Ela virá sem pestanejar.

— Di vera.

Landara sentou-se novamente. Pediu para a amiga continuar. Dandá retomou com repulsa no olhar:

— Meu corpo já de muié crescida provocava ainda mais o safado do Gregori. Tinha acabado de chuvê. Tava tudo enlamiado e iscorregadio. Vinha eu pela estradinha, aquela pra chegá no reservatório. Ca cabeça avoada, não vi o diabo espreitano. O cão apeou do cavalo. Segurava cuma das mão o Tornado. A otra foi se achegando. Pegô meu braço e despois mepuxô pela cintura. Os oio dele cheio de coisa ruim. Credo! Di nadinha adiantôimplorá. Parecia pussuído. Parecia que não ovia, o numquiria. Com medo, eu gritei, memo sabeno que num diantava. Mas Deus existe. Um moço, pele escura, alto, bonito, pricisava devê. Muito forte pra idade dele. Acho que tava no reservatório. Oviu meus grito.

Dandá, enfática, deixou Landara sem respiração. Prosseguiu:

— Ralhou cum Gregori. No começo foi cum jeito. Pidiu pra melargá. *"A moça não qué seus agrado, moço"* — Dandá imitou com voz rouca. Continuou: — Gregori, covardão que é, deviditê pensado, "saí na mão com aquele nego fortão num é boa ideia". Tirô do alforje um facão. Foi nessa hora que me afastei. O moço dizia pro Gregori se acalmá, mas o danado nem oviui partiu pra cima. O moço se virô. O facão deu nas costa dele. Rasgô tudo, ropa e carne. Mesmosangrano, o moço virô uma fera. Deu um safanão no quexo do Gregori. O maldito caiu na hora. Parecia inté morto. Ficamonois dois oiano um pro otro. Só pensei em corrê, saí dali. Mas o moço que me acudiu sangrava muito. A camisa toda rasgada, empapada de sangue, num tinha mais jeito. Falei que quano Gregori acordasse ele tava frito, ele pricisava fugi pra longe. Mas o coitado precisava deotra camisa. De curativo tamém. Escondi o moço aqui em casa, nessa cama onde ocê tá agora aí sentada.

Landara olhou para a colcha que cobria o surrado colchão. Alisou-a como quem garimpa algo invisível. Os olhos clamaram para Dandá continuar.

— Se alembra? Dona Amana pegava nos livro de dotora.

— Enfermagem. Mamãe queria ser enfermeira — corrigiu Landara.

— Bão, de fato memo é que tudo era cum ela. Por estas banda, quem pricisasse de tratamento num ia em dotô não, curriapidi socorro pra ela. Tua mãe, a bondade em pessoa.

Para a agonia de Landara, dando sinal de cansaço, Dandá bocejou.

— Você dizia, o moço te salvou, estava ferido e você o escondeu aqui — ela queria despertar Dandá.

— Intão, pricisava que tua mãe ajudasse o moço, como isso que ocê disse, infermage. Meu medo era ela contá pro Seu Gregório, que não ia pestanejá em defendê o Gregori. Num tive iscoia. Mas, como dizia eu, a bondade mora no coração da Dona Amana e ela salvô aquele moço.

Landara perseguiu com o dedo indicador a lágrima que atingia seu lábio. O semblante agoniado da mãe quando deixou a casa horas antes restava latente em sua mente. A voz de Dandá a trouxe de volta:

— Mais antes morri de medo de incontrá Gregori na casa-grande. Por Deus Dona Amana tava sozinha co a lida dela. Era minha folga aquela tarde. Fui chegano sem muita prosa e disse que mãe num tava bem, que pricisavadus cuidado dela.

Parou para bocejar.

— Que nem amanhã. Otramintirinha. Trem loco! — Dandá esfregou os olhos, mas logo continuou: — Foi só dizê que mamãe pricisavai Dona Amana não titubiô. Veio ela com aquela maleta de fazê milagre — pegou no braço de Landara e exclamou: — Fia, nunca vi Dona Amana, oia, daquele jeito pra alguém, nem pro seu pai!

Landara ameaçou repreendê-la. Dandá reconsiderou apressadamente:

— Dona Amana nunca oiôpru Seu Gregório daquele jeito de incantu, sabe? O moço nem tava acordado quando ela chegô. Só despois, quano tua mãe puxô a caderaisentô do lado da cama. Ela pricisava de vê a firida. Afastô um poco a camisa istrupiada, daí o moço acordô. Foi a minha cara que ele viu com aqueliszoião assustado. Ele tentô se virá pra oiá quem mexia nele, mas de dor parô. Eu disse pra ele que tua mãe era dotora. Dona Amana pidiu pra minha mãe isquentá uma chalera de água. Já tinha água fervida. Tua mãe pidiu cum jeitinho e tirô a camisa do moço. Dispois de tudo feito, de limpá, medicá, custurá, Dona Amana fez um baita curativo, pricisava de vê. Deu um montão de ordem. Que carecia de reposo. De remédio. Ela ia vortá pra trocá o curativo. Disse inté como se livrá do Gregori ou quem viesse assuntáprucurando pelo moço que deu a sova nele. Assim foi uns par de dia. Gregori só me procurô um único dia. Falei direitinho como Dona Amana insinô. Fiz que ia contá na delegacia que ele tinha isfaqueado um moço que não dexô ele abusá de mim. Sussegô logo o facho. Deve de tê pensado que o disconhecido fugiu pra longe da confusão — pausou para enfatizar: — Uns par de diadimais da conta. Ê, lasquera! Os dois enrabichado. Eita ferro!

Ajeitou-se e continuou:

— No começo eu pensava: amizade, bondade, nem sei bem o quê, mas dava pra intendê que tinha mais coisa ali! Via Dona Amana sorrino à toa, uma leveza só. Felicidade memo! Parecia assim quando sai do chão, sabe? Ela vinha cuidá do moço iisquecia da vida.

Os olhos de Dandá brilhavam. Procurava relatar fidedignamente o que percebeu à época. Continuou:

— Ah, o moço poco falava. Nadinha de nada. Parecia num querê, ou num podêfalá dele memo. Nem falô o que fazia pur essas banda. Dona Amana chamava o moço de "A". Trem doido, sô!

— A! — surpreendeu-se Landara.

— Entre as coisa dele tinha um cordão, assim, de coro, sabe? Iscrito nu meio só a letra A. O moço cuidava cum tanto gosto, parecia inté uma joia. Dava pra vê que foi remendada um par de vez. Divia de sê a primera letra do nome dele.

— Eles tiveram, sabe, intimidade? "A" é o verdadeiro pai do Rudá? — Landara pareceu impaciente.

Dandá e Dona Francisca se entreolharam. Dandá revelou desconforto e timidez:

— Eita gastura! — respirou fundo e prosseguiu: — Bão, como ti disse, num todo o moço ficô aqui uns par de dia. Na maió parte ficaro só os dois. Mamãe tava boa nesse tempo. Só da vista que não! Saía nois duas, cada uma pra cuidá da lida. Posso ticontá o que Dona Amana disse pra Dona Francisca ali. I mamãe só me contôpurque prometi que morria aqui.

Dandá olhou fundo para Landara. Diante do silêncio, continuou:

— Bão, Dona Amana disse tê que ixpricá pra mamãe purcausdiquê as coisa acontecero aqui em casa. Dispois que o moço…

— O A — interrompeu Landara.

— Isso, dispoisdu A i imbora. Dona Amana pidiu mil perdão pra Dona Francisca ali — apontou para a mãe acamada. Continuou: — Mamãe disse que num respondeu nada, i assim memo Dona Amana disse que ia intendê se acaso mamãe istranhasse aquelas coisa, sabe?

Landara parecia em dúvida, e Dandá enfatizou:

— Essas coisa de traição! Tua mãe devia de tá incabulada!

Superado o desconforto, Dandá concluiu:

— Não foi só uma, mas toda vez Dona Amana prucurôtirá do moço, do A, a culpa. Dona Amana sempre dizia que ele sempre foi respeitoso cum ela, que se preocupava cum ela…

— Então A é o pai do Rudá… — murmurava Landara.

Estava perplexa.

— Loucura, tristeza, surpresa, nem sei como classificar!

Landara ficou reflexiva. Depois prosseguiu:

— Onde será que mora esse tal de A? Meu Deus! Será que está vivo, é casado? Será que Rudá tem outros irmãos ou irmãs?

De repente se deu conta:

— E meu pai?! Você sabe quem é? Está vivo? Que loucura, meu Deus!

— Mióocêiscutá de Dona Amana o resto. Do teu pai sei quase nada.

A noite parecia interminável. Alegando cansaço da mãe acamada e querendo evitar novos constrangimentos, Dandá sugeriu continuarem com Dona Amana presente.

&&&

Lilás, esse era o nome do local dos prazeres. A casa das quengas. Gregori parecia mandar mais que a cafetina. Gregório bebeu muito além do limite. Preocupado com o embriagado falar o que não devia, Gregori reservou o maior quarto para acomodar uma insossa e descabida orgia. Acabou transando com as duas enquanto Gregório roncava.

Do bolso da calça do borracho, pendurada num cabide de parede, saíram notas de cem. Gregori pagou as quengas.

O delegado avistou a picape e estacionou ao lado. Desconcertado, perguntou por Gregório à moça que varria junto à soleira.

— Num carece dechamá, não.

— Me mostre onde fica o quarto.

Bateu delicadamente, sem êxito. Foi mais incisivo. Ouviu-se uma movimentação no interior do quarto. Para sorte dos irmãos, evitando um constrangimento ainda maior, Definy e Carolyne deixaram o quarto assim que receberam. Leninha, se recuperando do aborto, havia sido descartada. Aguardou pacientemente a porta ser aberta:

— Bom dia.

Gregório, descabelado, exalando bebida barata, esfregava os olhos. Parecia desnorteado.

— Delegado! — pigarreou assustado.

— Passei pra avisar. Retomaremos as buscas na mata e o corpo de bombeiros intensificará os trabalhos no rio.

Gregori saiu do banheiro, postou-se nu na frente do delegado e perguntou:

— Aconteceu alguma coisa?

O delegado, desconcertado, voltou-se para Gregório:

— Vi a picape e resolvi esclarecer o que lhe disse ontem ao telefone.

Os irmãos se entreolharam. Gregori, atento, se antecipou:

— Claro, claro. Eu estava ao lado do meu irmão no momento em que o senhor ligou.

Olhando para Gregório, o delegado externou a compaixão que percebeu ausente no pai do desaparecido:

— Espero que sua esposa e o senhor estejam esperançosos. Devemos todos ter fé.

Percebendo a hesitação do irmão, Gregori articulou:

— Contamos a ela o que o senhor nos informou. Ela desandou a chorar e trancou-se no quarto.

Percebendo o olhar panorâmico do delegado vasculhando o quarto, disse:

— Trouxe meu irmão para espairecer. Não sei se foi uma boa ideia.

— Não tenho por costume julgar as reações das pessoas em momentos como este — mentiu. Percebendo o impasse, concluiu: — Bem, conduzirei as buscas. Qualquer novidade, manterei vocês informados.

— Estamos indo pra fazenda agora mesmo. Certo, Gregório? — Gregori procurava trazer o irmão para a conversa.

— Cuma...? Sim, sim. Vou passar água na cara.

Saiu em direção ao banheiro e o delegado se retirou.

Gregori o alertou:

— Fique ligado! Reaja com surpresa. Consegue ao menos demonstrar tristeza?

Gregório apenas olhava fixamente sua imagem no pequeno e oxidado espelho.

&&&

Landara, com olheiras, ajeitava Rudá. Lamentava não ter sido possível preparar uma muda de roupas para ele e para ela também. Nem sequer trouxe fraldas ou escova de dentes. Quando foi ao minúsculo banheiro, assustou-se com uma aranha também assustada que correu pela parede rebocada. Sem tirar o olho da peçonhenta, massageou os dentes com o dedo emplastado do creme dental que estava dentro de um copo plástico sob a pequena pia. Saiu do puxadinho, a aranha não. Encontrou Dandá. Repetiu as orientações, enfatizando:

— Só a traga aqui. Quando você disser que preciso falar com ela, ela deixará tudo e virá. Por Deus, não diga mais nada.

— Entendi.

— Ah, que ela não conte pra ninguém que está vindo aqui!

— Tá báo!

Landara, preocupada, roía as unhas. Acreditava que naquele horário, como de costume, Gregório já teria saído. Foi improvisar um mingau para o irmãozinho. Nem a mamadeira pôde trazer. Enquanto mexia a colher, repassava as prioridades. Contava com a amiga de Ouro Preto. Contava com sua mãe.

Dandá, aproximando-se da casa-grande, estranhou a ausência de fumaça na chaminé, e mais ainda a porta da cozinha fechada. Isso, somado à necessidade de se comportar adequadamente e ser persuasiva, deixou-a mais tensa. Procurou respirar fundo. Bateu levemente na porta e a abriu em seguida. Caso Amana tivesse saído, teria trancado a porta e deixado a chave na samambaia que pendia junto à porta. Chamou por ela algumas vezes. Observou a bagunça. Incomum. A estranheza não comportava dúvidas. Algo grave ocorreu ali. Gritou por Dona Amana.

Frequentava a casa desde pequena. Acompanhava a mãe na faxina. Mesmo depois de substituí-la, nunca tomou a liberdade de subir até os quartos quando havia gente na casa.

Hesitou alguns segundos. Precisava agir. Subiu a escada na ponta dos pés. Alimentava a esperança de topar com Dona Amana. Com Gregório, era improvável. Um calafrio na nuca. Ninguém pelo caminho. Diante da porta do quarto do casal fechada, bateu. Esperou. Bateu e bateu. Sentiu um cheiro desconhecido. Forte e desagradável. A tensão permanecia, mas o motivo era outro. Não titubearia. Desceu trôpega e bateu o sino com veemência.

Os minutos de espera foram excruciantes. Dandá iniciou a limpeza na cozinha e aguardou. Bó deu as caras, como sempre. Sempre também era seu olhar inquisitivo.

— Dona Amana deve de têdismaiado e a porta tá trancada! — resumiu Dandá.

— Cadiquê?

— Num sei, sô. Tôguniada!

Bó fechou os olhos e coçou a cabeça mostrando-se incrédulo.

— Qui foi agora?

— Radar, dunada, manheceu morto.

Dandá se benzeu temendo que o próprio cachorro não tivesse aguentado a premonição.

— E aí, vâmo acudí?

Pensaram e debateram o que seria melhor, arrombar a porta ou posicionar a escada grande junto à janela para observar o interior do quarto. Bó correu até o antigo celeiro e trouxe a escada. Dandá foi quem subiu e olhou. Bateu contra o vidro da janela.

Dandá informou que Dona Amana estava imóvel e deitada sobre a cama do casal. Bó trocou de lugar com Dandá. Forçou e levantou a pesada vidraça. Antes de descer e trocar novamente de posição com Dandá, inalou um cheiro estranho, fétido.

Dandá entrou. Bó, lá de baixo, ouviu.

Os gritos agudos de pavor anunciavam uma tragédia.

Com mãos trêmulas a serviçal destrancou o quarto, desceu as escadas e, chorando, confirmou o que Bó deduzira. Voltou para dentro e ligou para o terceiro número da pequena lista fixada ao lado do aparelho.

O escrivão interrompeu o que o delegado estava fazendo.

Gregório e Gregori não tardaram a chegar. Encontraram Bó desnorteado. Informados do que já sabiam, teatralmente desempenharam com perfeição o papel de inconformados. Foram eles que recepcionaram o delegado. Dandá, em choque, tomava água com açúcar quando o delegado lhe fez as primeiras perguntas:

— Então foi você quem encontrou a patroa morta?

Dandá só movia a cabeça concordando.

— Sei o quanto está sendo difícil pra você, mas preciso que me explique alguns detalhes. Como a encontrou? A porta estava trancada? Mexeu no corpo ou em alguma coisa? Preciso saber se você tirou do lugar algo, ou se mexeu na disposição dos móveis. Qualquer informação que me der será importante, sabe?

A moça parecia petrificada.

— Não precisa ser agora se você não quiser — o delegado mostrava-se condescendente.

O que apertava o coração de Dandá, quase a impedindo de respirar, não era mais o choque de encontrar Amana sem vida ou o odor nauseante, mas sim reunir forças para contar a Landara. Nem ouvia as considerações do delegado. Com os olhos encharcados, perguntou:

— O dotô pode isperáinté amanhã? Devo de i pra casa agora. Minha mãe tá sozinha.

Assim como todos na região, o delegado sabia do estado de Dona Francisca.

— Claro, claro. Alguém da delegacia irá falar com você. Não se preocupe com isso agora. Quer que eu peça pra alguém te levar?

— Não carece não. Inté — respondeu, nervosa.

Dandá recebeu de Bó o único e sincero conforto. Também declinou da oferta dele para acompanhá-la até em casa. A diferença é que da companhia dele ela gostaria. Rumou para a pior tarefa de sua vida.

O corpo de Amana estava sendo preparado para ser encaminhado ao Instituto Médico Legal.

O delegado obteve informações importantes com Bó, o faz-tudo de poucas palavras. Observava a polícia técnica recolher e apurar todas as evidências. A hipótese de suicídio já era propalada por alguns. "Fatalidade atrelada a um grande trauma vivenciado. Conforme estatísticas", ouvia-se.

As lamentações do esposo e do cunhado limitavam-se, cinicamente, ao fato de deixarem Amana lidar sozinha com o sofrimento. Era o que alardeavam, penitenciando-se.

**&&&**

Rudá, vestindo apenas camiseta, sentado no assoalho de madeira, cansava o pequeno pônei azul. Landara, apreensiva, o observava mordiscando a unha do mindinho. O calor abafado da manhã a punia por não ter pensado em roupas, além, é claro, dos produtos de higiene para ela e o irmãozinho. Estranhava a demora. Conjecturava. A mãe certamente estaria atrás de notícias de Rudá, e Dandá não encontrou meios de apressá-la. Não descartou a possibilidade de a fiel amiga Coral chegar antes delas.

A vagareza do ponteiro dos minutos no relógio de propaganda de adubo pendurado na parede rosa-claro a irritava. Preocupou-se com a possibilidade de Gregório ter surrado a mãe. Orava. Acreditava. Em breve estariam os três longe da indiferença e da brutalidade doméstica. Apaziguou-se momentaneamente.

Sem Dandá para interpretar os sons mastigados e desconexos, não entendia bem o que Dona Francisca tentava dizer. A exceção foi quando a idosa pediu água com a ajuda de gestos. O que Dona Francisca realmente queria era acalmá-la.

Avançava a hora. Preparou algo para alimentar Rudá e Dona Francisca. A agonia amarrava seu estômago. Observava uma pequena nuvem embranquecida formando a cabeça de um elefante alegre flutuando sobre o pico mais alto da serra a poucos quilômetros de onde estava. Avistou a solitária Dandá a centenas de metros.

O coração disparou. Lascou uma unha com os dentes. Queria Dandá acelerada, mas Dandá alimentava sua angústia com passos lentos. Quando seus olhos ansiosos focalizaram os dela, cabisbaixos e lacrimejados, arquejou. As pernas bambearam e o corpo se dobrou. Pressentiu a tragédia. Soltou um grito gutural.

Abraçaram-se. Acolheram-se. Não havia ar em nenhum dos pulmões para articular perguntas ou respostas. Separadas apenas pelos rostos molhados, Landara, trêmula, quis algo para se agarrar, algo aquém dos seus pressentimentos.

— Você não conseguiu falar com mamãe? Gregório estava em casa? Ele bateu nela, né? Ela tá machucada? — O tom de voz caía a cada pergunta, a cada silêncio.

Dandá, catatônica, gesticulava com os braços e nada dizia.

— Responde, Dandá, pelo amor de Deus?!

Landara chorava copiosamente. O pequeno Rudá captou toda a tristeza para si e chorou também. Dandá, com as mãos tapando a boca, murmurou arquejando:

— Dona Amana, ela, ela...

— Que aconteceu com mamãe? — Landara parecia definhar.

— ... tá morta.

Landara não quis ouvir a moça repetir a trágica notícia. Em choque, saiu em disparada. Ganhava a estrada de chão quando um carro quase a atropelou. A motorista assustada desceu do veículo e gritou:

— Landara!

Reconhecendo a voz da amiga, Landara cedeu ao chamamento. Encontrou nos braços de Coral pilastras para suportar seu corpo que esmorecia. Dandá, com o assustado e choroso Rudá no colo, correu em direção às duas.

— Alguém poderia explicar o que está acontecendo? — clamou Coral.

Landara teve que ouvir Dandá sussurrar e ratificar a pior notícia de sua vida.

— Dona Amana tá morta.

Carol desviou o olhar da noticiante para a amiga. Sussurravam para preservar Rudá:

— Sua mãe? Meu Deus! Amiga!

Deslizou as mãos pelos cabelos, orelhas e a face de Landara. Como quem deseja curar com passes o incurável.

Apenas soluços cortavam o silêncio. Até um raro caneleirinho-de-chapéu-preto acomodado no braço mais baixo da centenária araucária parecia ter respeitosamente aderido ao pesar.

— Pra onde você estava indo, amiga?

Landara parecia em transe. Dandá pediu e Coral levou e deixou Rudá brincar ao volante. Retirou a chave da ignição e juntou-se às duas. Dandá teve diminuto tempo para se preparar e, com dificuldade, contou quase tudo o que presenciara horas antes. Não quis e não mencionou a soda cáustica. Muito menos o odor que ainda a nauseava, a imagem do corpo inerte de Amana que colara em sua retina para nunca mais ser apagada. Também nada disse sobre as suspeitas dos especialistas. Mentiu para tentar preservar Landara.

— Então ela não foi espancada? — Landara parecia surpresa. Lidava com as dúvidas: — Mamãe era tão jovem e forte! Parada cardíaca! Como? Meu Deus! Não suportou o que aconteceu com Rudá! A culpa é minha! Minha!

Coral a abraçou com mais força e determinação.

— Amiga, perdi meus pais de uma hora pra outra! Eles se foram inesperadamente.

Landara não queria ser consolada. Desejava ser punida.

— O que foi que eu fiz? — murmurava.

Procurando livrar-se dos braços da amiga, implorou:

— Preciso ir até lá. Ver mamãe.

— Crendeuspai! — desesperou-se Dandá. Precisava preparar Landara.

— Terei que enfrentar… O que eu faço? — Landara tentava manter-se coerente. Falava consigo mesma.

— Vamos entrar. Dói te falar isso, amiga, mas não há nada que você possa fazer por Amana. Mas por Rudá, sim.

Retomando o choro, Landara se apoiou na amiga e gesticulou, concordando. Precisava alimentar a crença de que agiu corretamente. Coral a conduziu até o carro e abriu a porta da frente. Landara pegou Rudá. Acomodaram-se no banco de trás.

— Suba, Dandá. Vá na frente — ordenou antes de fechar a porta.

Rudá, com o dedinho, riscou os lábios da irmã, arrancando um sorriso de vida. O pequenino nada percebeu e alegrou-se com o passeio.

— Bubu. Bubu — dizia.

Deixaram o veículo no espaço atrás da pequena casa, onde ninguém avistaria da estradinha.

Acomodaram Rudá e o pônei no assoalho ao lado da cama de Dona Francisca. A idosa viajou, ouvindo o som da ingenuidade, pensou nos netos que não conhecia. Pouparam-na da notícia trágica. Para o menino, uma observadora silente, contemplativa, atenta. Tudo parecia aprovar, nunca ralhava. Tal qual seu brinquedo.

Landara quis uma ducha e Dandá uma oportunidade. Sem cortes e sem mentiras, contou para Coral como Dona Amana foi encontrada. Dividiu a responsabilidade, mas a tristeza se multiplicou.

— Preciso levá-la daqui ainda hoje — concluiu Coral.

— Cuma? — superada a estranheza, prontamente Dandá assentiu e resumiu o que faltava para Landara e Rudá. Tudo que a fatalidade não lhe permitiu retirar da casa-grande.

Coral sentia-se um pouco insegura. Estaria interpretando certo o que Dandá lhe falava? Mas toda expressão vinha acompanhada do gestual acolhedor.

— Faremos compras no caminho. Não é seguro voltar até a casa. Qualquer objeto tirado de lá, um brinquedo, uma roupinha, seja o que estiver faltando, levantará suspeita.

Asseverou:

— Até onde eu pude entender dessa história, não seria bom ter Gregório ou o tal do Gregori por perto. E, pelo visto, ninguém aqui, além de você e sua mãe, dá pra confiar. Nem na polícia.

Tarefa hercúlea foi convencer Landara a não se despedir da mãe:

— Amiga, avalie bem! Resgate da sua mente o sorriso mais lindo que Amana lhe dirigiu. O beijo mais doce. O incentivo. O conselho. Procure sentir o toque mais carinhoso. É como uma linda foto que estará sempre à mão. Basta elevar seus pensamentos para reviver coisas simples e sublimes que recebemos ao longo da vida e que nos marcaram.

— Sinto como se estivesse abandonando mamãe.

— Eu mesma iria com você, não tenha dúvida, mas colocaríamos Rudá em risco. Somos apenas duas jovens inexperientes tentando resolver um problema extremamente complexo. Arriscado. Estou aqui tentando passar serenidade, mas no fundo estou com muito medo.

Sob o olhar atento de Landara, lançou o argumento final:

— Em Ouro Preto, com auxílio do vovô, avaliaremos melhor os próximos passos.

— Nunca mais verei a mamãe — chorou copiosamente.

— Só em seus pensamentos. Sinto, amiga.

— Você conseguiu? Depois que perdeu seus pais.

— Estaria mentindo se te dissesse que já superei. Queria morrer. Também não me deixaram beijar a face do papai. Gostava tanto quando eu passava a mão na barba cerrada dele. Tocar a mão de mamãe uma última vez. Sinto falta dela escovando meu cabelo. Nem mesmo pude vê-los uma última vez. Fiquei horas olhando para dois caixões lacrados, que nada significavam.

O meu mundo desabou. Passado um tempo, comecei a entender os propósitos de Deus. Acredite, Ele nunca nos abandona. Nossa ignorância nos cega, nos deixa apequenados. Percebe como somos egocêntricos? Para nós, só o que há de bom, inclusive o destino. Quando acontece com os outros? Lamentamos! Desculpa, nem sei por que estou te falando isso.

— Para me ajudar, amiga. Acredite, ajudou. Não sei se entendi tudo o que você está tentando me dizer. Só agora consigo imaginar a dor que você sentiu. Espero me apegar à fé e não me voltar contra Deus! Coral, obrigada!

— Então temos um longo caminho! Vamos?

— Temos, sim. Vou ajeitar as coisas e preparar Rudá pra viagem.

Antes de saírem, Landara abraçou Dandá apertado:

— Obrigada. Desculpa fazer você passar por tudo isso.

Lágrimas não contidas correram as faces morenas. Dandá não conseguia falar. Landara a acarinhou e lamentou:

— Mamãe não poderá mais me contar sobre A, nem do meu verdadeiro pai. Levou tudo com ela — beijou-lhe a testa: — Se cuida!

Viajar à noite não era problema para Coral. Embora tivesse dezoito, dirigia desde os quatorze anos. Depois de pegar a BR-383, comeriam algo e fariam compras em Caxambu. Pernoitariam por lá.

# CAPÍTULO II

# INVERSÃO DE PAPÉIS

Meados de 1988. Ouro Preto.

Observando a correnteza do rio à sua frente, lembrava-se de como sua vida corria sem descanso, sem olhar para trás.

Na periferia em Offa, situada no estado de Kwara, no centro da Nigéria, vivia com a mãe, uma das tecelãs do vilarejo, mais quatro irmãos e duas irmãs. Era o mais velho, apelidado Abuko, cabrito em iorubá.

Oluyemi tinha doze anos quando o pai, um cuidador de bodes — daí o apelido — deixou a família para trás. Na verdade, trocou todos por uma só de quatorze. Abuko já sabia um pouco a arte do tingimento e precisou assumir precocemente outras responsabilidades, além de cuidar dos irmãos e das irmãs desde os dez anos. Sofrido demais. Sobreviviam. As meninas passaram a frequentar a escola pública. Dividiam com os meninos conhecimentos, livros e parte da merenda.

No dia em que completou dezoito, exatamente há um ano, após o trabalho, saiu para comemorar. Tomaria uma cerveja no bar onde passaria uma partida de futebol. Acreditava que um dia presentearia a mãe com uma TV, usada, obviamente. Como o dinheiro só lhe permitia uma única cerveja, manteve o último copo cheio, não mais gelado, para poder assistir a todo o segundo tempo.

Quando voltava para casa, encontrou Zaki, o irmão de dezesseis que estava ardentemente apaixonado por um garoto da mesma idade, gravemente ferido, contorcendo-se e gemendo, deitado no terrão do terreno baldio entremeado à antiga caixa d'água e sua casa.

Abuko havia alertado Zaki sobre quão difícil seria suportar a repulsa e a discriminação latente na época, principalmente no bairro onde moravam. Intimamente rezava para que o irmão reconsiderasse, mas sempre o apoiou e protegeu. Não estava por perto aquela noite para protegê-lo.

Deitou Zaki no sofá de napa verde do cômodo chamado de sala. Percebendo o sangue do irmão em sua jaqueta, pendurou-a num dos pregos na parede com a função de cabide. A mãe e os irmãos e irmãs que não estavam chorando horrorizados cuidariam dos ferimentos. Brotou-lhe um único e obstinado desejo, evitar uma segunda agressão. Conhecia os algozes. Odiava Ayo, o líder deles. Ayo, sempre que podia, insinuava-se para Nala no caminho da escola para casa. Nala, a irmã que completaria doze em breve, havia lhe contado as obscenidades ditas por Ayo. Orientou a irmã a esperar na saída da escola até que ele ou outro irmão fosse ao seu encontro. Essa preocupação constante o irritava.

Correu até o bar próximo ao estádio, onde Ayo e a trupe se reuniam após espalharem pânico na redondeza. Ofegante, dirigiu-se ao líder e falou, determinado:

— Nunca mais façam mal ao meu irmão! Essa foi a última vez!

— Senão...? — desafiou o insolente Ayo.

— Está dado o recado — Abuko estava com o dedo em riste.

Estava próximo à porta quando Ayo desaforadamente gritou para que todos no interior do bar pudessem ouvir:

— E a Nala?

Abuko parou e se virou. Apressadamente se aproximou de Ayo. Ouviu do calhorda o complemento do desaforo:

— Posso fazer "mal" a ela?

Ayo, rindo, gesticulou aspas com os dedos.

Tomado pelo ódio, sem pensar, Abuko quebrou uma das garrafas que estavam sobre a mesa. Ayo e os comparsas estavam lentos. Haviam consumido o que estava sobre a mesa. O golpe foi certeiro e violento. Praticamente degolou Ayo. Com o líder abatido, os demais se acovardaram. Abuko ficou paralisado. Ainda segurava o que sobrou da garrafa ensanguentada quando um colega de trabalho, Xoloni, puxou Abuko pelo braço, tirando-o do recinto. Já do lado de fora do bar, assustado, falou:

— O que você fez, cara? Precisa sumir daqui!

Abuko, com os olhos petrificados, nada disse. Ainda segurava o gargalo quebrado que tirou a vida de Ayo.

— Minha moto é aquela. Venha e jogue isso fora! — ordenou o colega.

Deixaram para trás o tumulto que se formava. Rumaram até o mirante na periferia de Offa. Distantes, observavam aquele mosaico escurecido formado pela precária iluminação pública, luzes de algumas casas e pouquíssimos televisores ligados. Pareciam meditar quando uma luz intermitente lhes chamou a atenção. Uma viatura chegava exatamente ao local deixado para trás apressadamente.

— O que será de você agora, meu camarada? — Xoloni externava perplexidade.

Abuko batia os punhos contra a cabeça. Percebeu que havia sangue na mão direita, e agora no cabelo e na testa. Tentou se limpar. Tentou apagar o passado recente. Apagar da mente Ayo tombando, com o olhar abandonando este mundo. Não havia volta. Um momento de fúria bastou para o Diabo se apresentar.

—- O que será da minha família? — corrigiu o colega.

— Terá que se esconder. Sumir por uns tempos.

Depois de pensar uns segundos, asseverou:

— Não poderei fazer muito por você. Sinto, cara. Todos me viram te tirar de lá. Os primeiros lugares em que irão procurar você são a sua casa e a minha.

— Que merda eu fiz!

— Aquele idiota! Quem é Nala, afinal? Sua namorada?

Abuko apenas olhou para o colega.

— De onde eu estava deu pra ouvir.

— Minha irmã.

O colega apenas balançou a cabeça, concordando. Abuko concluiu:

— Só queria proteger meu irmão, minha irmã. Agi como um louco. Isso não podia acontecer. Só piorei as coisas. O que será deles? Da minha família toda?

— Cara, no momento pense só em sair dessa!

— Como? Serei preso! Minha mãe terá que enfrentar tudo sozinha! Meu Deus!

Xoloni não parava de pensar e argumentar:

— Talvez se enquadre em legítima defesa, defesa da honra, sei lá? Essas coisas. Eu ouvi Ayo ameaçar tua irmã, talvez…

— Sem chance! — interrompeu Abuko. — Agradeço a força, mas não é bem assim que as coisas funcionam. E matei aquele desgraçado na frente de todos. Nem armado ele estava. Sou um assassino. Um imbecil!

A movimentação de outra viatura interrompeu as conjecturas. Outra viatura iluminava ruas, dobrava esquinas, aproximava-se de um local conhecido. Silentes, observaram quando estacionou próximo à antiga caixa d'água.

— Você estava certo! É lá que eu moro — disse Abuko.

— Tive uma ideia! — atalhou Xoloni.

Assim, seguiram de moto até a estação ferroviária. Xoloni comprou no único boteco aberto uma garrafa de água mineral e dois sanduíches de mortadela. Deu a compra e uns trocados para Abuko. Despediram-se com um abraço apertado.

Abuko subiu no trem de carga sem saber o destino. O sono demorou. Entre cochiladas, o remorso, o desespero, as incertezas, e o pior: as certezas. Decidiu comer um dos sanduíches e beber um pouco da água. Foi guardar os trocados e o desespero aumentou. A carteira com seus documentos ficou no bolso da jaqueta pendurada no prego-cabide. Treze horas depois o comboio fez uma parada no terminal ferroviário do Porto de Lagos.

## &&&

Agora, melancólico, diante do rio agitado, pensou com carinho no colega Xoloni. Foi a última vez que falou em iorubá. Chorou de saudade. Sentiu-se envergonhado. Ter abandonado o nome e a família o corroía. Voltaria um dia? Seria possível? Passados alguns anos, descaracterizado, com outro aspecto e outra identidade, quem sabe? Como seriam os procedimentos para alguém de fora ingressar na Nigéria? E se escrevesse uma carta? A polícia certamente descobriria seu paradeiro, sua nova identidade.

Suas lembranças voltaram.

## &&&

Comeu o segundo sanduíche, esse ainda mais borrachudo. A garrafa plástica, vazia, guardou no saco de papel. Seus únicos pertences além da vestimenta. ʹTodos os músculos do corpo doíam. Sacolejou durante a interminável noite. O calor se intensificou. Precisou deixar o vagão. Nunca havia estado em Lagos; na verdade, jamais saíra de Offa. Os próximos passos, só por Deus. O Diabo havia se apresentado, mas não o aliciado.

Inseguro, olhava incessantemente para os lados. Receava encontrar alguém que lhe fizesse perguntas. Foi se aliviar numa pilha de tambores de óleo diesel alinhados contra a parede de um barracão. Foi-se o saco de papel. Vestia a calça quando pressentiu estar sendo observado. Assustado, virou-se e viu um homem, também negro, talvez um pouco mais velho, acenando de uma pequena janela do segundo andar do barracão. Não falou em iorubá, mas Oluyemi entendia hauçá:

— Está fugindo também? — indagou o homem do barracão.

— Por que pergunta? — Oluyemi devolveu a pergunta como rispidez.

— Relaxa. Estou escondido neste barracão há dois dias. Não apareceu ninguém que não fosse trabalhador do porto, e você não me parece ser um deles.

— Por que está escondido?

— Primeiro, você está vindo de onde?

— Não sei se posso confiar em você.

— Espere, vou descer.

Oluyemi pensou em sair correndo, mas para onde iria? À sua frente estava um enorme pátio de manobras. Ficaria exposto. Passados uns segundos o homem arrastou com dificuldade a porta de correr que dava acesso ao interior do barracão e veio em sua direção. Estendeu a mão, mas recuou:

— Limpou bem essa mão?

Rindo, estendeu a mão novamente:

— Bomani — apresentou-se com um sorriso amigável.

— Oluyemi — apertou-lhe a mão, retribuindo o sorriso. Abandonou o apelido e único legado idiota do pai.

— Sou camaronês.

— Sou nigeriano.

— Imaginei, pelo seu jeito de falar.

O receio ainda determinava o rumo da conversa, até Bomani ousar:

— Se estiver fugindo, posso ser útil?

Como Oluyemi não disse nada, o camaronês foi ainda mais direto:

— Estou tentando deixar a África pra trás. Definitivamente. Não seria essa a sua ideia também?

Bomani conseguiu atrair a atenção de Oluyemi:

— Do que ou de quem você está fugindo?

— Por onde começo, cara? — coçando o queixo, completou: — Um belo rabo de saia se esqueceu de contar que era casada. E pior, com um policial filho da puta!

Oluyemi ainda não tinha tido qualquer experiência sexual. Desconcertado, atalhou:

— É um problemão! E deixou tudo pra trás?

— Não tenho nada! Não tenho ninguém! Cresci na porra de um orfanato! Depois que me expulsaram de lá, passei fome, mendiguei, até o dia que um camarada viu em mim potencial pra satisfazer as madames, se é que me entende? — Bomani segurava a genitália por cima da calça surrada.

— Uma das madames era a tal mulher do policial?

— Não, não, essa bronca conto depois. E você, em que merda se meteu?

— Preciso sumir. Ficar fora por um bom tempo.

— Não matou ninguém, né?

— Não, não... Digamos, outro marido corno.

Oluyemi disparou uma piscadela enigmática. Intentando mudar o rumo da conversa, prosseguiu:

— Quanto custaria a sua "utilidade"? Já vou adiantando, não tenho dinheiro algum!

— Nem comida? Não aguento mais comer banana verde.

Apontou para uma bananeira solitária junto ao muro que circundava o pátio.

— Infelizmente não tenho nada comigo. Acredite. Nem documentos! Tô fodido.

— Puta que pariu! Sempre tem alguém na pior. Não dá pra reclamar da vida mesmo!

O sorriso de Bomani o tornava entusiástico. A amizade e o coleguismo brotaram quase imediatamente.

### &&&

Catou duas pedras e falou baixinho:

— Esta é pra você, Xolani.

Arremessou a primeira pedra. Observou-a mergulhar no rio.

— E esta pra você, Bomani — antes de arremessá-la, beijou a segunda pedra: — Na verdade, esta é você, Oluyemi. Passado um ano, ainda não me acostumei.

A pedra cruzou o rio pelo alto, atingiu a superfície árida do outro lado e continuou rolando e rolou até cansar. Voltou-se para as recordações.

### &&&

— Bora comer a porra da banana verde. Pelo menos até amanhã à noite! — lamentou Bomani.

— O que tem amanhã à noite?

— Se o rapaz que me fez um boquete disse a verdade, amanhã chegará um navio. Segundo ele, de bandeira grega, o Salamina. Acho que é esse o nome. A chance de dar o fora daqui!

— Boquete?

— Você é gay? Porra, contei o plano pra sair daqui, do navio, e… e você pensando no meu pau, cacete?! Não tenho nada contra, o problema é…

— Ô! Não se preocupe, não sou gay.

Afastou a imagem do irmão Zaki e deixou o termo "boquete" para depois. Curioso, indagou:

— Como entraríamos no navio? Já pensou nisso?

— Boa! O gayzinho, o do… sabe? — fez o gesto típico de um boquete. — Ele falou da orgia que rola no Salamina. Ele mesmo embarcou uma vez.

Contou em detalhes o que disse o rapaz homossexual.

— E tudo isso ele te falou durante… sabe?

— Claro que não, rapaz! Não cheguei agora, como você. Estou tentando achar uma saída faz tempo. Cheguei a Lagos tem o quê?, quinze dias.

Conversa aqui e ali, caiu no colo, literalmente, essa história. Tô mocado aqui tem dois. Pensei, vai que a merda do navio chega antes! A porra não é como trem, camarada! O problema tá sendo a comida. Comi tudo nas primeiras horas. Puta burrice!

Continuou:

— Importante mesmo é que eu sei como as prostitutas entraram no navio. E aí, tá comigo nessa?

Tiveram que comer bananas por mais dois dias. O Salamina enfrentou condições adversas no Cabo da Boa Esperança, e no Cabo de Santa Catarina também não foi tranquilo. Por sorte choveu e puderam encher a garrafa plástica algumas vezes. Ambos estavam debilitados e fracos.

Embarcar clandestinamente foi mais fácil do que imaginavam. O navio deslizava e se distanciava da costa africana. O mar estava sendo companheiro, já o calor e a falta de ventilação, não. Alimentar-se continuava difícil. Lograram êxito em uma única oportunidade. Um marinheiro deixou destravada a saída do porão. Pegaram algumas frutas, poucos legumes e um pedaço de pão que Oluyemi encontrou no lixo. Encheram a velha garrafa plástica e pegaram mais uma largada sobre a mesa. Não encontraram mais nada que pudesse ser comido ou bebido. Rezariam para o marinheiro se distrair novamente.

O mau tempo castigava o navio e o casco do Salamina descontava nos moribundos. Eram constantemente arremessados contra anteparas ou contêineres. Vômitos e diarreias abundantes tornavam o inferno mais infernal. Oluyemi era o mais forte? O destino provou que sim. Oluyemi arrastou o corpo de Bomani e o escondeu como pôde. Orou e afagou o cabelo ensebado do amigo. Observou uma carteira de couro gasta saindo do bolso da calça esgarçada. Continha os documentos do camaronês.

Antes que o cheiro da decomposição se tornasse insuportável, o Salamina atracou. Algumas portas foram deixadas abertas. Oluyemi aguardou anoitecer. Pisou a terra firme sem ser visto.

Caminhava trôpego por uma avenida larga. Enfraquecido, faminto, pediu a Deus que o amparasse, o acolhesse, o perdoasse. Exausto, sentou-se no meio-fio. Elevou o olhar e avistou no horizonte a imagem gigantesca do Cristo iluminado com os braços abertos. Esfregou os olhos, acreditando ser uma miragem. Subitamente o desânimo recalcitrou diante da certeza de sua lucidez e bênção.

Do outro lado da avenida, dezenas de caminhões estacionados lado a lado no pátio de um enorme posto de combustíveis. Motoristas dormiam em suas cabines. Um deles, já idoso, precisou urinar novamente. Vendo aquele crioulo maltrapilho sentado, compadeceu-se. Comprou um pastel e um pingado na conveniência.

— Pra você. Tá na cara que não come há tempos.

Não entendendo o idioma, Oluyemi colocou-se na defensiva, embora a fome, incontrolável, pedisse que arrancasse a comida das mãos daquele santo homem.

O idoso gesticulava e estendia as mãos, oferecendo o sanduíche e o café.

Oluyemi, imaginando que naquele país se falava inglês, pegou para si a oferenda e arranhou:

— *Thanks*.

— Ah, americano? — questionou o idoso.

Diante do silêncio e do olhar inquisitivo de Oluyemi, emendou lentamente, apontando o dedo nodoso:

— *Your name?*

Oluyemi olhou novamente para o Cristo Redentor, virou-se para o idoso e lhe mostrou um documento plastificado.

— Bo-ma-ni. *Good, good*. É, *nice to meet you*. É tudo o que eu sei dizer em inglês, companheiro!

O idoso deixou o, agora, Bomani, e voltou para o caminhão. Observou o rapaz devorar o pastel em segundos. Gostou quando o viu caminhar dezenas de metros até um tambor de lixo para jogar o guardanapo e o copo plástico.

&&&

Catou outra pedra. Nunca soube o nome daquele idoso que, vendo-o deitado na calçada, ainda escuro, gesticulou oferecendo carona. Murmurou:

— Esta é pra você, bom homem. Santo homem.

Arremessou a pedra com toda a força e determinação possíveis.

Força e determinação imprescindíveis para superar a família que deixou para trás, assim como seu país, seu emprego, seus amigos, seu passado, sua identidade. Oluyemi, o Abuko, como seu pai o chamava, foi devorado pelas larvas que proliferaram no corpo inerte abandonado no porão do Salamina. Deu corpo e vida ao Bomani que só ele conhecia. Passado um ano, um novo idioma, um novo apelido: Pedro Bó ou apenas Bó. Mas o medo permanecia intacto.

Olhou panoramicamente. Ninguém à vista. Silêncio. Ouvia-se apenas o som emitido pelos gaviões-pombo e carcarás mais distantes e de uma choquinha-da-serra desgarrada. O crepúsculo se aproximava. A temperatura cedia. Um mergulho lavaria a pele suada, afastaria as lembranças, o medo, apaziguaria a alma. Despiu-se. Caminhou até a margem e afundou lentamente. Emergiu mais leve. Respirou fundo. Deixou aquele momento de paz invadir e tomar conta do seu confuso eu.

Deu algumas braçadas. Subestimou a correnteza do Rio das Velhas. A curva que o rio fazia à frente parecia mais distante, porém chegou rápido. O jeito foi agarrar-se a um galho junto à margem oposta. Regressaria caminhando pela savana para depois atravessar o rio novamente. Esse seria o plano, não fosse pela moça lendo um romance exatamente onde pretendia sair pelado.

— Não está se afogando, espero!

Bomani, envergonhado, manteve-se quieto. A moça se aproximou.

— Oh, meu Deus, você está, está… assim, todo pelado!

A moça virou e tapou o rosto instintivamente. Ouviu-o sair do rio e começar a corrida. Não resistiu. Olhou. Coxas e panturrilhas musculosas, nádegas torneadas, cintura fina. A pele negra molhada brilhava. Tudo que viu daquele corpo a agradou. Intrigada, imaginou o que não viu. Desarmou a pequena cadeira de madeira e caminhou em sentido oposto ao de onde viera. Flagrou o rapaz saindo do rio pela margem oposta. Impulsiva, queria ver o que imaginou. Entreolharam-se. O rapaz, envergonhado, saiu em disparada, carregando os trapos e a botina. A moça deu meia-volta e retornou para casa com um sorrisinho maroto.

Clara morava em um pequeno sítio com o pai, Hans — os Himmel, como eram conhecidos. Hans, mecânico de veículos pesados, durante a Segunda Guerra forçadamente prestou serviços à Gestapo.

A Alemanha foi deixada quando Clara tinha onze anos, logo depois que a mãe, brasileira, professora e intérprete, faleceu. O câncer paulatinamente lhe sugou a vida, mas não a disposição. Até os últimos suspiros, dedicou-se a ensinar a língua portuguesa à filha.

Passados quase sete anos, apenas Hans revelava um sotaque carregado.

— Pai, tem gente nova trabalhando para os Papadakis?

— Parece que o velho Demétrio arrumou um sócio lá em Passa Quatro. O filho mais velho, o Gregório, tá indo pra lá cuidar das coisas. Com o mais novo na faculdade, pegaram um rapaz africano pro serviço pesado. Por que pergunta?

— Vi um estranho próximo do rio no final da tarde.

— Era negro?

— Não deu pra ver direito. Acredito que sim.

— Então era o Bo, Bó… sei lá direito o nome do rapaz. Já tem um tempo. Emendou:

— Não dê mole por estas bandas.

— Eu sei, o senhor vive repetindo isso — mesmo com o pensamento no tal Bó alguma coisa, Clara disfarçou o interesse: — Vou fazer a janta.

— Temos repolho fermentado? Consegui dois joelhos de porco pelo serviço no gerador do sítio dos Monteiro.

— Hum, eisbein e chucrute.

— *Eisbein und sauerkraut* — corrigiu o pai. Depois brincou: — Única mistura de alemão com português que deu certo é você, querida.

Pai e filha riram. Clara aproveitou o astral e externou uma preocupação recorrente:

— É bom cobrar em dinheiro nas próximas vezes, pai. Como o senhor vai pagar o que deve pro Seu Demétrio?

— Toda vez que pergunto, a dívida sobe. Isso está me matando.

— Velho dos infernos! Vou lavar o repolho.

Clara lamentava o sofrimento imposto ao pai.

&&&

Dentro do apertado barraco destinado aos empregados temporários, Bomani ainda se recompunha do constrangimento. Colocou a roupa para secar. Nu novamente, veio à mente a imagem da moça que o observava. Instintivamente segurou o membro. Soltou para depois tornar a pegar. Só precisou repetir algumas vezes. Pensou consigo mesmo:

— Preciso urgentemente conhecer uma mulher. De onde surgiu aquela moça?

Outro pensamento o atormentou.

— O Patrão pensa que eu sou sonso. Velho descarado. O Bomani, que Deus o tenha, na certa toparia — logo se acautelou: — Chega de pensar que ainda sou Oluyemi — olhou-se no pequeno espelho fixado acima da pia amarelada: — Oluyemi, você morreu. Aliás, feliz aniversário, mas você morreu. Sou Bomani. Bomani, um camaronês que cresceu solitário na Nigéria.

## &&&

Preguiçosos dias se passaram e nada de Clara reencontrar o tal de Bó. "Precisa sossegar o facho" repetia para si o que a mãe lhe dizia.

Já Seu Demétrio:

— Bó, vou precisar de você logo mais.

Ainda não aprendera muitas palavras, e de nada adiantava falar inglês na propriedade dos Papadakis. Deixou o feno no estábulo e apenas sinalizou, concordando.

— A Aparecida vai pra cidade lá pelas quatro. Verá ela saindo com a perua.

— Perua? — Bomani apontou para o galinheiro.

— O Gregori tá certo, é um Pedro Bó mesmo! Perua é o carro da tua patroa.

O velho apontou para o veículo estacionado.

Bomani não gostava do jeito jocoso que Gregori o chamava, e parecia que o velho fazia o mesmo.

Dona Aparecida saiu minutos antes das quatro. Seu Demétrio estava inquieto. Acompanhava os ponteiros se arrastarem como lesmas no relógio cuco na parede da sala.

O coração do velho disparou quando ouviu a pesada porta do estábulo ranger. Viu o rapaz negro, forte, um pouco suado, vindo em direção à casa. Seu Demétrio subiu a escada apressadamente. Postou-se junto à porta do quarto principal. Ouviu Bomani bater no caixilho da porta de entrada, que estava propositalmente entreaberta.

— Aqui em cima, Bó — gritou o velho.

Hesitante, o africano não subiu.

Observando de soslaio o rapaz estático no pé da escada, ordenou:

— Venha, moço. Deixa a vergonha de lado. Suba!

Bonami adentrou o quarto. Percebendo o patrão sem camisa, desviou o olhar para o chão, encabulado. Seu Demétrio observava o chuveiro como se fosse uma ave rara.

— Há tempo tô querendo consertar esse chuveiro, mas Aparecida vive enfurnada nesse quarto. Acho que vai espirrar água por tudo — desviou o olhar para o desconcertado Bomani e, como quem não quer nada, ordenou: — Melhor tirar a roupa.

Bomani ergueu as sobrancelhas. Pareceu não compreender.

— Estou um pouco velho pra subir a escadinha, e você pode se molhar todo — balançava uma chave-inglesa na mão.

Bomani permaneceu imóvel. Obstinado, o patrão não parava de falar:

— Agora parou, mas naquela rosca ali goteja durante a noite e ninguém mais dorme.

O velho lascivo pegou a escadinha que estava encostada no boxe e posicionou sob o chuveiro. Pressionava o subalterno:

— Vai, tire o sapato, a camisa, a calça. Enquanto isso abro o comando pra você ver.

Bomani continuava estático e nada dizia.

— Vai, moço! Daqui a pouco a Aparecida tá de volta e não demos jeito nessa merda de chuveiro!

Demétrio estendeu a mão, dando a entender que ele mesmo desabotoaria a camisa. Bomani instintivamente recuou. Sentia-se encurralado. Despiu-se. Acreditava que assim não seria tocado.

O velho não disfarçava. Olhava-o avidamente.

— Suba — passou-lhe a chave-inglesa.

Trajando apenas a cueca dada pelo próprio Demétrio, subiu a escadinha. Para decepção do patrão, ficou de frente para a parede. Não sabendo como proceder, Bomani posicionou a ferramenta na rosca. Apertou sabe-se lá o quê ou para quê, já que não havia qualquer indício de gotejamento.

Demétrio descaradamente segurou-lhe as coxas, quase nas nádegas. Bomani, sobressaltado, se desequilibrou.

— Viu? Essa escada não é confiável. Vou te segurar pra você não cair. É perigoso!

Pensou Bomani quão perigoso seria cair duma altura de meio metro. Blasfemou baixinho.

Bomani girou a ferramenta presa à rosca e o velho repetiu a ousadia. Mãos apoiando a bunda, olhos cerrados. Em seu devaneio imaginava o pênis do rapaz intumescido, excitado, desejoso de ser agarrado, sugado.

Passaram-se apenas segundos, mas para Bomani uma eternidade. O constrangimento virou indignação. Cutucou Demétrio no ombro, tirando-o do transe. Disse secamente:

— Fim.

O velho tremeu. Temeu. O olhar furioso do empregado decretou fim à safadeza. Nada mais foi dito.

Bomani se vestiu e foi direto para o seu barraco. Não desempenharia outra tarefa pelo resto do dia. Seu Demétrio permaneceu no quarto. Não havia desconforto, só excitação. Trancou a porta do quarto, despiu-se. A ducha fria iria arrefecê-lo. Há tempos não sentia prazer.

Não havia dúvida, apenas receio. Queria pecar. Experimentar. Aquele desejo não permaneceria dormente. Como conciliar desejo e dever? O machismo tão propalado aos filhos, à esposa, na prosa com amigos, não passava de adulação.

Conjecturava como ter aquele negro todo dentro de si sem ser desmascarado. Elegeu como prioridade do resto da vida. Sentiu-se rejuvenescido.

Passaram-se dias. Cada vez mais raro encontrar sapinhos-pingo-de-ouro se exibindo. Sem nebulosidade, Bomani ocupava-se preparando o pasto para engordar os animais. A excruciante lida arrancava toda a força do seu corpo, que lamentava gotejando. Afastado do assédio, a mente lidava apenas com o ofício, e isso o mantinha solitariamente feliz.

De repente, a razão de tanta fumaça. O motor do velho trator perdeu potência. Informaria o patrão. Daria a notícia com Dona Aparecida por perto. Preparou dois cavalos. À moda antiga, o preparo da terra exigiria mais trabalho, demandaria mais tempo, porém o manteria afastado de ser apalpado.

&&&

Clara pretendia reencontrar o rapaz negro responsável pelo momento picante e entusiástico de suas férias. As aulas vespertinas em breve recomeçariam.

Embora adjacente, o sítio onde morava ficava distante da área explorada pelos Papadakis. Vastas savanas, aclives e declives se opunham e dificultavam um eventual reencontro.

Passava horas lendo à beira do rio. Desconcentrava-se a toda hora. Quiçá uma nova espiadela. Ansiava aquela adrenalina. Decepcionava-se a cada bucólico entardecer. Fechava o livro, juntava a tralha.

Algo mudou. Regressava cantarolando quando avistou uma picape estacionada no quintal em frente da casa. Seu Demétrio, de dentro do veículo, conversava com seu pai. Receava tratar-se das costumeiras cobranças. Não adiantou apressar o passo:

— O que aquele velho queria? Garanto que veio cobrar o senhor!

— Não dessa vez — o pai até esboçou um sorriso.

— Tá bem, acredito!

— Verdade! Ele quer contratar meus serviços.

Observando as sobrancelhas saltadas da filha, completou:

— O motor de um trator pifou e ele me pediu pra consertar. Na verdade, pelo que ele me adiantou, só retificando!

— Pai, por favor, cobre um valor justo dessa vez!

— Ele já falou que vai descontar da dívida.

— Ah, não!

— Dá na mesma! Dinheiro vem e vai.

— Vem e vai! E o senhor nunca fica sabendo o valor exato dessa maldita dívida! Peça recibo. Não podemos comer nas mãos do Seu Demétrio.

— Ele pediu pra tratar o assunto com o africano que ele contratou. Bo-ma-ni, acho que é assim o nome do rapaz. Amanhã bem cedo trato disso.

O corpo de Clara estremeceu. Não deixaria passar a oportunidade.

— Posso ir com o senhor dessa vez.

— Nem pensar! Você fica em casa, mocinha.

— Pai! Não vou deixar o senhor ser enrolado de novo. Sei bem como é!

— E o que fará diferente?

— Ganhar um tempinho. A gente diz, quero dizer, eu digo, que não dá pra passar o valor do serviço sem saber o valor das peças. O funcionário vai dizer a mesma coisa quando Seu Demétrio perguntar pra ele.

— Isso eu mesmo posso falar.

— Não, não e não! Conheço o senhor. Deixa eu tentar, pai?

— Tá ficando esperta, hein? Na verdade, se precisar mesmo de retífica, não sei direito quantas peças vou ter que trocar.

— Lembra do jipe do Seu Plínio? O senhor ficou três dias arrumando. No fim, teve que comprar umas peças e pagou do seu bolso porque já tinha passado o valor.

— Nem me lembre!

— Então vou com o senhor, certo?

A filha implorava com o olhar e derreteu a determinação do pai.

— Tá bem.

Clara pouco dormiu. Tomada pela ansiedade, madrugou. Assou pão caseiro, cortou queijo branco. Colocou doce de leite, manteiga e o resto do bolo de fubá na mesa. Fez ainda ovos mexidos com bacon. Por último, passou o café e o manteve no bule aquecido. O aroma que se espalhou pelos cômodos da acanhada casa despertou o pai. Passaram-se poucos minutos para o homem elogiar:

— Por que esse banquete todo, querida?

— Conheço bem o senhor! Começa um serviço e não vê o tempo passar. Não come nada e eu não quero passar fome lá! Melhor a gente forrar a barriga aqui.

&&&

A surpresa, agradável surpresa, restou estampada no semblante de Bomani quando o mecânico, exatamente como descrevera o patrão, um alemão grandalhão, cabelos brancos desgrenhados, rosto vermelho como tomate, parou a bicicleta com a moça do rio na garupa. A única moça que o tinha visto nu.

Clara e Bomani, sem combinarem, agiram como se não se conhecessem. Cumprimentaram-se com olhares de soslaio.

Surreal foi a comunicação para descrever o problema do motor. Um pouco de inglês, pitadas de mineirês, e predominantemente gestos. Clara exerceu um papel importante como intérprete.

Nem chegaram a falar sobre orçamento, custos das peças ou da mão de obra. O velho Hans se deleitava debruçado sobre o motor do trator, com Bomani querendo assimilar algo, e Clara os observava. Respeito e encantamento.

O encantamento foi interrompido. Seu Demétrio, montando um quarto de milha, cavalgou até perto deles. Não apeou e não precisou de tempo para perceber que a rapariga ali tinha dois objetivos. Embaçar a negociação que pretendia estabelecer com Hans e cortejar seu ébano. Ficou enfurecido. Descortês, dirigiu-se a Bomani com rispidez:

— O pasto está lá te esperando, rapaz! Aqui você não tem utilidade alguma.

Bomani nada disse. Obediente, foi até o estábulo preparar os animais. Seu Demétrio o advertiu:

— Use as éguas manga-larga dessa vez. Descanse os pampas.

Clara, impetuosa, aventurou-se:

— Pai, vou dar uma olhadinha nos cavalos.

O pai nem sequer tirou os olhos da engrenagem. Já Seu Demétrio, com os olhos, fulminava a enxerida. Disparou sarcasticamente:

— Não são brinquedos, mocinha!

Clara, determinada, já caminhava em direção ao estábulo. Com certa insolência, asseverou:

— Não fui criada na cidade, senhor. Não se preocupe, sei me cuidar.

Demétrio, impaciente, apeou e foi atrás, assuntar. Bomani já encilhava uma das éguas. Clara se aproximou:

— O que é isso?

— Bridão — Bomani sempre respondia secamente.

Clara alisou a crina do animal e o circundou.

— Não passe por trás dessa égua, mocinha. Arrisca ela arrancar essa sua linda cabecinha! — zombou Seu Demétrio.

As éguas estavam preparadas. Surgiu um momento constrangedor.

— Deixou o arado no pasto? — quis saber o patrão.

Bomani assentiu com a cabeça.

— Monte a Cara e puxe a Coroa.

Seu Demétrio apontou para a égua mais jovem.

— Que graça o nome delas! Eu posso ajudar montando aquela ali. A Coroa, certo? — ofereceu-se Clara.

Diante do silêncio perturbador, aviltante, emendou: — É esse o nome da égua mais velha, não?

Tanto o velho como o rapaz continuaram desconcertantemente quietos. Havia perplexidade em um e surpresa no outro. Clara, destemida, atreveu-se mais ainda:

— Papai se concentrará no serviço comigo longe.

Pegou a Coroa pelas rédeas e saiu do estábulo. Seu Demétrio, enfurecido, atalhou:

— Irei com vocês.

Olhou com censura para o empregado e o alertou:

— Garota pra lá de enxerida. Um ímã de problemas, se é que me entende… Fique esperto!

Saíam do estábulo quando a perua estacionou.

— Que bom que encontrei você, Demétrio! — Dona Aparecida parecia agitada.

— Que foi dessa vez, mulher?

— Teu filho Gregori. Aprontou de novo.

Seu Demétrio, para evitar que outro escândalo do filho caçula viesse à tona, apressadamente se inclinou pela janela da motorista e pediu à esposa que o aguardasse. Pisando forte com as botas no terreno batido, deixou o quarto de milha no estábulo e embarcou na perua. O veículo rumou pela estrada de chão, deixando um véu de poeira.

Sem Demétrio para atazanar, Clara marotamente esboçou um sorriso e montou a Coroa. Observou o pai entretido e falou:

— Pare pra comer, hein! Deixei a marmita na bicicleta. Beba muita água!

Hans assentiu com um leve aceno. Clara assoviou e a égua avançou mansamente. Bomani, montando Cara, logo tomou a dianteira.

A moça observava o rapaz à sua frente. Ombros largos, cintura fina. Roupa surrada. Nada carregava. Trote lento. Parecia dançar. Não se aventurava a falar. Raramente olhava para trás.

O boné cobria o cabelo recém-aparado. Olhos acinzentados escuros. Barba e bigode ralos, típico de homem jovem, adornavam lábios carnudos. Testa proeminente. Queixo largo. Nariz platirrino. Uma beleza máscula.

Clara se havia preparado para a ocasião. Trajava calça de brim preta, ajustada. Camisa xadrez sob uma jaqueta jeans. A botina menos surrada das duas de que dispunha. Chapéu de feltro preto, abas largas. Encobriam seus olhos azuis. Rosto afilado. Nariz pequeno como a boca. Lábios róseos e finos. Não se perfumou, para não despertar a atenção do pai. Sentia-se cheirosa.

Sem nuvens, o sol arrebatador desfilava livremente. Aves revoavam e quebravam o silêncio. Clara bateu levemente a botina na barriga do animal e Coroa emparelhou com Cara. Tentou prosear. Só ela falava. Inquieta, perguntou:

— Bomani, onde você nasceu?

O rapaz se manteve quieto.

— Posso tentar adivinhar?

Bomani lhe dirigiu um olhar penetrante. Clara não soube interpretá-lo. Aventurou:

— Você poderia, ao menos, dizer que acertei?

O silêncio não inibiu Clara.

— África, óbvio. Quero dizer, você fala um pouco de inglês, hum… Países africanos que falam inglês… Putz… África do Sul?! — olhou para Bomani e não captou qualquer reação.

Continuou arriscando:

— Camarões?

Bomani mudou o semblante.

— Acertei? Camarões? Você nasceu lá?

— Chegamo — mal se viam os dentes brancos do rapaz.

Bomani ergueu o queixo na direção do arado deixado ao lado da cerca de arame farpado. Apeou. Com a botina chutou e alinhou o palanque inclinado.

— Hora do descanso, garota — cochichou Clara na orelha da égua antes de apear.

Bomani mordiscava um ramo, parecia disperso. Clara se aproximou:

— Muito chão, hein! E o sol não dá trégua — ela tentava puxar conversa.

Bomani nada disse e ela completou:

— Trouxe meu livro de bolso. Vou procurar uma bela sombra.

Clara tirou o passatempo do bolso da jaqueta e esperou que Bomani dissesse algo. Ele lhe deu as costas. Alinhou os animais junto ao arado. Olhou para Clara, apontou na direção sul e balbuciou:

— Rio.

— Perto daqui?

Bomani gesticulou, confirmando.

— Faça o que tem pra fazer. Espero você lá.

Clara lhe dirigiu um olhar absurdamente provocativo. Enlouquecedor. Nunca teve uma mulher nos braços. Caminhando sentido oposto, gritou:

— Traga os animais!

Cara e Coroa pareciam exaustas com o ritmo frenético imposto. Bomani decidiu encerrar os trabalhos. Puxou as éguas até o rio. Soltas, mordiscavam a relva junto à margem. Bomani bebia do cantil e avistou Clara lendo deitada sobre a jaqueta e a calça dobradas. As pernas estendidas. A camisa xadrez pouco cobria a calcinha. Deixou a leitura quando ouviu o relincho das éguas. Notou Bomani estático e visivelmente desconcertado. Descalça, caminhou até ele. Fez-se parecer descontraída e despretensiosa, mas estava tensa. Hesitante, Bomani se empertigou e desviou o olhar na direção do rio prateado. O reflexo lhe ofuscou os olhos. Voltou-se para ela. Ainda turva, aos poucos, a visão foi captando o esplendor daquele corpo juvenil. Pernas lisas e brancas, coxas firmes. O pequeno triângulo de tecido branco o desnorteou. Instintivamente ele tapou os olhos com as mãos.

Ela se havia preparado para conduzir a conversa:

— Você não é de falar mesmo, então deixa eu te dizer uma coisa. Olhe pra mim.

Bomani meneou a cabeça por alguns segundos, mas olhou para ela. Claramente evitava olhá-la abaixo do peito. Seus olhos acinzentados cravaram os azuis dela.

— Nunca toquei num homem. E você, já esteve com uma mulher antes?

Clara pensou estar preparada para aquela conversa, mas a respiração ofegante provava o contrário. Bomani, sobrancelhas saltadas, parecia engasgado. Não conseguia se expressar.

— Entendeu o que eu disse?

Insegura, continuou:

— Fazer intimidades, sabe? Homem e mulher...

— Sei — com voz rouca, Bomani a interrompeu.

Simultaneamente desviaram os olhares. Um silêncio sepulcral. Os pássaros se aprumaram, aguardando o desfecho. O rio deixou de correr.

— Bem, quero dizer... Bom, eu acho... — Clara perdia o controle que jamais teve.

Bomani, agora cabisbaixo, deixou-a desesperada.

— Me ajude. Eu não sou mulher à toa, sabe? Por favor! Só queria... Ai, meu Deus! — a respiração ficou ainda mais entrecortada, o coração querendo saltar pela boca.

Bomani continuava desencorajado a ajudá-la.

— Queria aprender com você — a voz de Clara, meiga e suplicante, arrebatou Bomani.

Bomani a fitou novamente. Os olhos dela lacrimejavam.

— A gente se cuida — Clara retomou, confiante —, ninguém precisa saber.

Tocou o braço dele. Quase cochichou:

— A gente vai descobrindo as coisas de pouquinho.

Bomani fez cara de quem não entendeu. Clara se colocou próximo e diante dele. Era mais baixa. Os peitos arfavam.

Pegou-o pelas mãos. Olhou-o profundamente. Sentiu-se segura. Beijou-o levemente no rosto. Outra vez. Agora nos lábios. Ele a tomou num abraço forte e caloroso. Retribuiu o beijo com volúpia. As línguas se tocaram. Desajeitados, foram rapidamente se descobrindo.

Pausaram e se olharam. Nada mais foi dito. Desnecessário. Cumplicidade plena. Simultaneamente despiram-se da cintura para cima. Beijaram-se freneticamente. As mãos ásperas dele exploravam a maciez das costas dela. Os seios duros dela se apertavam ao peito cabeludo dele. Ela o segurava pelos braços musculosos.

Queriam mais. Desejavam mais. Tudo era novidade. Havia também receio.

Bomani acariciou os seios dela. Em seguida os beijou. Clara jogou a cabeça para trás. Sua perna direita escalou a coxa esquerda de Bomani. Ela sentiu a ereção do rapaz pulsar-lhe a virilha.

Num gesto ainda mais ousado, baixou o zíper da calça dele. Ele parecia abduzido. Desabotoou a calça dele. Um só toque no membro túrgido o fez gozar sobejamente.

Bomani, acanhado, se desculpou. Recompôs-se. Clara também. Abraçou-o e sussurrou no ouvido dele:

— Quero aprender tudo com você.

Bomani tocou-lhe carinhosamente o rosto.

# CAPÍTULO III

# VOLÚPIA

Via-se um gavião-carijó cobiçando um peito-pinhão.

A ineficiência repentina estaria associada aos constantes sumiços nos finais de tarde? Seu Demétrio, intrigado, cavalgou até o pasto que já devia estar pronto. Arado abandonado, animais mordiscando a relva, e cadê Bomani? Furioso, pensava como puniria o empregado.

Ouviu um barulho detrás duma savana à margem do rio. Virou-se e avistou Bomani ajeitando a calça e vindo em sua direção. Sem apear do cavalo, rispidamente perguntou:

— O que estava fazendo, moço?

— Aliviano.

— Porra, molhado desse jeito?

— Limpano — com o queixo, apontou para o rio.

— Não estou gostando disso!

Observando o pasto inacabado, emendou:

— Você vem pra cá todo santo dia e não termina nunca de arar essa merda de chão!

O africano, cabisbaixo, ouvia as críticas.

— Quanto tempo ainda vai levar pra terminar, caralho?!

Bomani encolheu os ombros e nada disse.

— Pois, sim! Então não faz ideia? Dois dias! Dou dois dias pra você terminar a porra do serviço aqui. Ou arrumo alguém que faça.

Só Seu Demétrio sabia que blefava. Jamais substituiria o homem que despertou sua tara, porém, precisava resgatar a eficiência que sabia existir no empregado. Injuriado, cavalgou mata adentro.

Bomani voltou até a margem do rio.

— Morri de medo. Pensei que Seu Demétrio viria aqui bisbilhotar — Clara, assustada, saiu do rio, abraçando-o.

Vestindo-se, falou, compadecida:

— Deu pra ouvir daqui a bronca.

Clara procurou demovê-lo da preocupação:

— Não acredito que Seu Demétrio colocaria alguém no seu lugar.

Bomani demonstrava ceticismo.

— Ei, não fica assim.

Bomani sorriu timidamente.

— Minhas férias acabam domingo. A gente vai se ver menos.

Ele assentiu com o olhar. Foi em direção aos animais e puxou Coroa pelo cabresto. Era comum, após a safadeza, cavalgarem até próximo do sítio de Clara. Trocaram poucas palavras durante o percurso. Clara apeou e passou as rédeas para a mão calejada do amante:

— Não se preocupe, hein! Tudo se ajeita. Podia ter sido pior se Seu Demétrio visse a gente junto.

Quieto, Bomani apenas fechou os olhos. Afastou da mente a cena que Clara profetizou.

— Vá, se cuida — despediu-se Clara.

Bomani permanecia tenso. Temia ser despejado. Quieto, virou-se e cavalgou, puxando o animal.

Observando-o partir, Clara se sentiu envergonhada. Controlava aquele homem. Acima de seus caprichos libidinosos, nutria afeto e amizade. Não se perdoaria caso Seu Demétrio cumprisse a promessa dispensando Bomani. Em poucos minutos chegou. O pai a esperava:

— Batendo perna por aí de novo, mocinha?

— Aproveitando meus últimos dias de férias.

— Acho bom. Você anda meio estranha ultimamente.

— Estranha como, papai?

A filha sempre dizia *papai* quando queria amolecê-lo, evitando broncas.

— Sei lá! Espero que não esteja aprontando nada.

Beijou seu pai na testa e disse:

— Vou tomar banho. Já, já, faço a janta pra nós.

## &&&

Bomani enfim terminou o serviço. Estendeu-se mais que os dois dias determinados pelo patrão. Uma das pás do arado precisou ser trocada. A tarefa agora era levantar uma cerca nova junto ao curral. Próximo demais à casa principal.

Como driblar as investidas de Seu Demétrio? Era a patroa colocar a perua para funcionar e lá vinha o safado com pedidos estapafúrdios. Bomani, com esperteza, conseguia se livrar dos assédios, até que um dia:

— Largue o que está fazendo e me encontre no celeiro — determinou Seu Demétrio.

— O que será dessa vez? — conjecturava Bomani.

Precisaria de outras desculpas. Alegar novamente caganeira não iria colar. Queria se livrar do desavergonhado. Orou por ajuda divina.

— Aqui em cima! — gritou o velho.

Bomani subiu lentamente os degraus da pequena escada de madeira e ascendeu ao segundo andar do celeiro. Antes mesmo de ganhar o último degrau, avistou uma verdadeira cama improvisada com feno acumulado.

Dessa vez não havia chuveiro vazando, cabo da antena parabólica solto, sequer sifão da pia a ser trocado. Sem subterfúgios. Só o aconchegante e romântico punhado de capim seco os aguardava.

— Adivinha o que eu quero de você? — a voz do Seu Demétrio soou estranhamente melosa.

Bomani, Pedro Bó para alguns, o sonso que sempre fazia uma pergunta a mais, percebeu as pretensões do patrão. Passaram em sua mente as histórias contadas pelo verdadeiro Bomani. Como agiria o amigo que não resistiu à travessia do oceano numa situação como aquela? Suportaria? O degrau não suportou seu peso.

Clavícula, braço direito e três costelas fraturadas. A do braço foi grave, exposta. Embora doída, a ajuda divina foi providencial. Convalescendo no ambulatório, todo estropiado, alegrou-se. Estaria livre dos assédios por um bom período. Não mais alegaria dor de barriga e sim dor nas costas. De ruim, a falta que fariam os encontros com Clara.

O doutor na cidade substituiu o gesso por um menor. Apenas com o punho imobilizado, Bomani se tornou mais produtivo. Afastado dos afazeres no campo e terminantemente proibido de cavalgar, rever Clara parecia improvável.

A janela do barraco, nos fundos, voltada para o milharal, nunca fora aberta. Parte do guarda-roupa xexelento a bloqueava. A veneziana nasceu emperrada. A outra janela ficava ao lado da única porta. Esse único acesso ao barraco podia ser avistado da casa-grande.

Bomani, assim que chegou, colocou o ensopado para esquentar. Quando tirava a roupa para se banhar, ouviu o som de alguém batendo. Estranhou, porque o som vinha da parte de trás do barraco. Parecia sair de dentro do guarda-roupa. Abriu. Nada além de seus trapos. Novamente as batidas. Não havia dúvida, alguém batia contra a parede de madeira do lado de fora. Sairia para averiguar, mas a voz sussurrada de Clara o fez, impensadamente, afastar o guarda-roupa, relevar a dor e desemperrar a veneziana.

— Doncevem? — Bomani parecia perplexo.

— Me ajude a subir.

Ele parecia confuso.

— É perigoso alguém me ver entrando no teu barraco.

Bomani puxou Clara para dentro.

Ofegante, Clara foi dizendo:

— Estranhei teu sumiço, até papai me contar do acidente. Tá melhor?

Bomani só mostrou o gesso. Continuava desconcertado com a inusitada visita.

— Relaxe! Ninguém vem aqui xeretar, vem?

O alerta fez com que Bomani abrisse parcialmente a porta. Deu uma espiadela e voltou a fechar. Não havia tranca. Virou-se para Clara:

— Cumoocê veio?

— De bicicleta. Tá lá escondida no milharal.

— Doida!

— Não posso demorar. Fiquei um tempão ali, agachada — apontou para a janela ainda escancarada com vista para o milharal. Massageando as coxas, complementou:

— Vi quando você chegou.

Clara trajava short jeans curto, e camisa xadrez de algodão, que parecia ser do pai. Par de botinas curtas. Bomani havia desabotoado a camisa quando foi interrompido. Ainda trajava calça de algodão cáqui. Tiras entrelaçadas de couro a prendiam à cintura. Calçava bota sete léguas.

— Tavaino — apontou para uma ponta de cano que trazia água fria da caixa sobre o telhado.

— Me quer junto? — Clara disparou-lhe um olhar cheio de malícia.

— Ô se quero, mas... — Bomani coçou a cabeça.

Clara ergueu as sobrancelhas. Não entendia a hesitação dele.

— Água fria — Bomani parecia envergonhado.

— Você me aquece.

Sem tirar os olhos de Bomani, desabotoou a larga camisa. Estava sem sutiã. Mamilos enrijecidos denunciavam seu tesão. Percebeu o espanto dele. Fez charme quando tirou o shortinho. Mais ainda quando desceu a calcinha branca de rendinhas.

Bomani, com a mão esquerda, desajeitado e saltitando, arrancou o cinto e a calça. A cueca samba-canção saiu embolada por dentro da calça. Seu membro também o denunciava. A camisa, Clara o ajudou. Roçou o ventre no pênis. A veneziana foi fechada.

Até então as picantes preliminares os satisfaziam. Estavam muito íntimos. Descobriram envergonhados o sexo oral e dele não mais abdicavam. Simultânea e deliciosamente juntos atingiam o orgasmo. O rio os acobertava.

Agora, um novo cenário. O sol ardente não castigava seus corpos. Não se ouviam pássaros. Corpos desnudos se procuravam na penumbra. Frestas entre tábuas e telhas disformes franqueavam feixes de luz parda vespertina. Respirações aceleradas. Havia cumplicidade em seus olhos. Beijaram-se. Desejavam mais. Desejavam tudo.

O fino fio gelado de água atingia as costas largas dele e respingava na cortina de plástico. Clara, protegida, virou-se de costas. Colou os seios, rosto e mãos contra a meia-parede de azulejo branco. Bomani mordiscou-lhe as nádegas. Beijou e lambeu a vulva. Clara sentia o calor do prazer e gélidos respingos d'água. Molhada, arfava. Mordia os lábios. Suplicava. Bomani, roçando o queixo áspero contra as costas lisas e úmidas dela, levantou-se lentamente. Mais alto, ajustou seu pênis rígido contra as costas dela. Com a mão esquerda massageou o seio esquerdo dela. Os nós dos dedos da mão direita forçavam a madeira acima dos azulejos brancos. Clara não resistiu. Arqueou. Com a mão direita segurou o pênis e pressionou os lábios inferiores da vulva. Bomani não quis forçar, mas Clara o forçou. Penetrou-a parcialmente. Nenhuma dor superaria o que ela sentia. Voltou a respirar. Relaxou. Deixou-se. Algo rompeu. Ela gemeu. Ele recuou. Ela implorou. O membro, lentamente, avançou. Clara suspirou. Avançou. Recuou. Avançou mais um pouco. Gozaram conjuntamente.

A água gelada lavou-lhes os corpos, o receio, o pecado. Estavam surpresos, maravilhados. Aprendiam. Sorriram.

Clara enxugou-se primeiro na única e áspera toalha. Bomani fez do pano sua vestimenta.

— Preciso ir agora, antes que escureça.

A veneziana cedeu mais facilmente. Ela passou uma perna para o lado de fora da janela. Ele a ajudou. Colada ao rosto dele, sussurrou:

— Foi muito bom.

Embrenhou-se no milharal.

Já estava perto de casa. Na estradinha da Olaria, passou pelo Chifre do Touro, um tronco retorcido de arbustivo-arbóreo batizado sabe-se lá por quem. Adiante, avistou um automóvel com o capô erguido. Aparentemente enguiçado. Não pretendia perder tempo assuntando, porém justificaria o atraso caso seu pai estivesse em casa esperando por ela.

Passou ao lado. Ninguém à vista. Deu a volta por trás do veículo. Estranhou o abandono. Deixava o local quando ouviu:

— Ei, você!

Virou-se. Um rapaz acenava, correndo em sua direção. Próximo, ofegante, agradeceu:

— Obrigado por me esperar.

Curvou-se, apoiou as mãos nos joelhos e acrescentou:

— Estou fora de forma.

Exibia um belo sorriso.

— Tá vindo de onde, moço? — Clara, precavida, permaneceu montada na bicicleta.

— Ah, precisei, sabe, naquela...

Desconcertado, apontou para o campo de gramíneas de onde veio.

— Não, não, de carro, da onde você tá vindo?

— Ah, desculpa! Da cidade. Daqui mesmo, Ouro Preto. Resolvi dar um passeio pela região rural.

Clara o observava, curiosa. Havia um sotaque estranho para os ouvidos dela. Mais estranho foi admitir o encantamento que a atingiu.

— Quem sabe, encontrar um sitiozinho à venda? Uma galinha morta, como dizem por aqui.

Olhou para Clara de um jeito que a fez corar. Interrompeu o momento delicado estendendo a mão:

— Serkan.

Toda atrapalhada, quase deixando a bicicleta cair, segurou a mão de Serkan.

— Clara — a voz soou tímida.

Inexplicavelmente, mantiveram as mãos unidas por mais tempo do que um cumprimento convencional demandaria.

— Bem, preciso de ajuda — Serkan apontou para o veículo.

Clara, absorta, nada disse.

— Conhece alguma oficina perto? Alguém que possa me ajudar? Algo pra rebocar o carro?

Estabeleceu-se um monólogo.

— Um telefone já ajudaria.

Clara voltou à terra, porém não mediu as palavras:

— Você está diante da pessoa certa!

— Posso apostar que sim — Serkan exibiu um sorriso avassalador.

Clara se deu conta:

— Não, quero dizer… meu pai é mecânico.

— Tá brincando!

— Verdade, moramos logo ali — segurando o guidão da bicicleta, apontou com o queixo. Acrescentou:

— Passando aquelas quaresmeiras.

Serkan fechou o capô e trancou o carro. Clara desceu da bicicleta.

— Por favor, eu te ajudo.

Ele segurou o guidão da bicicleta.

Clara estremeceu quando Serkan lhe dirigiu um olhar penetrante e se expressou ambiguamente:

— Sorte a minha encontrar você.

Nada mais foi dito até chegarem à casa de Clara. Seus pensamentos valiam ouro.

Hans, escorado numa das vigas que sustentavam a varanda, segurava uma caneca esmaltada branca. Havia passado café recém-torrado e moído. O aroma inebriou a filha e o estranho que se aproximavam.

— Que diacho é isso? — murmurou.

— Olá! — acenou a filha. Mais uns passos e acrescentou:

— Temos visita! Quero dizer, trouxe um cliente pro senhor.

Clara pegou a bicicleta da mão de Serkan e a apoiou junto à viga.

— O carro do moço enguiçou aqui pertinho.

— Me chamo Serkan.

Estendeu a mão para Hans.

— Você é turco?

— Como o senhor sabe?

— Pode deixar o senhor de lado. Apenas Hans.

— Alemão?

— Difícil abandonar nossos sotaques, não?

— Olha que eu tento.

— Por quê? Alguém disse uma vez que manter o sotaque é sinal de amor à pátria, ou algo parecido.

— Concordo.

— Bem, é isso mesmo, seu carro pifou?

— Não conhecia esse termo, mas se significa parou de funcionar, isso mesmo, pifou.

— Vamos lá dar uma olhada.

Hans já largava a caneca no parapeito da janela. Clara o interpelou:

— Credo, pai! O moço nem bem chegou!

Olhou para Serkan e ofereceu:

— Aceita um café? Água?

— O cheiro é de deixar louco.

— Viu, pai? Eta!

— Faça sala pro moço enquanto dou uma olhada no carro.

— A chave, Seu Hans — passou a chave e informou:

— Um Fiat branco parado na subidinha.

Hans ironizou:

— Se tiver mais de um carro parado nessa estradinha, peço asfalto pro prefeito.

Todos riram.

Hans tirou a pesada caixa de ferramentas de trás da porta da frente e foi fazer o que mais sabia e gostava.

— Vamos entrando — convidou Clara.

Serkan a seguiu.

— Senta — Clara apontou a cadeira junto à mesa na cozinha.

Serviu-lhe café e uma fatia generosa de bolo de fubá. Conversaram descontraidamente. Passada aproximadamente uma hora, Hans retornou.

— A correia já era. Vamos trazer o carro pra cá.

— Coisa séria? — indagou Serkan.

— Liguei da casa dos Monteiro e já pedi a peça. Amanhã entregam. Só depois das dez.

— Nossa, o tempo voou! O problema é… — Serkan parecia indeciso.

— O que foi, moço?

— Não sei quanto vai custar. Estou sem talão.

— A primeira coisa é trazer o carro pra cá, depois a gente vê isso.

— O senhor tem um trator e corda?

— Nada! A Clara pega a boleia e nós dois empurramos. É só descida mesmo!

— Quem sabe eu posso usar o telefone também?

— Vamos, vamos, depois a gente vê isso.

Subindo a estradinha da Olaria, Hans sugeriu:

— Se você não é daqueles cheios de frescura, se quiser, pode dormir no sofá esta noite.

— Credo, pai, que jeito de falar!

— Puxa, nem sei o que dizer! Iria chamar um táxi.

— Vai gastar mais com o táxi do que com a peça!

— E com o serviço! — atalhou Clara.

— Nem sei como vou pagar. E não quero incomodar.

— Relaxe, vamos incluir a janta e o pernoite na conta — brincou Clara.

Serkan olhou Clara com carinho e ela retribuiu. Hans os observou e pensou na dor de cabeça que havia arrumado.

Jantaram as sobras do almoço. Clara reforçou com uma de suas especialidades, omelete de queijo branco e bacon. Refestelaram-se todos.

Clara recolheu os pratos e rapidamente passou café. Serviu com doce de abóbora. Serkan não deixava de elogiar.

Hans pegou o cachimbo de cima da geladeira e foi para a varanda. Serkan se ofereceu para lavar a louça. Ganhou apenas um pano de prato. Postou-se ao lado de Clara e enxugava o que ia para o escorredor. Prosearam.

Hans, sem ser notado, subiu. Intrigado, do quarto, tentou manter os ouvidos vigilantes. Não tardou, roncava alto.

Serkan revelava tudo o que julgava importante e capaz de impressionar Clara. Respondia a todas as perguntas que ela lhe fazia. Havia encantamento na voz e as palavras fluíam poeticamente. Mais falava do que ouvia. Clara o enchia de perguntas, ávida por saber um pouco da vida dele e da família na Turquia. Do emprego em Furnas. Da atividade acadêmica na Universidade de Ouro Preto. Do que lia, do que assistia, das músicas que gostava.

Com atrevimento arquitetado, ela perguntou sobre relacionamentos. Talvez não estivesse pronta para uma resposta ousada.

— Nenhum relacionamento no momento, mas sinto que começo a me apaixonar por uma mulher encantadora.

A fisionomia de Clara revelava que ela ficou em dúvida se o galanteio foi de fato para ela.

Serkan lhe dirigiu um olhar estonteante e completou:

— É querida, divertida, prendada, cozinha um bolo de fubá como ninguém.

Clara ficou pasmada.

— Peço desculpas se pareço insolente. Eu não poderia deixar de externar o quanto gostei de te conhecer. As circunstâncias. O acaso. Tudo isso me fez pensar em destino, sabe? Essas coisas, a pessoa certa.

As sobrancelhas da moça saltaram.

— Desculpa, desculpa. Acho que estou te assustando.

Serkan ficou cabisbaixo. Clara quebrou o silêncio:

— Não precisa ficar se desculpando. Toda moça gosta de ouvir elogios. E você fala muito bem.

— Não falo assim com toda moça que conheço. Você mexeu comigo de verdade.

O problema eram aqueles olhos negros profundos. Serkan era um rapaz bonito, com traços fortes. Nariz adunco. Precisava cortar a barba todos os dias, e mesmo assim tinha o rosto enegrecido. Sobrancelhas grossas. Cabelo farto e bem cortado. Dentes perfeitos brilhavam de tão brancos. Alto. Corpo atlético. Mãos grandes. Não parecia bruto, ao contrário, transmitia sensibilidade, generosidade, e acima de tudo era tranquilo.

— Não me interprete mal, está tarde, preciso subir pro meu quarto.

Trouxe um lençol e um cobertor. Almofadas como travesseiros. Rapidamente transformou o sofá numa cama. Pequena para o tamanho dele. Clara, subindo as escadas, virou-se:

— Também gostei muito de te conhecer. Durma bem.

Os pés ficavam esticados sobre um dos braços do sofá. Mudava de posição o tempo todo. A noite foi longa, mas o desconforto não lhe tirou a empolgação. Sentia-se feliz. Dormiu pouco.

As pernas doíam. Panturrilhas petrificadas. O corpo cansado, acostumado e amoldado àquela cama, não relaxava. Inquieta, procurava entender aquele dia intenso. Perguntava-se. Estaria exagerando? A maior intimidade da vida e uma paixão platônica! Seria possível? Queria que sua mãe estivesse presente. Pegou no sono.

Pouco antes do meio-dia, sob um sol abrasivo, Hans deu partida no motor do Fiat. Perfeito. Como de costume, não soube estabelecer o valor justo pelo serviço prestado. Clara interveio. Serkan não se opôs.

— Bem, como vocês não têm telefone, espero que não se zanguem quando eu aparecer pra tomar outra caneca de café — falou do interior do Fiat.

Engatou a primeira. Antes de soltar o pé da embreagem acrescentou:

— Ah, outra fatia de bolo de fubá! E da omelete também!

Riu e piscou para Clara. Ela indagou:

— Quer de verdade que a gente veja se tem algum sítio à venda?

— Claro! — olhou bem nos olhos dela e emendou:

— Tudo, absolutamente tudo que eu disse foi a mais pura verdade.

Clara, enternecida, parecia recapitular cada palavra dita por ele na noite anterior.

— Mais uma vez, obrigado, Seu Hans.

— Vá pelo caminho que te falei.

O Fiat cruzou o portal natural formado pelas quaresmeiras. Pai e filha se entreolharam. Foi dele o comentário:

— Parece ser gente boa. Gostei do moço.

Hans entrou e Clara murmurou para si mesma:

— Eu também.

# CAPÍTULO IV

# RESIGNAÇÃO

As choquinhas-da-serra conduziam o espetáculo. A proximidade do outono amenizava a temperatura.

Diferentemente da primeira vez quando estacionou o Fiat em frente à varanda, Serkan, agora, grudado à buzina, se fazia espalhafatoso. Tornaram-se frequentes suas visitas-surpresa. Não foi Clara quem o recebeu, e Hans foi logo anunciando:

— Minha filha saiu.

Serkan, sem descer do carro, murchou:

— Sério? — falou da janela.

— Foi cedo à cidade. No dentista, ela disse. Encontraria uma amiga antes das aulas.

— Que pena! Mas ela está bem?

— Ela não estava se queixando. Devem ser aquelas revisões, tipo carro — Hans expôs seus dentes amarelados.

Mãos apoiadas sobre o volante, Serkan lamentava o desencontro. Sempre que o trabalho o colocava para rodar por aquelas bandas, arrumava um jeito e visitava Clara. Observando o semblante festivo de Hans, sintomaticamente retribuiu o sorriso.

— Bem, o dever me chama.

Girou a chave na ignição e o motor do veículo rugiu.

— Espera! Me dá uma carona? É pertinho.

— Claro. Sobe aí!

No caminho até o sítio de um velho conhecido, Hans pediu orientação sobre coisas que não se sentia à vontade de debater com a filha. Queria poupá-la. O assunto despertou o interesse de Serkan. Passaram-se algumas dezenas de minutos até se despedirem.

O consultório ficava em frente à praça central. Sobre o parquet, uma mobília que lembrava a casa da Barbie. Além de tudo rosa, as dimensões também. Desconfortável na pequena poltrona, Clara sentia-se castigada sempre que apanhava uma revista antiga da mesinha à sua frente. Agoniada, desejava que sua mãe estivesse viva e ali com ela. Finalmente a porta do consultório se abriu. Uma senhora alongava a despedida, detalhando uma receita de bolo de fubá em que ninguém estava interessado. A secretária simulou uma tossezinha, interrompeu a falante e sinalizou para Clara entrar. Sentou-se numa das pequenas cadeiras dispostas em frente da pequena mesa onde a doutora a aguardava sorridente.

Tudo era novidade para Clara, mas não havia descontração. Durante os procedimentos, Clara, agitada, empilhava perguntas. A doutora revelou as primeiras impressões. A agitação se foi, e Clara, taciturna, preocupou a doutora.

— Ei, preciso fazer alguns exames.

Clara afundava em seus pensamentos. A doutora procurou trazê-la de volta:

— Estar grávida, caso se confirme, é divino, é maravilhoso!

Clara temia a reação do pai. Afastar Serkan, assustar Bomani. De repente se imaginou ostentando uma enorme barriga. Ninguém se alegraria. Entristeceu-se. Conjecturou e ao mesmo tempo se puniu por ventilar a possibilidade de abortar. Esfregava a testa com as mãos.

— Você está bem?

Não raro a doutora recebia em seu consultório rosa jovens com enorme desejo e pouco juízo.

— Posso te recomendar uma psicóloga amiga minha. É nesta quadra mesmo...

Clara a interrompeu:

— Não sei como contar para o meu pai.

A fisionomia da médica indicava apreensão.

— Meu pai, acima de tudo, é meu amigo. É injusto! Não contei pra ele do meu relacionamento, quero dizer, da aventura em que me meti. E agora isso!

Ponderações acometiam a jovem.

A doutora não a interpelou.

Uma lágrima desgarrou. Clara suplicou:

— Sozinha eu não consigo! Não sei se devo, sabe?

Envergonhada, não conseguia colocar para fora a dúvida que a consumia.

A doutora tirou uma caixa de lenços de papel da última gaveta e colocou na sua frente. Contornou a mesa e sentou-se ao lado dela.

— Sei o que se passa nessa sua cabecinha. Posso ligar para a minha amiga psicóloga e ver se ela pode te receber agora.

— Agradeço, mas só uma pessoa pode me ajudar.

Clara enxugou o rosto. Quis saber da doutora os próximos passos.

Deixou a clínica, absorta. Buscou um banco na praça, protegido do sol. Nada a ser contemplado, à exceção do descarnado cão que lutava em vão para virar o latão de lixo. Sentia-se igual, não ao canino, mas sim ao que devia ter dentro do latão. Clara não era adepta de lamentações. Destemida, sempre seguia em frente. Abandonara a reza quando sua mãe partiu. Sem maturidade para entender, culpou. Hora de fazer as pazes com Deus.

Pedia para que o pai entendesse. Para Serkan relevar. Que Bomani continuasse introspectivo, alheio. Disse para si mesma:

— Egoísta.

Olhou para o latão de lixo. O vira-lata havia desistido. A similitude com os dejetos parecia resoluta. Juntou as mãos e conversou diferente com Ele:

— Sei que cuidas de mim e do papai. Perdão se não agradeci esse tempo todo. Nunca precisei tanto que me apontaste o caminho certo.

Chorou copiosamente.

A semana que antecedia o retorno ao consultório rosa se arrastava. Tudo parecia desajustado. Isolava-se na escola. Não descartava abandonar os estudos. Em casa, lidava com dificuldade com o instinto paterno. Esgotavam-se as justificativas para o seu comportamento atípico. Disfarçava os enjoos. Sempre que o pai se ausentava para um conserto qualquer, se via desanuviada.

O domingo chegou e trouxe, como esperado, Serkan.

Como de costume, anunciava-se buzinando desde o portal das quaresmeiras. Os dentes brancos sobressaíam no rosto escurecido pela barba. A apreensão ofuscava o entusiasmo de Clara. Evitou fitar-lhe os olhos quando o abraçou e o beijou na face. Inconscientemente se manteve abraçada a ele por mais tempo. Percebeu que o perderia para sempre. Serkan não podia ver os olhos lacrimejados de Clara. Ela se recompôs e o guiou para dentro da cozinha.

Preparava nhoque para o almoço. Sem tirar os olhos da massa que sovava, disse para Serkan se servir da cachaça que Hans escondia atrás do antigo rádio sobre a geladeira.

— Ah, o tesouro do seu pai. Cadê ele? — Serkan se serviu no copinho que tampava a pequena moringa.

— Trabalhando, como sempre.

— Domingo?

— Daqui a pouco aparece pro almoço.

— Ô cachaça boa!

Deu um segundo gole como quem busca coragem. Desapontado, disse:

— Tenho algo pra te contar.

Estranhamente, Clara não se pôs curiosa, e sim reflexiva. Intimamente sabia, ela sim, tinha algo para contar. Serkan estranhou:

— Você está bem? Parece um pouco distante.

— Desculpa. Você disse que precisava me contar algo e eu aqui pensando se coloquei sal na massa. Foi mal, desculpa.

Deixou a massa descansando e o encarou.

— Recebi uma carta da minha irmã. Papai não está bem de saúde.

Clara ergueu as sobrancelhas.

— Ele tem pressão alta, muito alta. Teve um pequeno AVC. Perdeu a visão do olho direito.

— Meu Deus! É muito sério, então!

— Aparentemente está tudo sob controle, mas...

O suspense instigou mais ainda a atenção de Clara.

— Daqui a três meses vence meu visto de permanência. Estou pensando em antecipar as coisas.

Ela ainda procurava entender o que Serkan informava.

— Queria que você esperasse por mim.

Serkan chegou mais perto. Deixou o copinho sobre a mesa. Segurou os braços de Clara. Olhou-a no fundo dos olhos.

— Gosto muito de você. Quero me comprometer com você. Quero você como minha namorada. Você…

Hans irrompeu pela porta abruptamente. Serkan soltou os braços de Clara. O pai percebeu que interrompera algo, mas não tinha como voltar atrás. Desconcertado, cumprimentou:

— Olá, moço!

— Seu Hans, como tem passado? — Serkan, enrubescido, apanhou apressadamente o copinho com cachaça. Tentou disfarçar o desconforto:

— Descobri o esconderijo — apontava o copo para Hans.

Hans também se sentia acabrunhado.

— Sirva-se à vontade. Vou lavar as mãos e já conversamos.

Deixou-os sozinhos novamente.

Clara conjecturava acerca do pedido interrompido. Serkan, ainda aturdido, quebrou o silêncio:

— Continuamos depois.

Deu um belo gole da aguardente.

Durante o almoço, Serkan falava e parecia que só Hans lhe dava ouvido. Serkan voltou a esclarecer a necessidade de renovar o visto para permanecer no país. E de estar com o pai. Quando dizia que tentaria regressar para a Turquia antes do fim do mês, Hans se surpreendeu:

— Assim tão rápido!

Apercebeu-se e considerou:

— Desculpa, a condição do seu pai, claro, você deve ir o quanto antes.

Clara não esboçava reação alguma, e isso os intrigava. Exibindo um sorriso forçado, Serkan, inseguro, olhou para ela e provocou:

— Acho que a Clara não aguenta mais as minhas visitas.

Hans também forçou um sorriso. Ansiava que a filha dissesse algo que elevasse o ânimo e a confiança do rapaz. Como ela nada disse, resolveu ele mesmo quebrar o gelo:

— Até parece, não é, filha?

Alarmada, Clara reagiu olhando fixamente para o pai.

— Serkan está falando com você.

Clara voltou-se para Serkan:

— Desculpa, eu, eu…

Tapou o rosto com as mãos. Para a perplexidade dos dois, levantou-se e subiu para o quarto, soluçando.

Serkan receava que a sua declaração interrompida antes do almoço poderia de certa forma ter injuriado ou desestabilizado Clara. Penitenciava-se.

Hans tinha visto a filha assim fragilizada quando a mãe perdeu a vida para o câncer. Conteve-se para não ir ao quarto dela.

Passados uns minutos, desejosos de colocar fim àquele silêncio constrangedor, entreolharam-se. Hans tomou a iniciativa:

— Vocês por acaso discutiram antes da minha chegada?

— Não, claro que não, mas…

Hans esgueirou-se na cadeira.

— O que foi?

— Percebi algo diferente nela. Não sei explicar, me pareceu preocupada com alguma coisa.

— Confesso que tenho achado minha filha diferente ultimamente.

— O senhor comentou com ela sobre a conversa que tivemos aquele dia no carro?

Hans abaixou a voz, receando que a filha pudesse ouvi-los.

— Não. Não quero ela envolvida. Não faço ideia do que pode estar atormentando a vida dela.

— Problemas no colégio, será?

— Não acredito. Nunca vi Clara assim.

Os dois estavam pensativos até um barulho de porta sendo destravada os colocar em alerta. Clara desceu a escada e adentrou a cozinha, anunciando:

— Vou passar um café.

Enchia a chaleira de água e emendou:

— Sei que tô parecendo uma louca. Depois do café, preciso conversar com vocês, só que separadamente.

Olhou para o pai e concluiu:

— Primeiro com o senhor.

O café, sempre perfeito. Cocada com doce de leite. Nada parecia palatável. A apreensão reinava e amargava. Clara, ansiosa, recolheu xícaras e pratinhos e os colocou na pia. Serkan, vendo as mãos trêmulas dela, se ofereceu:

— Deixa, eu lavo. Vá, converse com seu pai.

Clara agradeceu com um olhar meigo. O pai já a esperava sentado numa das cadeiras na varanda.

— Podemos subir, pai?

Hans gesticulou para a filha ir na frente e a seguiu até o quarto dela. Hans se sentou na ponta da cama. Clara fechou a porta, cabisbaixa, e sentou-se ao lado do pai.

— Você tá me assustando, filha.

Clara olhou fixamente nos olhos azuis do pai. Pôs sua mão sobre a mão calejada dele. Antes de emitir o som da primeira palavra, levantou-se abruptamente, abriu a porta e foi ao banheiro que separava os dois quartos da casa. A porta ficou entreaberta e Hans pôde ver a filha ajoelhada, vomitando na patente.

Serkan ouviu, mas decidiu guardar para si suas suposições. Queria ter mais louça para lavar.

Hans se desesperou. Lembrou das inúmeras vezes que presenciou a esposa sofrendo após as sessões de quimioterapia. Começava a entabular a possibilidade de receber uma notícia trágica quando Clara se recompôs e voltou para o quarto. Fechou novamente a porta e ficou de frente para o pai.

— Desagradável, mas o que o senhor acabou de ver até ajuda a contar o que eu preciso te contar, pai.

— Pelo amor de Deus, filha, você não está doente, está?

— Pai, eu estou grávida.

Hans teve uma súbita sensação de alívio, mas logo se apercebeu da gravidade da notícia. Ato contínuo, sobrancelhas grossas, desarrumadas e eriçadas, apontou o dedo nodoso para o andar de baixo.

— Não, pai! Não me deitei com Serkan. Aliás, só hoje ele, coitadinho, me pediu... deixa pra lá.

— Como assim? De quem então, Clara?

— Ai, pai.

Clara esfregava as mãos com impaciência.

— Clara! Não me diga que é daquele tal Bomani?

— Como o senhor adivinhou?

Hans se levantou e se colocou diante da filha. Elevou o tom da voz:

— O que interessa isso? Como aconteceu? Ele abusou de você?

— Não, pai! Nada disso!

Pegou o pai pelo braço e suplicou:

— Senta, pai. Por favor. Vou contar tudo pro senhor.

Hans precisou conter-se inúmeras vezes para não interromper a filha. Fungava alto sempre que ela confessava algo íntimo. No final, com a mão cobrindo os olhos, Hans ficou silente, concatenando o que diria à filha.

— Diz alguma coisa, pai.

— Já foi ao médico?

— Sim, pai. Uma doutora, e também tive uma conversa com uma psicóloga que ela recomendou.

— Está tudo bem com você? Digo, os exames, sei lá, o que a doutora tem dito?

— Tá tudo bem, pai.

Clara tornou a pegar a mão do pai.

— Sei que decepcionei o senhor. Pode pôr pra fora a raiva que o senhor tá sentindo, pai.

— Filha, se eu disser que tá tudo bem, que é assim mesmo, estarei mentindo. Agora, você jamais irá me decepcionar. Sei bem a filha que tenho. A filha que sua mãe e eu educamos. Poxa, como eu queria que sua mãe estivesse aqui conosco!

— Eu também.

Pai e filha se abraçaram e foram às lágrimas. Hans se afastou e encarou a filha:

— Como você vai lidar...?

Apontou novamente o dedo para o andar de baixo.

— Vou contar pra ele, é claro. O pior é que eu gosto muito dele, mas...

— Você quase disse há pouco que ele ia te pedir em namoro?

— Acredito que sim. Ai, pai, se eu soubesse que...

— Filha, o que tá feito, tá feito. O jeito agora é enfrentar o que virá pela frente com calma. Afinal, você carrega uma vida e precisa se cuidar.

Hans já se via avô, e seu olhar contagiou a filha.

— Pai, você é... Eu te amo, pai.

Segurando as lágrimas, Hans insistiu:

— Vá, filha, desce lá. O moço deve de estar alucinado sem saber o que está acontecendo. Depois a gente continua.

— Obrigada, pai.

Clara se levantou e abriu a porta.

Serkan estava sentado numa das cadeiras na varanda, contemplando as quaresmeiras. Clara puxou a outra cadeira para próximo dele.

— Não sei por onde começar.

— Dizem que sempre é melhor pelo início.

Serkan tentou amenizar um pouco o fardo que Clara demonstrava carregar sobre seus ombros.

— É que eu tenho que te confessar algo, mas antes gostaria de te dizer que o que você me disse... melhor dizendo, tentava me dizer quando estávamos na cozinha, me alegrou muito.

Serkan esboçou um comentário, mas Clara tocou seus lábios com a ponta dos dedos e depois segurou seu braço.

— O que eu tenho pra te contar fará você mudar de ideia. Apenas me ouça.

Clara cruzou as mãos sobre o colo e fitou as quaresmeiras. Como tinha tido a mesma conversa com o pai minutos antes, e Serkan, obediente, não a interrompeu, Clara pôde noticiar sua gravidez, e o mais doloroso e delicado para ele ouvir, seu atrevimento e sua ousadia. Não quis impor mais sofrimento e desgosto a ele contando detalhes das intimidades que tivera com Bomani, mas não se eximiu de esclarecer que as iniciativas sempre foram dela. Quando contou sobre o dia que se entregou para Bomani, concluiu:

— Insensatez a minha.

Clara encontrou forças para olhar nos olhos de Serkan e continuar:

— Sei que não muda o que você está sentindo, mas se eu tivesse encontrado você antes...

Clara se emocionou. Soluçando, disse baixinho:

— Conheci você naquele dia.

Serkan apoiou sua mão sobre as mãos de Clara. Ela puxou delicadamente a mão direita para enxugar as lágrimas que percorriam seu rosto. Ele pediu permissão para falar, ela assentiu com um gesto, e depois colocou sua mão sobre a dele.

— Quando fiquei aqui, esperando você conversar com seu pai, te juro, não fazia a menor ideia do que se passava com você. Lavando a louça, achei que tinha assustado você te pedindo em namoro. Aí ouvi você no banheiro, e isso me deixou preocupado. Pensei o pior, sei lá, que você pudesse estar doente. Foi angustiante ficar sentado aqui esperando você.

Serkan, com delicadeza, pegou Clara pelo queixo, virou-a para si, enxugou uma derradeira lágrima e disse com firmeza:

— O dia em que meu carro enguiçou logo ali. O dia em que nos conhecemos, eu vi algo em você que ficará eternizado na minha mente, na minha alma. Eu preciso te perguntar. Aquele brilho nos seus olhos...

Serkan perdeu momentaneamente a coragem, mas se estabilizou. Precisava saber. Continuou:

— Aquele brilho... — a voz embargou.

— Foi amor — Clara se antecipou.

Serkan ficou indeciso.

— Foi amor à primeira vista. Eu vi você. Eu vi em você os príncipes dos romances que eu li. O olhar foi pra você.

Clara fitava Serkan. Segurou-o pelo queixo áspero e falou emocionada:

— Você precisa acreditar em mim, eu...

Ele a interrompeu com o indicador sobre os lábios dela:

— Vejo o mesmo brilho agora.

Clara colou a testa na testa dele e sussurrou:

— Me desculpa.

Ficaram colados um ao outro até ele se afastar um pouco e dizer:

— Posso terminar o que eu de fato vim fazer hoje?

Clara ficou sem saber ao certo o que ele pretendia. Serkan se ajoelhou diante dela, e mesmo assim seus rostos estavam muito próximos.

— Quer namorar comigo?

Clara, surpresa, ficou com a boca levemente aberta e ele a beijou timidamente. Novamente, e mais uma vez com leveza. Beijaram-se ardentemente. Ele a segurou pelo rosto e ela confidenciou:

— Pensei que você iria desistir de mim.

— Enquanto você tiver esse olhar pra mim eu jamais desistirei de você.

Beijaram-se novamente.

O crepúsculo se aproximava. Uma isolada cortina da chuva que se precipitava sobre um lugarejo entre os picos da serra separava o alaranjado do lilás na aquarela que se avistava no horizonte. Tomavam o café recém--passado enquanto proseavam.

— A empresa encaminhará os documentos pra estender a minha permanência aqui.

— Deixe um jeito de contatar você. Para o caso de surgir um sítio à venda — Hans piscou para Serkan.

— Claro. Deixarei, sim. Escreverei também. Tenho o número dos Monteiro comigo. Aliás, no estado de Clara, seria bom adquirir um telefone.

Serkan logo se deu conta de que poderia ser um investimento do qual os Himmel não dispunham. Reconsiderou:

— Queria te pedir um favor, Seu Hans. Enquanto eu estiver na Turquia, o senhor cuidaria do meu carro?

— Claro. Arranjo espaço na minha oficina.

— Mas é para o senhor e Clara usarem. Nada de deixá-lo parado!

— Nada de vocês me tratarem como uma doente.

— Filha, ainda não me acostumei com a ideia de você estar esperando um bebê.

Hans imediatamente olhou para Serkan. Achava que o assunto da gravidez sempre iria constrangê-lo. Serkan percebeu.

— Seu Hans, o senhor a partir de hoje é meu sogro, e o bebê no ventre da Clara será um filho pra mim. Sei que parece precipitado. Sou pragmático. Quero Clara pra mim e Clara me quer. Isso é o que importa. Não quero que o senhor nem ninguém pense que o fato de a Clara estar esperando uma criança seja considerado um problema para o nosso relacionamento.

— Serei sincero, moço. Há pouco, quando minha filha contou que você a pediu em namoro e você perguntou se eu aprovaria, me limitei a dizer que, se Clara estava feliz, eu não me oporia. Sou um homem de poucas palavras, mas quero que você saiba que gostei de você logo que te vi.

Tocando a barriga de Clara, Serkan disse:

— Vocês são minha família no Brasil.

## &&&

O filho caçula dos Monteiro pedalou até o sítio vizinho para avisar que um moço com fala engraçada ligaria de volta em meia hora.

O garoto de pernas finas trajava shorts, e as botas longas o deixavam esquisito. Olhava para Clara quando ela, certamente, não estava olhando para ele. Clara, ansiosa, batia freneticamente o bico da botina no assoalho de imbuia. Evitava pisar no tapete feito à mão. A dona da casa era a mais experiente bordadeira da vizinhança. O telefone finalmente tocou:

— Alô — atendeu Clara.

— Oi — uma expressão curta, objetiva e esperada, mas a voz revelava drama. Com sofreguidão, continuou:

— Desculpa mandar te chamar, é que...

Clara ouviu do outro lado da linha o som de quem desentope o nariz congestionado pelas lágrimas. Aturdida, ouviu:

— Papai morreu.

— Meu Deus, Serkan!

— Não queria que você soubesse assim, mas estou embarcando bem cedo amanhã de BH.

Clara ainda processava as informações.

— Consegui um voo de São Paulo para Istambul. Passarei o dia no aeroporto falando com o pessoal da empresa. Tem tanta coisa para ajustar.

— Serkan, não sei nem o que falar! Nem sei como te ajudar.

— A última vez que falei com papai... — a voz embargou.

Clara ouvia os soluços.

— Você é um homem maravilhoso e seu pai sabia disso.

— Obrigado.

— Queria estar com você.

— Fico feliz só de ouvir isso, mas não temos tempo.

— E suas coisas, sua casa, posso te ajudar.

— Tentarei voltar antes que meu visto expire.

Ambos refletiam as incertezas naquele cenário turbulento.

— De lá tentarei resolver as coisas. Sinceramente não sei como será.

— Pode contar com a gente no que for preciso.

— Eu sei que posso, obrigado.

Um hiato silencioso.

— Manterei contato.

— Espera! — Clara hesitou, mas prosseguiu:

— Você não tem a obrigação de voltar, sabe? Eu te quero muito, mas vou entender se...

— Pare com essa bobagem.

— Desculpa, só...

— Nada de só, nada pra se desculpar. Deixa o tempo consertar as coisas. Você precisa se cuidar. Não se preocupe com mais nada. Dê um abraço no seu pai por mim. Beijos, minha querida.

Nenhum homem, à exceção de seu pai, a havia chamado assim.

— Beijos — soou reflexivo.

Antes que Serkan desligasse:

— Boa viagem, querido.

## &&&

Chovia muito. Parte do Morro da Forca cedeu. O deslizamento arrastou o que nele se escorava. Caminhos obstruídos impediam o prestativo Hans de atender aos chamados. Precisava também ir à cidade buscar o veículo de Serkan. Pitava seu cachimbo, observava as nuvens carregadas que teimavam em desaparecer. Esse cenário cinza-chumbo se estendeu por dias.

Finalmente o sol abriu seu largo sorriso. Onde havia lama, agora um barro duro, rachado.

A desbotada caixa do correio, há tempo ociosa, faminta, engoliu a primeira carta enviada por Serkan.

— O que ele conta? Como está a família dele? Diz aí se ele…

— Pai, espera! Deixa eu terminar de ler! Depois conto tudo.

Clara leu mais de uma vez. Tantas informações em duas folhas frente e verso. A segunda exclusivamente dedicada a ela. Rabiscos externavam carinho, saudade, preocupação e, subliminarmente, transpareciam indefinições.

Cuidou logo de apaziguar o pai que insistia em querer saber o que Serkan dizia na carta. Contou o que Serkan escreveu na primeira folha. Sua mãe, a irmã e o cunhado, que dividiam a rotina com o falecido pai, pouco a pouco aprendiam a lidar com a perda. A pequena marmoraria, com a família há quatro décadas, ocupava-o demasiadamente.

— Só isso?

— Claro que não. Tem coisas aqui só pra mim, pai!

Clara franziu a testa e perguntou:

— Ah, ele mandou dizer pro senhor não se preocupar com nada! O que ele quis dizer com isso?

— Nada, não. Coisa nossa. De homem pra homem — o pai esquivou-se. Subiu para o quarto.

— Eu, hein?! — Clara voltou-se para a carta. Gritou:

— Tem um número de telefone se a gente quiser falar com ele! Ouviu?

— Ouvi!

Clara releu a segunda folha uma centena de vezes.

&&&

Enjoos eram normais e frequentes. O pai insistia para acompanhar a filha à consulta. Clara vivia afirmando que gravidez não era doença. Dissuadia o pai da intenção de avisar Bomani, mas uma coincidência traria consequências.

Dona Aparecida queixava-se de ardência na vagina. Resolveu ir à clínica. Compartilhava a espera com duas moças. Uma, asiática. A outra parecia esconder-se atrás da revista. De repente a secretária anuncia:

— Senhorita Clara, pode entrar.

# &&&

Jantavam o que sobrou do almoço. Polenta e galinha caipira. Seu Demétrio raramente era cordial com a esposa:

— Tá melhor que no almoço. Acho que pegou mais o gostinho do fundo da panela.

Comia com volúpia.

— Mastigue devagar.

— Vai começar!

— É pro teu bem!

— Não sou eu que precisa ir na médica toda hora.

— Ai, Demétrio, como você é!

Imperava o peculiar silêncio entre casais que se aturam, até Dona Aparecida gerar o suspense:

— Sabe quem eu acho que tá grávida?

— Vou saber? Desembucha, mulher!

— Não, não sou eu que tá embuchada — Dona Aparecida retribuiu mais aquela descortesia com desdém e desembuchou:

— A filha do alemão, a Clara.

Demétrio engasgou.

— Credo, homem, coma devagar!

Enquanto o marido se limpava com o guardanapo, a esposa fez a pergunta que provocou mais engasgos:

— Quem será que se deitou com aquela lá?

Sempre foi costume Demétrio se levantar empanturrado e nem sequer ajeitar a cadeira. Nunca ajudava a esposa com a louça. Pitava um *paiero* e bebia despreocupadamente na varanda. Essa noite foi diferente. Agitado, conjecturava. A insônia o atingiu.

A temperatura amena das primeiras horas da manhã não arrefecia a tensão. Seu Demétrio foi ao barraco assuntar com Bomani. O empregado, de imediato, esfregou as costas e o braço recuperados, simulando dor. Temia um novo assédio.

— Anda muito folgado, moço! — zombeteou o patrão. Olhava curioso o interior do muquifo. Inconscientemente procurava algo que pertencesse a Clara.

Bomani o ignorou.

— Como não tem muita atividade por aqui, pensei mandar você ajudar meu filho Gregório lá em Passa Quatro.

Bomani espreitava o patrão, desconfiado.

— Aquele lá resolveu se casar da noite pro dia com uma mulher prenha de outro. Filho só dá dor de cabeça.

Bomani nunca esboçava opinião, mesmo porque sabia que o patrão a desdenharia. Demétrio prosseguiu resmungando:

— Se bem que enviuvou do meu sócio e isso tem lá suas vantagens.

Demétrio ainda esquadrinhava o cômodo, e Bomani, ressabiado, estendeu o surrado lençol sobre a cama de campanha e acintosamente acusou desconforto com o movimento.

— Esse braço não tá bom ainda?

Bomani fez cara de desacorçoado. Intimamente sabia que seu desiderato de arrefecer a tara de Demétrio estava sendo eficaz, mas não podia correr o risco de ser considerado inútil. A possibilidade de trabalhar em outra cidade, ainda que fosse para a mesma família, seria bom demais para ser verdade.

Demétrio deixou as manobras de lado e pôs em prática o que havia arquitetado durante a noite:

— Tá decidido. Como você não dá conta do serviço pesado, vai passar um tempo com meu filho até ficar bom. Arrume suas coisas. Vamos hoje mesmo.

Antes de cruzar a porta, ameaçou:

— Se não tiver serventia por lá, já sabe, né?

Seu Demétrio, durante o percurso, não deu trégua a Bomani. Passou sete horas assuntando. Bomani permaneceu quieto o tempo todo, mas suas expressões e reações o denunciaram. Restou indubitável para o velho enciumado, a safada da filha do alemão de fato havia se deitado com Bomani. Permanecia a dúvida se ele sabia sobre a gravidez de Clara. Não pretendia arriscar alertando-o. Resolveria isso na volta para Ouro Preto.

Gregório não entendeu direito as razões do pai para seu empregado passar um tempo com ele, mas ficou agradecido. Afinal, o pai não costumava lhe dar explicações. Assim, Bomani, a partir daquele dia, trabalharia na Fazenda Berro Alto.

&&&

A chuva forte não causou estrago, e ajudou a amenizar o calor.

— Depois do almoço vamos contar pro Bomani, pai — sugeriu Clara com a boca cheia. Mastigava o último pedaço do pão caseiro.

— Finalmente!

— Quero saber se o senhor vai estar por aqui.

— Provavelmente, ou no vizinho, consertando a bomba d'água deles.

— Ótimo. Cobre, hein?

— Não quer mesmo que eu te leve?

— Já te disse, pra que usar o carro do Serkan se o ônibus me deixa na porta?

Hans já estava em casa. Pintava a caixa do correio quando Clara retornou.

— Frito uns ovos e esquento arroz. É só isso hoje!

— Adoro! Tô terminando aqui.

Terminaram de almoçar e uma caminhonete estacionou em frente. Hans e Clara, da pequena janela da cozinha, avistaram Seu Demétrio ao volante. A buzina soou estridente.

— Velho chato! — ralhou Clara.

— Vou ver o que ele quer.

Hans se levantou.

Enquanto Clara recolhia os pratos, Seu Demétrio, contrariando o hábito, desceu.

— Consigo um café por aqui?

Também nunca foi gentil. Certamente aquela inconveniência iria atrasá-los, mas Hans não soube como evitar.

— Minha filha passará agora mesmo.

Olhou da porta para a filha enfezada, que ergueu os ombros, conformada. Sentaram os dois na varanda.

A conversa parecia não ter pé nem cabeça. Até Clara trazer duas canecas de café.

— Aparecida disse que te viu esses dias na clínica.

Pai e filha se entreolharam. Percebendo que os deixara desconfortáveis, Demétrio foi ainda mais sarcástico:

— Pelo visto você embuchou!

Hans, antevendo a reação explosiva da filha, intercedeu:

— Estávamos justamente indo até a sua fazenda falar com o seu empregado, o Bomani.

— O que tem ele? — indagou cinicamente.

Clara respondeu rispidamente:

— Não lhe diz respeito, mas sim, estou grávida e Bomani será o pai.

Seu Demétrio fritava por dentro, mas se conteve. Estava preparado.

— Então foi por isso! — murmurou teatralmente.

— Isso o quê? — adiantou-se Hans.

— Bomani deixou a fazenda dias atrás. Parecia correr do diabo!

— Ele nem sabe ainda! — exclamou Clara.

Coçando o queixo como quem avalia um mistério, o espertalhão especulou:

— Vai ver ele não queria enfrentar o seu pai!

Olhou Clara com frieza. O embuste foi certeiro. Pai e filha ficaram sem ação. O mendaz, triunfante, regozijava-se:

— Uma criança sem pai, uma boca a mais…

Tal qual uma cobra sorrateira, armou o bote:

— Ainda mais nessa hora.

Fitou Hans com crueldade. O ofídio se enrolou no pescoço do moribundo e apertou:

— Vim aqui para… puxa, diante das circunstâncias, nem sei como te dizer, Hans…

A víbora injetou o veneno letal:

— É que surgiu um imprevisto, sabe? Preciso do dinheiro que você me deve. Meu filho precisou casar, não se planejou, sabe como são as coisas, a gente acaba tendo que pagar pela cagada deles!

Ironicamente, o desbocado olhou para Clara. Ela o olhava catatônica, prestes a explodir. Hans, inexplicavelmente calmo, ponderou:

— O senhor trouxe aquela promissória que assinei?

— Na verdade, queria conversar com você primeiro. Tem os juros, sabe?

— E tem os abatimentos pelos serviços prestados que o senhor deve saber, né? — Clara interferiu com firmeza.

Seu Demétrio não escondia a aversão pela garota:

— Esse assunto não lhe diz respeito, mocinha.

— Fique o senhor sabendo…

— Clara! — o pai foi firme. Em seguida ordenou: — Vá pra dentro.

Havia uma coisa que Clara nunca subestimou, aquele raro olhar determinante. Deixou-os pisando firme. Hans voltou-se para Demétrio:

— Faça as contas como o senhor entender justo. Divida o valor em parcelas. Cada parcela, uma promissória. Pago uma por mês. O que o senhor acha?

Demétrio gostou da ideia.

— Amanhã mesmo trarei as novas promissórias.

— As antigas também — alertou Hans.

A caminhonete cruzou as quaresmeiras e levantou poeira na estradinha. Clara, visivelmente desesperada, ralhou:

— O que o senhor ganhou com isso?

— Tempo, filha. Tempo.

— Tempo, grande coisa. Nós dois sabemos que…

Sutilmente o pai espalhou o cabelo da filha, acalentando-a.

— Pode não parecer, mas eu sei o que estou fazendo. Não se preocupe.

Clara entendeu ser o momento para retribuir a confiança e se aquietou.

## &&&

As folhas se desprendiam preguiçosamente, mas o outono voava, com o inverno nos calcanhares. Clara reclamava da barriga, do tempo frio, dos pés inchados, da saudade, de tudo. Mas o que de fato a atemorizava eram as promissórias vencidas. O pai insistia para ela não se preocupar, que tudo estava sob controle. Certa manhã, junto de outra carta da Turquia, chegou uma notificação.

— E agora, pai?

Clara segurava a notificação na mão.

— Podemos confiar no Serkan, certo?

— O que ele tem com isso, pai?

Hans finalmente contou para Clara que foi orientado por um advogado, amigo de Serkan.

— Fizeram tudo sem eu saber de nada!

— O que você poderia ter feito? A gente não sabe nada dessas coisas, filha!

— A gente não corre mesmo o risco de perder o sítio, pai?

— Acho que não.

— O senhor *acha?* Pai!

— Vou ter que mostrar esse papel aí na tua mão pro advogado, daí você pergunta tudo pra ele.

— Tô muito enjoada hoje. Só confirma com o advogado se o sítio tá salvo.

Passados dois dias, Demétrio apareceu transtornado. Clara informou que o pai não se encontrava. Ele não poupou impropérios à jovem. O crápula, além do costumeiro ódio flamejante, trazia algo novo no olhar. Mostrava-se derrotado. Clara foi acometida de uma sensação triunfante. A estratégia articulada pelo advogado, o amigo de Serkan, de que ela desconhecia os detalhes, certamente desagradava o velho.

Novas cartas cruzaram o Atlântico. Iam e vinham agradecimentos, informações, juras, e também indefinições. A batalha jurídica se arrastava, mas nada se modificou. O sítio permanecia com os Himmel, e Demétrio, transtornado.

No início da primavera Clara deu à luz. Quase quatro quilos. Pele não tão escura como a do pai, traços da mãe, um menino bonito. Celebravam a vida quando comentavam a notícia da morte.

— Disseram que ele deixou o escritório do advogado falando cobras e lagartos. Subiu na caminhonete e saiu cantando pneu. Não venceu a curva e deu numa árvore. Também, com essa chuvarada, o asfalto escorregadiço...

Hans se sentia no dever de prestar condolências. Chegou junto do filho mais velho do falecido, que o impediu de entrar. Do lado de fora, no estacionamento da capela, custou a acreditar. Foi até ele. Estranhou o fato de não ter arredado o pé.

— Lembra de mim, moço?

Bomani afirmou com a cabeça.

— Não tem nada pra me dizer?

Bomani pareceu surpreso. Depois meneou a cabeça, negando.

— Pois eu tenho. Mas prefiro que não seja aqui.

Pegou Bomani pelo braço.

— Venha comigo.

Caminharam até o Fiat emprestado por Serkan.

— Entre. Vamos até minha casa. Depois trago você de volta.

Bomani não se opôs. Imaginava do que se tratava. Que Clara havia dito ao pai sobre suas aventuras. Só não imaginava o que o esperava.

No caminho, Hans pôde apurar, o rapaz não sabia de absolutamente nada. Sua ida para Passa Quatro fora incondicionalmente determinada pelo falecido Demétrio.

Quando chegaram, Clara, sentada à varanda, amamentava. Uma surpresa, nenhuma palavra e muita emoção.

Bomani se lembrou dos tempos quando era Oluyemi e embalava os irmãos recém-nascidos. Mostrou-se jeitoso. Escolheu um canto onde o vento que soprava da serra não os atingia. Cantou baixinho uma cantiga em iorubá. A letra contava a história de superação de um herói chamado Akin.

Hans contou para a filha que Bomani não havia fugido. Ficou estupefato quando Clara disse que Demétrio vivia assediando Bomani e que o motivo de ter mandado o rapaz para Passa Quatro só podia ser ciúmes.

— Você só pode estar brincando!

— O jeito que o velho olhava pra ele e a raiva que sentia de mim!

— Bem, jamais saberemos.

O bebê dormiu no colo de Bomani. Clara o pegou e o deitou no berço construído pelo vovô Hans. Agradeceu à vizinha que lhe fez companhia até o pai voltar do velório. Encontrou Bomani e o pai na varanda.

— Pai, poderia nos deixar a sós?

Bomani, tomado pela emoção, só ouvia. Entre eles permanecia a amizade, o respeito, a admiração. A atração ficaria nas lembranças. Entendiam-se só de olhar. Quando ela mencionava Serkan, ele percebia algo muito mais intenso, que ele ainda não tinha vivido.

Hans estava impaciente e arrumou um jeito de participar da conversa.

— Desculpa interromper, filha. Fiquei de levá-lo de volta. Está escurecendo.

— Já nos acertamos aqui, pai.

Levantaram-se.

— Ah, pai! Bomani só fez um pedido.

— O que ele quer?

— Escolher o nome.

Hans ficou muxoxo.

— Se o senhor faz questão, colocamos Hans também.

— Não. Claro que eu fiquei orgulhoso quando você sugeriu, mas… Afinal, qual será o nome da criança?

— Akin — respondeu com firmeza Bomani.

# CAPÍTULO V

# OBSCURECÊNCIA

Biguás mergulhavam no rio. Até jaburus buscavam refresco. Os dias no início do verão eram abrasadores. Passa Quatro fervia.

Gregório estava irritadiço. Sabia que Gregori não supriria a ausência do pai, por isso dedicaria algum tempo entre idas e vindas a Ouro Preto. A gravidez da jovem esposa é que realmente o incomodava.

— Vai me deixar sozinha de novo? — reclamou Amana.

— De novo essa choradeira?

— Quando o Bomani está por aqui eu me sinto mais segura.

— Topensano em dexá o Pedro Bó lá por uns tempos.

— Para com essa mania de chamar o moço assim!

— Cuida ocê da casa que dos pião cuido eu. Tamo ino.

Gregório não beijou a mulher. Reclamava da falta de sexo. Amana se sentia desconfortável no oitavo mês de gravidez e arrependida daquele casamento arranjado. Penitenciava-se por não ter tomado outra decisão e dado outro rumo à sua vida.

Na viagem para Ouro Preto, Bomani, que raramente falava, assuntou sobre seus documentos pessoais, de que o velho Demétrio se havia apoderado.

— Tôsabeno não. Vejo isso com a minha mãe.

Nem bem chegaram e Gregori atazanava o irmão para irem a Belo Horizonte.

— Dexa isso pra amanhã, sô. Precisamotê um dedo de prosa sobre como tão as coisa por aqui.

— Ora, você não vai deixar o crioulo por aqui? Ele já cuidava de tudo por aqui mesmo quando o pai tava vivo!

— Sei não. Pedro Bó vai fazê falta na Berro Alto. Vamolevano, vê o que dá. Iocê bem que podia se interessá um poco mais.

— Não estou na faculdade pra cuidar de bosta de cavalo, irmão.

— Inté parece que ocê vai se formá. Enganou o pai todo esse tempo, comigo não carece.

— Já vi que você tá um saco hoje.

Durante o jantar, Dona Aparecida se insurgiu contra a ideia do retorno de Bomani.

— Nada de Bomani ou Pedro Bó, esse moço por aqui.

— Ué, por que essa agora? — surpreendeu-se Gregori.

— Tenho meus motivos, e o melhor pra vocês é deixar as coisas assim.

— Indoidô, mãe? Quero sabê tudinho. Que tá conteceno?

— Eita, você tá falando cada vez mais caipira.

— A sinhoratamém?!

— É sempre assim quando ele fica agitado — considerou Gregori.

— Vamodexá dessa bobice e disimbucha logo: o que a senhora tá cismada?

— Já falei, é melhor vocês não ficarem sabendo. Em respeito ao seu pai que não está mais entre nós.

— Agora mesmo que eu quero saber! — determinou Gregório.

— Eu também — enfatizou Gregori.

A mãe passava a mão sobre a toalha. Sabia que não tinha mais volta.

— Vocês não fazem ideia de como a esposa sempre sabe quando o marido está traindo.

— Vem a senhora de novo com essa história. O pai nunca foi santo. Tinha as quengas dele, mas sempre voltava pra casa, não é?

— Você e sua visão mundana, Gregori.

— O que isso tem a vêco Pedro Bó? — quis saber Gregório.

Gregori, sorrindo, especulou:

— O velho por acaso levava o neguinho junto pra farra?

— Não tem nada de engraçado nisso — Dona Aparecida se esquivava.

— Vamo, mãe, disimbucha logo. No que Pedro Bó tá metido nessa história? — insistia Gregório.

Visivelmente constrangida, Dona Aparecida revelou:

— O pai de vocês arrastava a asa pra esse que vocês chamam de Pedro Bó.

A notícia bombástica alvoroçou os filhos. Ambos deram socos na mesa, fazendo um copo cair e se espatifar no chão.

— Que merda é essa, mãe? — insurgiu-se Gregori.

Gregório percebeu o semblante da mãe. Havia uma mistura de mágoa, indignação e desapontamento. Sequer conjecturou desacreditá-la:

— A senhora pegousdois?

— Que é isso, Gregório? Você não acredita que papai… não sei nem o que dizer.

Houve um silêncio angustiante. Os irmãos ficaram à espera do que mais a mãe tinha para dizer.

— Não é o que você imagina, Gregório.

— Tô falando! A senhora inventou isso a troco do quê? — esbravejou Gregori.

— Você me respeita, Gregori! Não inventei nada. E tem mais!

Com o dedo em riste, ameaçou:

— Demétrio está morto, e ai de vocês se esse assunto voltar à tona.

— Mas… — Gregório foi interrompido:

— Eu não quero o moço por aqui e pronto!

— Vou matar esse negro filho da puta!

— Já disse, Gregori!

A mãe raramente levantava a voz. Completou:

— Chega desse assunto!

Dona Aparecida se levantou, e antes de passar pela porta se virou para Gregori:

— Esse filho da puta que você quer matar fugia dos assédios do seu pai como o diabo foge da cruz. Eu não quero o moço por aqui pra não ficar me lembrando da sem-vergonhice do Demétrio.

Os irmãos se entreolharam perplexos. Gregório quebrou o gelo:

— Vôlevá Pedro Bó divolta cumigo.

— Primeiro vamos a Belo Horizonte. Estou precisando foder umas bucetas — propôs Gregori.

— Num dá pra dexá o criolo aqui. Inda mais sozinho! Quématá nossa mãe de disgosto?

— Falando nisso, cadê o estrupício? — quis saber Gregori.

— Foi a cavalo no sítio do alemão.

— Ué! O que ele foi fazer lá?

— Já tentôarrancáarguma informação daquele lá?

A mãe, que tudo ouvia da sala, respondeu:

— Visitar o filho dele.

— Cumé que é? — espantou-se Gregório.

— Outra novidade! — desdenhou Gregori.

Dona Aparecida retornou à cozinha:

— O pai de vocês, quando soube que a filha do alemão estava embuchada do Bomani, resolveu mandar o moço pra Berro Alto. Ciúme, eu acho.

— Puta que pariu! Preciso foder alguém.

— Tome tenência, Gregori! — ralhou a mãe. — Acho melhor vocês irem pra capital, mesmo. Sosseguem o facho por lá.

— E o Pedro Bó? A senhora aqui sozinha cum ele… — advertiu Gregório.

— Vou passar uns dias na comadre Cezarina. Volto terça e não quero mais ver esse moço por aqui.

Apontando para as panelas no fogão, Gregório teve um lampejo de compaixão:

— Faz uma marmita e dexa lá no barraco.

— Ele que se foda. Por mim, que morra de fome.

— Credo, Gregori, o rapaz não teve culpa. Bem lembrado, Gregório, deixarei comida e água no barraco.

— Resolvido. Vamos, mano velho?

— Já? Agora? Tô cansado. Fiquei seis horas co a bunda no volante.

— Esse jeito de vocês falarem. Não foi essa a educação que eu dei pra vocês.

— Vamos, Gregório, eu dirijo até BH.

— Vô só tomá uma chuverada.

Gregório bateu na testa e lembrou:

— Mãe, sabe se o pai guardô os documento do Pedro Bó em algum lugar?

— Só pode estar no cofre. Onde mais estaria?

— Pra quê isso agora? — indagou Gregori.

— O Pedro Bó me...

— Não interessa isso pra mim. Vai logo tomar teu banho.

## &&&

— Inté manhã.

Bomani pensaria num jeito para voltar a ver Akin. Não sabia que gozaria de certa tranquilidade por conta da promiscuidade dos irmãos Papadakis. Embaixo da marmita, um bilhete ordenando o que ele teria de consertar e o terreno para arar. Dava conta das tarefas para ver o filho no fim da tarde. Ficava agradecido por filar a boia nos Himmel.

Retornava cavalgando na trilha iluminada pela lua. Deitado na antiga cama de campanha, trançava tiras de couro até o sono chegar. Fez do trançado um belo cordão. Cunhou a letra A num pedaço do couro que sobrou e recortou formando um pingente. Seu presente de despedida para Akin.

— Ficará guardado até Akin crescer pra poder usar — disse Clara, agradecida.

Bomani esfregava as mãos na calça surrada, demonstrando inquietação. Clara costumava colocar as palavras na boca dele:

— Tá na hora de ir?

Bomani assentiu com a cabeça.

— Voltam cedinho pra Passa Quatro amanhã, né? Ah, meu Deus, tava esquecendo! Papai tá impaciente e quer registrar Akin. Vai precisar dos seus documentos.

Bomani arregalou os olhos.

— O que foi? — Clara quis saber a razão do espanto.

— Num tá cumigo — respondeu ele, visivelmente acabrunhado.

— Vixi! Vejo com papai como vai ser.

— Inté.

Bomani montou. Um puxãozinho na rédea e colocou o cavalo na direção da trilha. Não olhou para trás. Teve a mesma triste sensação de despedida quando embarcou sorrateiramente no trem em Offa.

&&&

Um dia a dia murrinha, arrastado. Nada vinha acontecendo, a não ser testemunhar pelo crescimento e quão esfomeado era Akin. Segundo o avô, parecia um bezerro mamando. O sol começava a se esconder atrás da colina. No ritmo do vai e vem da cadeira de balanço, Clara entoava uma canção e ninava o filho em seu colo. Despretensiosamente, acompanhava um automóvel branco que se aproximava pela estradinha da olaria. Parou junto às quaresmeiras. Fixou o olhar no emblema na porta. Aquele pássaro colorido era familiar. Nem se deu conta de que um homem desceu pela outra porta e vinha em sua direção. Usava óculos escuros e boné com o mesmo pássaro colorido estampado. De repente, aquele sorriso inconfundível.

— Não acredito!

O grito de Clara acordou Akin. Assustado, chorou, estridente. Ela não conseguiu se desvencilhar da cadeira. Serkan os abraçou ali mesmo. Entre choros e beijos, Clara ralhou dengosamente:

— Não me disse que estava vindo...

— Quis fazer surpresa, ora!

— Amei!

Clara agora chorava tanto quanto Akin.

— Exatamente como você o descreveu. É um menino bonito e forte. E chora alto.

Serkan sorria.

— Assustei o coitadinho.

Clara segurava Akin com o braço esquerdo e enxugava as lágrimas do rosto com a mão direita. Serkan a ajudou a se levantar da cadeira. Beijaram-se com Akin espremido entre eles. Clara acariciava o rosto de Serkan.

— Ai, que surpresa boa!

— Quero pegar esse garoto no colo.

— Com cuidado.

— Pode deixar.

Serkan contou como as coisas foram dando certo para ele regressar ao Brasil. Quando Hans chegou, em meio aos efusivos abraços, precisou contar novamente.

Jantavam, e Hans externou sua inquietude:

— A criança não foi registrada ainda.

— Dona Aparecida não disse mais nada, pai?

— Aquela lá? Falou que o Gregori iria para Passa Quatro e pegaria com o Bomani os documentos. Até agora nada.

Serkan se inteirou do imbróglio e sugeriu:

— Irei a Varginha semana que vem. Posso dar uma esticada até Passa Quatro.

— Seria ótimo, mas...

— Que foi, filha? Assim a gente não fica à mercê da boa vontade dos Papadakis.

— O senhor sabe como é o Bomani. Todo ressabiado. De repente aparece o Serkan, que ele não conhece...

— Tem razão, filha.

— Calma, gente! Deixa comigo — tranquilizou Serkan. Aproveitou:

— Clara, e sobre o nome?

— Ai, Serkan, nem falei com papai sobre isso.

— É importante para a minha família, Clara.

— Me desculpe, Serkan.

— Do que vocês estão falando? — Hans indagou, intrigado.

Com os olhos, Clara incumbiu Serkan de contar a Hans sobre os dramas ocorridos havia algumas gerações. Que desde a última tragédia, o clã Haddad jamais batizou uma criança com o nome Akin. Que gostaria de sugerir uma alteração.

Hans, que até então só ouvia, de pronto se opôs:

— Ah, não! Primeiro se chamaria Hans, aí o pai praticamente determinou que fosse Akin, e agora isso!

— Seu Hans, como eu poderia explicar? Só mudaria a escrita, mas o jeito de chamar o menino seria o mesmo.

Hans franziu a testa e Serkan explicou que Akin em seu dialeto significa "sopro". Hans o interrompeu novamente:

— Daí as mortes prematuras?

— Diziam "sopro de vida". Já Yakin é "aproximar". Perceba, Seu Hans, quase não há mudança quando se pronuncia Akin ou Yakin.

Hans passou a falar Akin e Yakin repetidamente. Até Clara passou a fazer o mesmo. Serkan os interrompeu:

— Não precisam pronunciar o ípsilon. Continuem chamando Akin. Só usem o ípsilon quando escreverem o nome.

Hans ainda estava preocupado:

— Desculpa, Serkan, mas na sua família alguém foi batizado assim?

— E viveu mais de cem anos.

## &&&

Em Passa Quatro, o mormaço do meio da tarde castigava. Bomani e outros dois peões conduziam os bezerros ao alojamento. Um se desgarrou e correu em direção à cerca. Bomani apressou a cavalgada para evitar que o animal se ferisse. Apeou do cavalo e laçou o fujão. Mordiscava um capim seco quando um veículo parou próximo. Da janela, o condutor pediu orientação:

— Moço, onde fica a Fazenda Berro Alto?

Bomani tirou o capim da boca e hesitou antes de responder.

— Isso tudo aqui é Berro Alto.

Apontou a pradaria atrás dele.

A descrição era compatível, e Serkan arriscou:

— Falo com o Bomani?

Surpreso, Bomani nada disse, mas sua expressão o denunciou. Serkan desligou o carro e desceu. Aproximou-se e estendeu a mão por entre os arames farpados.

— Me chamo Serkan. Vim em nome da Clara.

Bomani estranhou, mas apertou a mão de Serkan.

— Podemos ter um dedo de prosa?

Bomani olhou para os peões que continuavam o manejo. Voltou-se para Serkan:

— Ocê me espera na portera mais adiante.

Serkan se abrigou na sombra de uma embaúba. Bomani não demorou.

— Primeiro de tudo, quero te parabenizar pelo filho. Um belo menino.

Serkan teve a impressão de que Bomani hesitava porque se esforçava para compreender as palavras.

— Clara me disse que você fala inglês, certo?

Bomani confirmou com a cabeça.

— Podemos ter a conversa em inglês. *What do you think?*

A conversa fluiu bem. Certos aspectos exigiram mais cautela, mas tudo foi acordado, muito além do que Serkan havia planejado. O aperto de mão na despedida foi surpreendentemente afetuoso.

## &&&

A chuva banhava Ouro Preto e perfumava a varanda com cheiro de mato molhado.

— Pronto, agora conta como foi a conversa com Bomani.

— Não quer esperar seu pai?

— Depois eu falo pra ele. Vai, conta tudo!

— Sujeito do bem, o Bomani. Nos entendemos muitíssimo bem.

Serkan, sem intenção, reforçou a ansiedade de Clara:

— Por Deus, Serkan, conta logo! Ele te deu os documentos afinal?

Serkan passou a curtir o suspense.

— Não. Sobre os documentos…

— Não acredito! — Clara esbravejou.

— Calma! Você vai deixar eu te contar como foi ou não?

— Mas você tá me matando assim!

— Ok, vou ser mais objetivo. Podemos registrar o Yakin mesmo sem os documentos do Bomani.

Clara abriu a boca, espantada.

— Vai depender de você e seu pai concordarem.

Ela continuou silente.

— Por isso seria bom esperar por ele.

— Serkan!

— O Bomani sugeriu, bem... Como te dizer assim, sem susto?

— Dizendo, Serkan. Ora!

Serkan sorriu.

— Não conhecia esse teu lado.

— Vou te matar, Serkan!

— Tá bom. O Bomani quer que eu registre Yakin como meu filho.

Clara engoliu em seco e o encarou, pedindo mais detalhes.

— Ele disse que é pelo jeito que você falou bem de mim, confiando em você como ele confia. A lonjura, que não tem como ajudar. Ele estava entristecido. Que mais?

Serkan ficou pensativo.

— Ah, sobre os documentos dele!

Serkan procurou resumir o que Bomani contou sobre os documentos. Clara comentou:

— Tal pai, tal filho.

— Pois é, o tal Gregório tem enrolado Bomani. Não acho que seja só isso!

— O que você tá querendo dizer?

— Eu cheguei a oferecer ajuda pro Bomani conseguir a segunda via dos documentos dele.

— Ele não quis?

— Aí que tá, pelo jeito ele tem medo de alguma coisa. Ou só impressão minha.

Clara ficou pensativa e Serkan continuou:

— Você também acha que ele pode ter algo a esconder?

— Não estava pensando nisso... Então você pode registrar Yakin como seu filho?

— Já conversamos sobre isso. Você achava que Bomani jamais iria concordar.

— Então, mas agora eu fico pensando...

— Clara! Eu quero estar sempre ao seu lado. Desde o dia que você me contou que estava grávida eu me preparei pra isso, só não dependia de mim. Agora que o Bomani me pediu, não vejo razão pra não aceitar. A não ser que você não queira, ou seu pai.

— Sabe que papai gosta muito de você e eu te amo, mas…

— Mas…

— Já pensou se você… se você…

— Te deixar?

Clara concordou com a cabeça.

— Isso nunca! Eu te amo, Clara, e quero você ao meu lado pra vida toda!

Abraçaram-se. Beijavam-se quando a bicicleta de Hans cruzou as quaresmeiras. Ele foi logo questionando:

— Como foi sua viagem?

— Tenho muita coisa importante pra contar pro senhor. Mas antes quero pedir sua aprovação.

Hans, sem entender nada, olhou para a filha. Clara gesticulou que também desconhecia do que se tratava. Serkan se dirigiu a Hans:

— Quero o seu consentimento para me casar com Clara.

Hans foi tomado pela surpresa, e foi Clara que se manifestou:

— Você devia ter perguntado primeiro pra mim!

Visivelmente atrapalhado, Serkan tentou se justificar:

— Desculpa, não sabia se…

Clara, num sobressalto, o abraçou. Emocionada, sussurrou:

— Sim, meu amor! Eu quero me casar com você.

Beijaram-se.

Hans sentiu que estava sobrando. Antes de entrar falou, mais para si mesmo:

— E eu dou meu consentimento, moço.

**&&&**

A vida campesina bucolicamente se acomodava nas moradas em Passa Quatro. Casas de tábuas com cores berrantes descascando predominavam.

Havia uns poucos casarões. Depois do jantar as famílias se assentavam nos bancos de madeira ou em varandas. Isso era tão certo como samambaias fugindo do xaxim para ganhar o chão. A exceção é triste.

Gregório preferia muita bebida e perfume barato.

— Esse chororô tá me incomodano.

— Se ela está chorando é porque alguma coisa não está bem.

— É vômito, é cocô, ô diacho de criança!

— Você fala como se ela não fosse sua filha.

— I num é memo!

Amana franziu a testa, indignada. Embalava Landara, que continuava chorando.

— Bão, quis dizê, num é... — Gregório segurou o membro pelas calças.

— Como você é... fala e age como um jagunço.

— Num cumeça! — Gregório chegou mais próximo e elevou a voz.

— Vem ocê de novo com essa mania de sabichona. Inquantoocêtava lá istudano, eu aqui pelejava porque o seu maridinho tava doente i num fazia era nadinha de nada. Eu cuidei de tudo aqui.

Gregório apontava para o horizonte. Emendou:

— I us pião dessas banda aqui me intende porque eu falo du jeito deles. Mais se pricisáfalábunito como ocê, falo tamém.

O bebê intensificou o choro. Amana se sentou na cadeira de balanço e apoiou Landara de bruços em seu colo. Gregório conseguiu o clima que queria:

— Quésabê? Tôinodisanuviá as ideia.

Amana o ignorou.

— I quando vortá, teja pronta!

Gregório queria Amana grávida de um filho seu. Nas primeiras ameaças de assédio, Amana, assustada, dormia no quarto da bebê com a porta trancada. Agora sabia que Gregório perdia fácil para a bebida. Ele chegou a dormir no carro certa vez. Noutras tantas sequer subiu as escadas, e ficou estirado no sofá. Nas poucas vezes que chegou ao quarto, roncou antes de se desvencilhar das roupas.

## &&&

Há dias o calor castigava Ouro Preto. Yakin, só de fralda, engatinhava pelo piso de lajotas avermelhadas e com seus dedinhos gordos tentava alcançar o ramo de samambaia que descia junto à parede.

— Não! — advertiu Clara.

Ela queria dar mais atenção à ideia de Serkan, mas Yakin se mostrava hiperativo. Hans queria deixar tudo como estava:

— Por que a pressa pra mudar daqui?

— Logo o berço ficará pequeno para o Yakin — ponderou Serkan, e Clara concordou com a cabeça.

— Deixa ele no quarto comigo.

— Mal caberia outra cama no seu quarto!

— Tiro a cama de casal e coloco duas de solteiro. A do meu neto, eu ponho aquelas gradinhas.

Serkan e Clara se entreolharam. Hans emendou:

— Se você quer mesmo dar aulas à noite, tudo bem. Agora, ter que juntar mais dinheiro pra comprar uma casa maior!

— Papai está com receio de ficar sozinho.

— Não vou dizer que não sentiria falta desses brinquedos espalhados.

Hans apontava para os objetos coloridos espalhados pelo chão.

— Seu Hans, acha mesmo que deixaríamos o senhor aqui sozinho?

Hans se emocionou com o olhar enternecido do genro.

— Papai, depois que virou vovô, chora à toa.

— Quem disse que tô chorando, filha? Essa luz do poste é muito forte.

Clara sentou-se no colo do pai e o acarinhou. A ideia de Serkan comprar uma casa maior ficaria pra depois.

## &&&

Gregori passava mais tempo em Passa Quatro. Amana não gostava do cunhado, e passou a odiá-lo.

Foi Amana quem percebeu o olhar lascivo de Gregori quando a mocinha se esticava para limpar o vidro mais alto da enorme janela da sala.

— Dandá, pode deixar os vidros pra depois. Cuida do fogão pra mim.

Quando Dandá deixou a sala, Amana se virou para Gregori e o advertiu:

— Conheço você muito bem. Nada de importunar a moça!

— O que é isso agora, cunhada? Eu, hein?

Gregori saiu apressado, temendo outro puxão de orelha.

Na Berro Alto, o trabalho pesado era jogado nas costas de Bomani. Gregório, quando não ficava na administração tomando café de meia em meia hora, dava um pulo na cooperativa ou nas lojas de produtos do campo. Avistou o carro do irmão estacionado em frente ao bar.

— Começano cedo, Gregori?

— Tua esposa me expulsou da casa.

— O que ocêaprontô?

— Deixa disso.

Virou-se para o senhor atrás do balcão. Empurrou o copo e ordenou:

— Enche esse aqui e traz outro pro mano velho.

A conversa sobre a Argentina ter tirado o Brasil da Copa envolveu os paus-d'água presentes, mas sempre terminava com Gregori pedindo dinheiro e Gregório se esquivando. O caçula sempre conseguia uns trocos.

### &&&

Quatro anos se passaram, e finalmente o Brasil voltou a vencer uma Copa. Yakin continuava dormindo na cama ao lado do avô. O ronco não o incomodava, mas sim a grade fixada em sua cama.

— Tira isso fora, vovô!

— Espere aqui. Vou pegar minha caixa de ferramentas.

Desparafusava quando notou o interesse do neto.

— Vem cá. Vou ensinar você.

A partir desse momento, tudo que Hans trazia para consertar em casa, Yakin queria aprender. Passados uns anos, depois da escola, subia na garupa da bicicleta como ajudante do avô.

Clara abortou outra vez, e a perda trouxe sequelas. Raramente brigavam, e os motivos até então eram frivolidades.

— Você agora só tem tempo pros teus alunos!

— O que deu em você, Clara?

— Fique você trancado nessa casa o dia todo!

Serkan, sempre comedido, preparava um sorriso para abrandar a esposa, mas um novo desabafo o derrubou.

— E esse filho que você tanto quer eu não consigo te dar!

Clara, chorando copiosamente, subiu e bateu a porta do quarto. Serkan, atônito, afundou no sofá. Hans desceu.

— Não pude deixar de ouvir.

— Nunca vi Clara assim.

— Acho que minha filha precisa de ajuda.

— O senhor tá sabendo de algo que eu não sei?

— Você tem ficado muito tempo fora de casa. Admiro sua disposição pro trabalho, mas a vida não é só isso.

— Estou tentando juntar dinheiro pra comprar aquele sobrado na cidade. Clara arrumaria algo pra fazer e eu não perderia tanto tempo me deslocando pra lá e pra cá.

— Sei disso e te admiro, mas…

— Seu Hans! O que o senhor não tá querendo me falar?

Hans deu uma olhada para o topo da escada e baixou o tom de voz.

— Logo depois que vocês perderam o bebê, eu encontrei na lixeira uma caixa de remédio. Estranhei, mas não disse nada. Perguntei pro farmacêutico quando fui à cidade.

Hans olhou novamente para cima, e então se voltou para o genro:

— É um antidepressivo.

Serkan franziu a testa, e Hans emendou:

— E ele ainda disse que é dos mais fortes.

Serkan chegou ao quarto. Clara dormia, ou fingia. A conversa seria pela manhã.

O aroma do café já invadia os acanhados cômodos da casa.

— Bom dia, querida.

Serkan beijou a nuca da esposa, que despejava água quente no coador, e disse:

— Gostaria de discutir uma ideia com você.

Clara apoiou a chaleira no fogão à lenha e se virou para ele:

— Queria me desculpar pelo chilique de ontem.

— Deixa disso. Você estava certa. Aliás, está certa.

Clara estreitou os olhos, tentando entender aonde Serkan queria chegar.

— Tenho mesmo me dedicado além da conta no trabalho e na faculdade. Precisamos de férias.

Clara só ouvia.

— Que tal uns dias no Rio? Só nós dois.

— Por que esse gasto agora?

— Clara, nem viajamos nas núpcias! Só tenho guardado dinheiro para aquele sobrado que você gostou. Tá na hora de investir na gente.

— Não sei, deixar o Yakin com papai…

— Vivem grudados um no outro… Está decidido. Vou tirar uma semana de folga no trabalho e pedir pra alguém dar aula no meu lugar.

&&&

O fogo não se alastrava devorando o mato seco como no inverno do ano anterior nas pradarias da Berro Alto.

— Partia das venta de Dona Amana! — contava Dandá para sua mãe acamada depois do entrevero no casarão.

Amana havia surpreendido Gregori acariciando maliciosamente as coxas da filha, Landara. Indignada, esperava ansiosa o marido chegar para colocá-lo a par da situação. Exigiu uma repreensão severa, até mesmo uma merecida sova. Gregório a decepcionou outra vez.

— Ocê deve de tá veno coisa boba.

— Coisa boba? Ele com Landara no colo, segurando… Dói até de falar!

Amana segurava a boca com a mão. Gregório só a observava.

— Afinal, o que você pretende fazer com o crápula do Gregori?

— Peço pra ele vortá pra Oro Preto, ué!

— É isso que você vai fazer? Daqui a uns dias ele estará aqui de volta e começa tudo novamente!

— Num posso pedi pro meu irmão nunca mais aparecêpuraqui, posso?

Amana agora tapava o rosto com as mãos. Resignada, informou:

— Irei matricular Landara no internato até terminar meu curso.

Gregório não disse nada, porque a ideia o agradou.

## &&&

A nuvem solitária sobre a Pedra da Mina, parecendo um gorro com pompom, era pressentimento de um inverno rigoroso.

Peças esparramadas pelas lajotas e latas de óleo e querosene sobre a mureta da varanda incomodavam Clara.

— De novo isso! Deixem tudo limpo depois.

— Pode deixar, mãe.

Yakin remontava o velho gerador Stemac e Hans só observava.

— Por que não aproveita as férias, filho? Vá pescar ou cavalgar! Mas não, fica aí enfurnado nessa tralha…

— Deixa o rapaz fazer o que gosta, filha.

— Dia sim, dia não vocês desmontam esse trem.

— Tá muito frio pra sair, mãe, e hoje eu vou surpreender o vovô.

— Opa, opa, o que você vai aprontar?

— Espera eu terminar.

— Você que deixou o menino assim.

Clara balançava os braços, apontando a bagunça espalhada. Desviando das peças, voltou para a cozinha.

— Um menino de ouro, filha!

Yakin, determinado, polia e lubrificava cada peça antes de recolocá-la em seu devido lugar. Hans, queixando-se de dores nas costas, trocou a cadeira de balanço pelo banco junto à parede.

— Precisa ver isso, vovô.

— Isso tem nome, velhice.

Logo o banco também se mostrou desconfortável. Antes de subir para o quarto, Hans cobrou:

— E a minha surpresa?

— Vou inverter este comando aqui.

Hans se debruçou para enxergar melhor onde Yakin apontava. Zonzo, apoiou-se no ombro do neto, mas caiu de joelhos e se deitou de bruços. Yakin gritou pelo avô, assustando Clara, que veio correndo.

## &&&

Clara se lamentava e ao mesmo tempo se cobrava.

— Depois de tudo que enfrentamos com mamãe.

— Metástase, meu Deus! — Serkan não queria acreditar na palavra dita pelo médico.

Yakin foi direto do colégio para o hospital. Encontrou Serkan e Clara no estacionamento. Os olhos marejados dos pais denunciavam o pior.

## &&&

O ronco do avô foi enfraquecendo, e os gemidos se intensificando. Yakin, ávido para saber das coisas, ajudava Hans a atravessar as madrugadas angustiantes.

As encostas mais verdes, os pássaros mais atrevidos, o clima mais adocicado. A primavera chegou e Hans se foi. As conversas na varanda não eram tão entusiásticas como antes.

— Não precisa ter três quartos, podemos comprar o do meio. Aí a conta fecha —argumentava Serkan.

Clara escrutinava com os olhos cada centímetro da varanda. A velha bicicleta ocupava um canto. Yakin a tirou do transe:

— A senhora poderia voltar a estudar, que tal?

Como ela nada disse, Serkan insistiu:

— Ou trabalhar como intérprete, como você disse.

Serkan e Yakin se entreolharam. Achavam que Clara não os ouvia, mas ela os surpreendeu:

— Vamos comprar o sobrado de esquina. O maior.

Antes que Serkan a demovesse da ideia falando dos números, ela se adiantou:

— Ofereça o sítio no negócio.

— Mas o cavalo, as ferramentas no paiol? — indagou Yakin.

Clara se levantou, apoiou a mão no selim e, fitando o horizonte, foi enfática:

— Não levaremos nada daqui.

## &&&

— Hipocalemia! Tá certo disso, Gregori?

— Foi o que o veterinário disse.

— Ô diacho! Bão, menos pior que deu na vaca daí.

— Você vem pra cá?

— Tôpensano.

Passados dois dias, num sábado, Gregório apareceu. Para consternação de Dona Aparecida, Bomani veio junto. Ela se postou junto à porta com as mãos na cintura e olhar nada amistoso. Do veículo, Gregório percebeu:

— Ocê me ispera lá dentro.

Apontou para o estábulo.

Abraçado à mãe, ouviu:

— Eu disse que não queria ver esse moço nunca mais.

— I eu num sei disso?

— Então por que ele veio?

— Os tratamento da vaca é tudinho cum ele.

— E você? Falando como um jagunço.

— Num começa, não! Falano nisso, cadê Gregori?

— Onde ele poderia estar?

— Vô incontrá ele.

— Não vai me deixar sozinha com aquele negro!

— Pedro Bó devi de dormi nu barraco, ora!

— Então que ele fique o tempo todo lá.

— Aí num sei.

Gregório coçava a cabeça.

— Como não sabe?

— Ele quédimais da conta visitá o fio dele.

Dona Francisca fez um muxoxo. Gregório explicou:

— Sigurei ele na Berro Alto esse tempão todo, sô! Cumé que num vô dexá agora?

— Bem, deixe claro pra ele não se aproximar daqui. Ah, o cavalo que ele usava morreu.

Bomani montou na envelhecida égua Coroa e trotou até o sítio dos Himmel. No trajeto, pensou em mil maneiras de se desculpar com o filho. Próximo às quaresmeiras, avistou um grupo de jovens badernando. Receoso, apeou da égua. Puxando o animal pela rédea, passou vagarosamente em frente à propriedade. Ficou sem entender o que se passava até um rapaz sardento vir em sua direção.

— Moço, onde tem uma venda aqui perto?

A fala enrolada e as bochechas rosadas indicavam embriaguez.

— Logali — Bomani indicou a direção com o queixo.

— Valeu!

Bomani hesitou e o moço se distanciou. Montou a Coroa e o alcançou.

— Ocê tá visitano alguém do sítio?

O moço sardento raciocinava lentamente.

— Visitando? Não, não. É do meu pai — emendou, para dissipar as dúvidas de Bomani:

— Comprou esses dias.

A informação desnorteou Bomani. Jamais encontraria seu filho novamente. Trotando de volta ao barraco onde teve Clara em seus braços, refletiu sobre abandonos, impetuosidades, e decisões que tomou.

# &&&

O novo lar, a medicação ainda mais forte, nada afastava a melancolia que dominava Clara. Serkan e Yakin procuravam motivá-la a retomar os estudos ou exercer alguma atividade. Ela se dizia despreparada. Não se interessava por nada.

O sábado antes do Natal amanheceu chuvoso. Serkan encontrou Yakin na cozinha.

— Passando o café de novo? Ontem ficou forte demais.

— É, nada como o da mamãe. E falando nela...? — Yakin levantou as sobrancelhas.

— Acho que ficará na cama mais um tempinho.

— Mamãe mudou o hábito de levantar cedo.

— Ela não dorme à noite!

— Mesmo com tanto remédio?

— Isso tem me preocupado.

— Quem sabe ela se anima com o presente?

Serkan queria a ajuda de Yakin para escolher a bike ideal para a esposa. Retornaram para o almoço. A casa continuava com as janelas fechadas, do jeito que a deixaram. Clara continuava dormindo.

— Pai, é sério, a mamãe não tá bem.

— Filho, já trocamos o psiquiatra, que mudou a medicação. Tenho feito tudo pra animar sua mãe. Sinceramente não sei o que fazer.

O Natal chegou e a bike também. Esposo e filho estavam animados e confiantes. Clara não disfarçou a irritação.

— Com tudo que sobra pra mim nesta casa, vocês acham que eu tenho tempo pra sair por aí pedalando?

— A senhora vive reclamando que fica enfurnada dentro de casa. Não entendo.

Serkan, inocentemente, sorrindo, complementou, achando que o espírito de Natal orbitava sobre eles.

— Uma atividade física melhora o humor da pessoa, faz bem pra pele, dei...

— Pro inferno com isso! — Clara o interrompeu e empurrou a bicicleta contra a árvore natalina.

Os outros presentes não foram abertos naquele dia. Haviam ceado antes do surto.

## &&&

Ah, o sol quando se exibe em Passa Quatro. Bomani cuidou para que as vacas se abrigassem do calor da hora. Logo voltariam a se alimentar. Escolheu a colcha formada das folhas lilás-azuladas caídas do jacarandá-mimoso para se deitar. O cochilo não veio. Sentia-se um fantasma. Sem identidade. Sem esperança. Quase sem fé. Saudoso, buscou da memória a imagem do Cristo quando também se sentia desiludido. Ajoelhou-se com a testa colada ao tronco. Entrelaçou as mãos e as apertou até as unhas cravarem na pele. Rezou baixinho exatamente como ensinara aos seus irmãos. Pediu por eles também. Veio-lhe à mente o sorriso de Nala.

Foi tomado por uma sensação boa, leve, prazerosa. Do presente, e não do passado distante. Algo que parecia escondido, mas que se rompeu. Acalentava e aquecia seu coração. Um enigma, mas real. Finalmente pôde descansar sobre as folhas.

Observava as vacas mastigarem o capim-elefante inexplicavelmente despreocupado quando ouviu o tilintar. Algo inesperado estava acontecendo no casarão. Voltaria para as vacas depois. Pressionou os estribos e saiu em disparada.

Amana aguardava o primeiro que chegasse. Bomani apeou, em silêncio, como sempre.

— Uma cobra preta enorme, Bomani! Lá na cozinha, do lado da lenha. A coitada da Dandá tá desesperada em cima da mesa — gesticulava a patroa.

Bomani portava um punhal preso ao cinto, mas preferiu um pé de cabra largado ao lado do poço. Deu uma espiada em direção à pilha de lenha ao lado do fogão. Sorriu acanhado. Deixou a ferramenta junto ao caixilho da porta.

— Ocêpódidescê — disse para Dandá.

Dandá, muito assustada e chorando, balançou a cabeça, discordando. Bomani estendeu os braços musculosos. Dandá se apoiou nele e sentou na mesa. Bomani a carregou no colo para o quintal.

— Matou a cobra? — quis saber Amana.

— Num carece, não. É cobra do bem.

— Do bem?

— Muçurana. Num ataca, não.

— E você, Dandá, tá mais calma?

— Mió, Dona Amana.

Dandá se virou para Bomani e abriu um sorriso encantador.

Bomani ficou estático. Decifrou naquele instante o enigma, o sorriso, o do presente. Seu coração fervilhou.

— Ei! Você não vai deixar que a cobra decida ir embora, vai?

Bomani exibiu um sorriso jamais visto.

Amana olhou para Dandá, que observava seu herói voltar para a cozinha, e exclamou:

— Eu, hein?

## &&&

Yakin foi ao câmpus se inscrever para o vestibular. Esperou na biblioteca Serkan ministrar sua última aula.

— Emocionado, pai?

— Um pouco.

Serkan segurava uma placa de bronze.

— Sentirá falta.

— De tudo, filho. De tudo. Principalmente de você.

Abraçaram-se apertadamente.

Seus familiares, principalmente o irmão, imploravam por ajuda. Foi Clara definhando que o levou à decisão de se mudarem para Alibeykoy, na região central de Istambul.

Chegou o dia da despedida. Esperavam o táxi que levaria Clara e Serkan para o aeroporto.

— Poderia ter ficado com a casa.

— Muito grande pra mim. Passarei mais tempo no alojamento do câmpus do que em qualquer outro lugar.

— Filho, ainda acho que você deveria ir com a gente.

— Mãe, já conversamos tanto sobre isso!

— É essa ideia de visitar seu pai biológico.

Clara tocou o braço de Serkan.

— Tá tudo certo. Conversamos muito sobre isso. É algo que deveríamos ter incentivado há muito tempo.

— Mãe, só quero conhecê-lo, ué? Isso não mudará meus sentimentos.

— Ele nunca deu as caras! — disse Clara, amargamente.

— E nós nunca fomos até ele! — atalhou Yakin.

&&&

Escolheu uma sexta-feira. Não estava previsto, mas as nuvens se avolumavam, rápidas e traiçoeiras. A chuva, na iminência de se exibir. Estacionaram em frente ao escritório central.

— Vôdescêcocê. Preciso achá um banhero antes de vortá.

Yakin achou estranho.

— Quando começá a chovê não dá nem pra catá um barranco — explicou-se o taxista.

A porta estava aberta.

— Bom dia. O moço aqui precisa de um banheiro, e eu gostaria de saber onde encontrar um senhor chamado Bomani.

Um funcionário que guardava uma pasta ocre numa das gavetas de um arquivo de aço precisando de pintura respondeu ao cumprimento e depois apontou:

— O banheiro é naquela porta ali. Mulheres usam também, então...

Havia uma senhora de óculos sentada atrás de uma mesa entulhada de papéis e calendários. O do laboratório Prado se destacava.

O taxista se apressou e o funcionário virou-se para Yakin:

— Como é mesmo o nome da pessoa que você procura?

— Bomani.

— Não conheço, não.

— Vixe, e agora?

A senhora interveio:

— Não é o Pedro Bó?

O funcionário, titubeante, justificou:

— Sou novo aqui. Deixa eu ver no livro de empregados.

Voltou assim que o taxista saiu do banheiro.

— É o Pedro Bó mesmo! Nem sabia que ele se chamava Bomani sei lá o quê.

— Obrigado, moço. Deixei tudo em ordem. Tchau procês.

O taxista se ajeitava, pronto para partir.

— Se eu fosse você pegava uma carona com ele — o funcionário aconselhou Yakin. Completou: — Vocês não passaram por um galpão grande, verde, no topo de uma colina, uns dois quilômetros antes de chegarem aqui?

— Sim — apressou-se a responder o taxista.

— Então, lá é a área de confinamento. O Pedro Bó deve tá por lá. Senão, o barraco dele não fica longe.

— Vamo logo iscapá da chuva, moço! — alertou o taxista.

Nem bem desceu do carro e o taxista partiu.

Um peão apontou na direção de onde Pedro Bó morava. A porta, entreaberta, avançou mais um pouco com a batida firme. Bomani, assustado, largou a colher sobre a marmita. Da penumbra sobressaíam seus olhos.

— Desculpa incomodar. O senhor é o Seu Bomani? — Yakin falou sem entrar no barraco.

Desacostumado a ser chamado e tratado com respeito, emudeceu. Levantou-se. Foi em direção ao visitante. Tinham a mesma altura. A semelhança parava ali. Iria perguntar do que se tratava, mas avistou algo nas mãos do jovem que o desnorteou de vez.

— Foi o senhor que fez este colar pra mim?

Não parecia ser o mesmo. De calado e taciturno, falava com entusiasmo. Queria contar todos os anos em um só minuto. Oferecia o que gostaria de ter. Não paravam de se abraçar. Erradicavam curiosidades aos borbotões durante a tromba d'água. Sorriam. Havia orgulho recíproco. Minguando as novidades, ao menos as mais importantes, o momento não compreendido. Talvez por destoar, foi difícil aceitá-lo.

— Então, pai, meu nome certo é Yakin, não Akin. Quando fui registrado...

— Não, sô!

Bomani externava profunda decepção. Afastou-se. Contemplava a colina, silente. As poças d'água. Parecia ruminar a última descoberta. O semblante mostrava quão transtornado estava. Yakin quis mudar de assunto, mas foi interrompido:

— Bora daqui. Vá!

— O senhor está falando sério? Está me mandando embora?

Bomani não respondeu, e simplesmente caminhou em direção ao galpão. Yakin foi logo atrás. Não se falavam. Bomani arrastou a pesada porta assim que entrou. Fechou a oportunidade da reconciliação.

A caminhada até a estrada principal seria longa. Resolveu se aliviar na beira do rio, atrás de uma moita. Ainda processava aturdido a guinada que seu pai dera quando ouviu gritos.

Gritos de mulher. Alguém suplicava ser socorrida.

# CAPÍTULO VI

# PARAÍSO

Chovia torrencialmente sobre o teto de polipropileno que cobria o anexo, aumentando o ruído na sala de cirurgia. Sabedor de que não ajudaria, deixou a equipe com seus *scrubs* verde-claros trabalhando e seguiu, atraído pela luz.

Sentiu o corpo e a mente sendo ajustados, acomodados, amoldados a tudo. Seus sentidos receberam uma versão atualizada, livres de perdas, de dor, de restrições. Plena capacidade cognitiva, gozando de saúde perfeita e sentidos aguçados. À sua volta, um ambiente ideal, perfeito. Respirava-se bem-estar.

Caminhou pelo gramado e sentou-se ao lado de uma pessoa no único banco que havia. Pôs-se a falar:

— Belo parque.

— O que você quer que seja — a voz soou-lhe extremamente acolhedora.

— Sinto-me muitíssimo bem.

— Leveza.

— Até a forma de me expressar!

O Interlocutor, paciencioso, pôs-se a ouvir.

— Lembro-me bem. Aprendi ouvindo pessoas simples como eu. Adotei seus vícios, gírias e erros. Tornei-me taciturno diante de estranhos. Percebo agora fruição. Comunico-me despreocupadamente.

Encarou o Interlocutor e prosseguiu:

— Não perco tempo pensando que expressão usar, tempos verbais, pronomes, adjetivos, nada! Simplesmente falo o que precisa ser dito. Claro e objetivamente. Entende?

— Eu entendo.

— Jura?

O Interlocutor sorriu e respondeu:

— Se você quer que eu jure, eu juro.

— Se eu quiser, posso falar em inglês.

— Pode usar o idioma que preferir.

— Só sei esses dois.

— Eu compreendo todos.

O olhar do Interlocutor o convenceu plenamente.

— Ocorreu-me, será que não estou desperdiçando tempo com futilidades? — apontou a palma da mão na direção do Interlocutor: — Essa eu mesmo respondo. Terei o tempo que for necessário, certo?

O Interlocutor meneou a cabeça afirmativamente.

— Confesso que estou embasbacado com essa sensação esplendorosamente boa. Sinto que a perfeição existe, entende? Perdão, eu sei que entende.

— Não por isso.

Avistou um barco deslizando no lago à sua frente. Concentrou-se e ouviu os remos batendo nas águas límpidas e tranquilas. Desviou o olhar para a esquerda, viu e ouviu um grou-coroado. Apontou:

— Veja! Uma ave bailarina da savana. Meu pai nunca acreditou quando a vi pela primeira vez.

Ávido, virou-se para o outro lado.

Mulheres negras cantavam. Tiravam das tinas tecidos coloridos, pendurando-os em varais. Uma delas o encarou sorrindo. Falou para si mesmo:

— Oi, mãe.

Voltou-se para o Interlocutor:

— É real, ou são desejos aflorando em minha mente?

— O que você quer que seja.

Refletiu. Sentia-se certamente mais sábio. Sabedoria que permitia sobrepujar etapas.

— Há uma razão para eu estar aqui?

— Sim.

— Dispensaremos as apresentações?

— Perceberá outras tantas desnecessidades.

— Sua missão é dirimir minhas dúvidas?

— Também.

— O que é isto? — apontava para o próprio corpo.

— Vestimenta.

— É perfeita! Tudo aqui é perfeito.

— Sempre é.

— Como uma pele sobre a pele! Confortável. Arejado. Faltam-me adjetivos.

— Adaptável.

— Isso. Adapta-se ao clima, às circunstâncias. Mas sem o estigma de padronizado, entende? — ergueu a mão, desculpando-se: — Acredito que posso desejar ver neve sem precisar me agasalhar, certo?

O Interlocutor nada disse, então continuou:

— Casual ou gala, me sentir único, especial?! — ergueu as sobrancelhas.

— O que desejar.

— Qualquer coisa que seja bom para mim e não afete alguém.

O olhar do Interlocutor o fez refletir mais profundamente.

— Transcende o que é objeto da preocupação. Muito bom. Assim não se perde tempo escolhendo.

O Interlocutor meneou a cabeça, assentindo.

Sorrindo, confessou:

— Lembro de ter rezado para chover e também para parar de chover.

O assombro só crescia. Conjecturou:

— Posso me lembrar de tudo?

— O que você quiser.

— Apagar da memória também?

— Imagine tudo preservado em arquivos, fatos, fotos, imagens, sons.

— Posso rever sempre que quiser?

— Pode vivenciá-los novamente.

Murmurou para si mesmo:

— Posso reviver os melhores momentos de minha vida.

Olhou encantado para o Interlocutor.

— Sentir mais uma vez o calor do melhor abraço que recebi. Minha pele retesar com aquele beijo. Realizar-me novamente por ter arrancado o sorriso de alguém.

— Quantas vezes desejar.

De encantado, tornou-se reflexivo. Indagou:

— Posso tudo?

O olhar do Interlocutor o provocou.

— Não posso ressuscitar ninguém, mas posso resgatar os melhores momentos com essa pessoa.

O Interlocutor gesticulou que sim.

Manteve-se em profunda reflexão. O Interlocutor facilitou:

— Os arquivos preservam fidedignamente o passado. Real e inalterável.

Murmurou:

— Queria poder mudar alguns acontecimentos. Estar presente em outros.

— Pode idealizar o futuro. Imagine uma película onde você cria o contexto que lhe aprouver.

— É possível eu criar cenas em que eu passo a entender meu pai, ou ele é uma pessoa melhor? Não altero o passado, mas posso idealizar um futuro no qual é possível amenizar as consequências? Entende aonde eu quero chegar?

— Entendo.

— Claro! E sua sabedoria é contagiosa? — ergueu as palmas das mãos para cima: — No bom sentido.

— Tudo aqui é no bom sentido.

Entreolharam-se profundamente.

— Por que eu?

— Sua conduta o credenciou.

— Mas cometi muitos erros.

— O genuíno Pastor só abandona o rebanho para buscar uma ovelha perdida.

— Ele está aqui? Poderei vê-lo?

— Ele está sempre presente. Tudo que vês, que sentes.

Olhou para trás. A luz intensa o ofuscava e o impedia de enxergar o outro lado.

# CAPÍTULO VII

# ATITUDE

Verão de 2007. Ouro Preto.

A fazenda cafeeira Três Pontas era o último pedaço de chão pertencente à cidade de Ouro Preto, e a partir de suas cercas começava o município de Congonhas. O proprietário, Seu Honório, um sujeito simples e franzino, finalmente voltou a sorrir.

Dois anos antes, cigarrinhas se hospedaram nas ameixeiras. Havia décadas não se via broca-do-café ou bicho-mineiro.

Seu Honório orientava a instalação de ampla rede de varredura e succionadores motorizados para captar amostras. Zelava para aplicarem a química na medida certa. A qualidade do solo e do fruto dependia desse acerto. Acrescia rugas em sua testa marcada.

Vieram pessoalmente avisar. Temiam noticiar pelo telefone. Com razão, a esposa ainda convalescia do infarto. O simpático Honório os recebeu. O sorriso era seu cartão de visita. Os visitantes não sorriam. Assustado, não mais sorria e foi logo perguntando:

— Pelo jeitão de vocês, não vieram até aqui pra tomar café?

— Infelizmente não, Seu Honório — respondeu o amigo delegado. Olhou para o pároco ao seu lado, voltou-se para Honório e emendou:

— Dona Lourdes, como está?

— Lá dentro, no quarto. Se recuperando. Por quê, homem? Desembucha logo!

— Melhor sentarmos.

— Vocês dois tão me assustando!

— Sente-se, Honório.

O padre o pegou pelo braço. Pressentindo o pior, Honório desabou no banco colado à parede.

— Fomos informados há pouco de um acidente na BR-356. Um ca...

— Meu filho e minha nora estão vindo de BH hoje! Por Deus, aconteceu algo com eles?

Os visitantes se entreolhavam quietos.

— Respondam, pelo amor de Deus! — a voz embargou.

— Força, Honório! Apegue-se a Deus nesta hora — aconselhou o padre.

— Não.

— Infelizmente seu filho não resistiu — anunciou o delegado.

— Nãoooo!

O grito foi desolador. Podia ser ouvido em Congonhas. Dona Lourdes ouviu e desceu, trôpega.

Impossível enganá-la. Flagrou os homens consternados. Aflita, buscava o motivo daquele grito retumbante. Travou no desespero do esposo. Não quis ouvir. O coração enfraquecido pulsou diferente. Muito diferente. Cruzou um último olhar com o homem que esteve seis décadas ao seu lado. Não havia segredo entre eles. Um muro de cumplicidades os cercava. O peito ardeu. Dona Lourdes voltou para dentro da casa. Apoiou-se na mesa de jantar. Puxou consigo a toalha de centro, branca, de crochê. O vaso de vidro escovado cheio de flores do embiruçu-do-cerrado espatifou-se ao lado do corpo inerte.

A corrida foi intensa, desorganizada e inútil. A mãe faleceu antes mesmo de ouvir a confirmação da morte do filho. Seu Honório perdeu o filho, a esposa, e perderia mais. A nora, que havia sido hospitalizada, não resistiu aos ferimentos.

Foi por Coral, a neta, na época com dezesseis anos, que Honório decidiu viver.

A rotina era outra. Quem ocupava a cadeira de balanço não mais fazia crochê, e sim dedilhava freneticamente o teclado de um notebook. Não havia cozimento de frutas da estação no tacho enorme sobre o fogão à lenha. Havia um enorme pote de *whey protein* ao lado do açucareiro. Não era mais o antigo rádio sobre a cristaleira que estava conectado à tomada, e sim o carregador do aparelho celular. A lista de compras agora incluía absorvente, refrigerante e pacotes disso e daquilo.

Policiava-se para não ser protecionista demais. Afinal, o que mais temeu na vida aconteceu, tudo junto, e ele nada pôde fazer para evitar. Nem Deus. Aproveitaria cada minuto na companhia de sua família, a neta.

O dia não mais se arrastava como antes. O celular fora de área o incomodava. Agora era ele quem passava o café da tarde. Olhava incessantemente para o telefone fixo, até a campainha o assustar. Correu para atender.

— Coral?

— Oi, vovô.

— Bom ouvir sua voz, querida, tudo bem?

Coral procurou reconstruir o dia para não agravar a preocupação do avô. Poupou-lhe do acontecimento trágico.

— Caxambu, querida? — estranhou Honório.

— É, vovô! Mas tá tudo bem. Amanhã estaremos em casa.

— Então sua amiga ficará uns dias aqui em casa?

Coral hesitou. Decidiu não contar que o irmãozinho da amiga estava com elas.

— Vovô, tô ligando da recepção do hotel. Meu celular tá sem bateria. Já estão olhando feio aqui.

— Como assim?

— Nada, não, é que tem fila pra usar o telefone. Só queria dizer que tá tudo bem. Beijo, vô.

— Dirija com cuidado. Beijos, querida.

Trocou o café frio por um quente. Inevitável conjecturar, o filho dirigia muito bem e deu no que deu. Agora a neta naquelas estradas traiçoeiras. Rezou com afinco. Tomado pela certeza de que um anjo conduziria o carro, tomou um gole do melhor café da região. Buscou na memória e viu a esposa ali, tão próxima, na cadeira de balanço. Tão simples, de chinelos. Tão linda. Olhava para ele por cima dos óculos.

— Quer uma caneca, Lourdes?

A imagem sorriu.

— Deita ao meu lado esta noite?

Honório lavou a caneca, pendurou-a e foi para o quarto sozinho e acompanhado, se é que alguém entende e acredita.

O galo cantava alto na Fazenda Três Pontas. Honório, barbeado e cheirando a colônia mentolada, desceu. Iria imiscuir-se ao aroma do café sendo passado. Dos pães que saíram do forno do lado de fora. Do queijo canastra. Um festival de cheiros no amanhecer de uma típica cozinha mineira.

— Prepare algo que ela goste. E ponha mais água no feijão. Uma amiga está vindo junto — ordenou Honório.

Benta era capaz de cozinhar qualquer prato chique, além do melhor feijão. A neta dizia que nem dez horas de academia por dia, proteínas e o inferno, adiantariam se Benta continuasse cozinhando com suas mãos sagradas.

Antes que a preocupação o dominasse, avistou o veículo parado junto ao portão. Uma moça desceu para abri-lo com certa dificuldade. Deduziu ser a amiga da neta. Fechar foi mais fácil. Ela ocupou o assento ao lado da motorista. Agora o veículo estacionava na ampla garagem anexa ao casarão. Aproximou-se e reparou uma cabecinha se movendo.

— Fizeram boa viagem? — Honório não tirava os olhos da criança afivelada na cadeirinha presa ao banco traseiro.

— Sim, vovô. Só um pouco cansativa.

Vendo o avô intrigado fitando Rudá, antecipou-se:

— Precisaremos muito do seu apoio, vovô.

Observando a amiga da neta tendo dificuldade para desatar o cinto da cadeirinha, se aproximou.

— Eu te ajudo.

— Ah, obrigada! Compramos ontem, e não aprendi direito a lidar com esse troço.

Honório desatou e pegou o menino no colo.

— E esse garotão, quem é?

— Rudá, meu irmão. Eu me chamo Landara.

Estendeu a mão.

Honório, receoso com a criança no colo, com dificuldade, pegou a mão de Landara, cumprimentando-a. Percebeu que a moça carregava um piano nas costas.

— Honório.

— Sim, eu sei. Coral fala muito do senhor.

— Espero que bem.

— Muito bem!

Só Honório sorriu.

— Vamos entrar. Temos muita coisa pra conversar — atalhou Coral.

— E comer tudo que Benta preparou!

— Ai, começou! — zombou Coral.

Rudá indubitavelmente aprovou o colo do velho Honório. Coral dizia que o avô cheirava a café torrado com hortelã. Carregando o garoto no colo com entusiasmo, ciceroneando, foi mostrando onde a visita poderia deixar o que carregava. Benta já começava a trazer um verdadeiro banquete para a grande mesa na sala de refeições.

— Olá! — Benta, intimidada, cumprimentou Landara.

— Essa é a famosa Benta, a rainha da culinária mineira! — disparou Coral.

Todos olharam para a simpática senhora, enrubescida.

— E o garotão aqui, come de tudo? — Honório parecia querer adotar Rudá. Foi a primeira vez desde que chegou que Rudá quis o colo da irmã. Landara o tomou nos braços.

— Se tiver arroz num caldinho de feijão?

— É pra já!

O almoço se alongou muito além do café com queijadinhas. Coral atualizou o avô sobre a primeira versão contada por Dandá. Mesmo assim, Honório erguia a sobrancelha esquerda em sinal de desconfiança. Sua vivência o alertara desde que a neta contou que iria em socorro de uma amiga em apuros dois dias antes. A essa altura, Rudá, com marquinhas marrons nos cantos da boca, cochilava no colo da irmã. Landara tinha chorado baixinho com a retrospectiva da amiga e agora parecia em transe. Benta apareceu:

— Ponhei uma cama pro menininho se deitá.

Landara despertou. Passou o guardanapo nas bochechas do irmão. Percebendo os braços adormecidos da moça, Benta tomou Rudá no colo e o levou para o primeiro quarto à direita no enorme corredor de tábuas impecavelmente lustradas.

— Gostaria de um banho, Landara?

— Ah, sim, Coral. Acho que me faria bem.

— Venha comigo.

Enquanto Landara chorava sob a ducha, Coral contou ao avô como de fato Amana fora encontrada morta por Dandá. O avô cobriu os olhos com a mão calejada. A neta implorou:

— O senhor me ajuda a contar toda a verdade pra Landara?

— Meu Deus! — Honório suspirou fundo e respondeu: — E será essa toda a verdade mesmo?

— O que o senhor está querendo dizer?

— Nada, não. Precisamos encontrar o melhor momento.

Coral se afastava e o avô comentou:

— E o velório?

— A Landara não se conforma de não ter ficado. Insisti que era perigoso para o Rudá se ela desse as caras.

— Fez certo. Que barbaridade!

— E, vovô… Também acho que tem coisas que não sabemos sobre como Dona Amana morreu.

O sofrimento cedia ao tempo. Rudá, entretido com novos brinquedos, pedia menos pela mãe. Landara, temendo serem descobertos, não retornou às aulas. Gregori certamente estaria à espreita. Coral lhe daria algumas aulas e emprestaria as apostilas. A cada dia, para espantar os pensamentos, se envolvia mais e mais com as rotinas da fazenda. Sua presteza impressionava Honório.

O caderno policial do jornal largado sobre a mesinha do telefone mudou aquela ilusória calmaria. Folheando, Landara se deparou com as fotos estampadas de Gregório e Gregori. Leu parte da matéria e suas pernas falsearam. Coral estava próxima e a amparou. Sentaram-se no sofá. Landara balbuciava algo relacionado à morte da mãe. Coral leu o título da matéria no caderno que a amiga amassava com as mãos.

— Ai, amiga.

— Você sabia?

Coral não soube como responder.

— Fala, Coral!

Seu Honório, ouvindo o grito, saiu do quarto e veio ao encontro delas.

— Fala, Coral! — insistia Landara.

— O que tá acontecendo aqui? Parem, vocês duas! — Honório postou-se diante delas.

Com a amiga fitando-a enfurecida, Coral se voltou para o avô:

— Landara já sabe, vovô.

— O senhor também sabia?

— Procure se acalmar, querida.

A voz terna de Honório desarmou Landara.

— Só queríamos dar tempo ao tempo — justificava ele.

— Mamãe foi morta…

Landara desabou. Ouvia-se apenas seu choro. Parecia um violino sendo afinado. Honório, perplexo, sentou-se ao seu lado. Passava a mão pelos cabelos de Landara e lhe dava leves tapinhas nas costas. Coral lhe massageava as mãos. Tomou a iniciativa:

— Vamos contar pra você o que sabemos.

Landara, impaciente, olhava para ambos alternadamente.

— Dandá me contou e eu contei pro vovô.

— Receávamos a sua reação, querida.

— Dandá sabia o que fizeram com a minha mãe?

— O jornal fala em assassinato, querida? — assuntou Seu Honório.

— O que vocês sabem, afinal?

— Sua mãe morreu porque tomou soda cáustica. Tirou a própria vida. Foi o que Dandá me contou.

— O jornal diz que Gregório e Gregori estão sendo acusados de terem envenenado ela.

Coral e o avô trocaram olhares.

— Eu achava que a história não era bem assim! — Honório balançava a cabeça.

Diante do espanto de Landara, ele explicou:

— Quando vocês contaram sobre o plano do seu pai e do seu tio em relação ao Rudá.

— Gregório não é meu pai.

Landara ficou cabisbaixa.

— Desculpa, sei disso.

Honório colocou a mão no ombro de Landara e continuou:

— Então. Acho que eles seriam capazes de tudo. Inclusive…

Não teve coragem de concluir.

— Eu e o vovô não sabemos o que foi apurado até agora.

— Bem…

— O que foi, vovô?

— Depois eu explico. O que diz o jornal?

— Não li até o fim. Na verdade, não consegui.

Landara aparentava exaustão.

— Posso ler, filha?

Honório se levantou e esticou a mão, pedindo para Landara lhe entregar o jornal.

— O senhor poderia ler em voz alta?

Honório tinha um olhar hesitante, mas o de Landara era determinado.

Não houve interrupção durante a leitura. Coral por vezes tapou a boca com a mão. A perplexidade e a incredulidade os deixaram mudos, até Landara se inquietar:

— Suspeitos??!! Não posso me omitir. Preciso voltar e contar o que ouvi daqueles dois.

— Ai, amiga! Será?

Coral olhou para o avô, suplicando para que a apoiasse em tentar demover a amiga da ideia de retornar a Passa Quatro.

— Coral! Seu Honório acabou de ler! O jornal tá dizendo que a polícia não descarta a hipótese de suicídio.

— Escutem aqui, vocês duas! — Honório foi enfático.

A obediência e o respeito exigiram que as duas ouvissem.

— Eu já sabia de muita coisa antes mesmo dessa matéria circular. Ou pelo menos antes desse jornal aparecer aqui em casa. O jornal é de que data, mesmo?

Honório ajustou os óculos para averiguar, e Coral o interpelou:

— Isso não interessa, vovô!

Sua voz saiu mais alta do que o pretendido, e Coral, com as palmas das mãos estendidas, se desculpou.

— Tudo bem, acho que mereci. A verdade é que eu contratei uma pessoa pra… Como posso explicar…?

Landara e Coral lhe lançaram olhares impacientes, e Honório desembuchou:

— Para me manter informado. É isso.

Agora Landara e Coral olharam curiosas. Honório encarou a neta e com os braços abertos se justificou:

— Primeiro, sem explicação, você disse que ia até Passa Quatro porque uma amiga te pediu ajuda. Aí você aparece aqui em casa com a amiga e o irmãozinho dela. Fala aquelas coisas horríveis que não sei quem te disse...

— A Dandá.

— Que seja. O fato é que vocês, jovens, não pensam nas consequências? É muito, mas muito sério isso tudo.

Honório se voltou para Landara:

— E você, querida, pessoinha que eu já gostei assim que botou os pés nesta casa, e do teu irmãozinho também. Cuidado!

Landara pareceu confusa, e Honório explicou melhor:

— Essa pessoa que contratei é um advogado conhecido meu, e ele contratou um investigador, pra ninguém saber quem de fato está querendo as informações, entendem?

Como nenhuma das duas ousou interrompê-lo, Honório se viu compelido a prosseguir:

— Nem pensar as pessoas lá em Passa Quatro saberem que você e Rudá estão hospedados aqui. Temos até um termo de confidencialidade e tudo o mais com o advogado.

Landara e Coral se entreolharam, e Honório concluiu:

— Nem o próprio delegado. Sabia que ainda fazem buscas pelo rio, e tudo?! — Honório enfatizou.

— Isso pode me implicar? — Landara ficou receosa.

— A gente tá vendo direitinho tudo isso. Inclusive o melhor momento pra você se apresentar.

As revelações eram auspiciosas e tranquilizaram Landara momentaneamente. Honório ainda revelou que lhe apresentaria o advogado assim que novas informações surgissem.

Quando a conversa acabou, Landara resolveu caminhar pela fazenda para poder sofrer, se revoltar e chorar como nunca.

Quando os argumentos já pareciam escassos para impedir Landara de agir mesmo que atabalhoadamente para exorcizar a sensação de impunidade que a consumia, o advogado de Honório veio visitá-los.

Todas as explanações não amenizaram a revolta, mas serviram para conter o ímpeto vingativo que desequilibrava Landara. Conheceu fatos importantes sobre o inquérito, os vestígios deixados, as incoerências. O advogado ficou estarrecido com o que Landara acrescentou. Todos concordaram que a intenção de assassinar o menino precisaria chegar ao conhecimento do delegado. Concordaram sobre a necessidade de blindar Landara, já que o afogamento simulado por ela continuava sendo apurado. Benta trazia mais uma rodada de café, agora com pãezinhos de queijo fumegantes, quando surgiu um fato novo.

— Testamento? — Landara ficou incrédula.

O advogado contou que um colega de Passa Quatro havia procurado o delegado em busca do paradeiro de Landara Montenegro Papadakis. O tal advogado precisava dar andamento a uma série de providências decorrentes do falecimento de Amana Montenegro Papadakis, entre elas a leitura do testamento.

— E agora estou diante da pessoa que muitos procuram.

O próprio advogado avaliou como inoportuna e infeliz a sua observação, e se corrigiu:

— Muita cautela nessas horas!

— Agora vejo a importância da cláusula de confidencialidade que assinamos.

Honório o encarou com severidade.

— O amigo quer que eu me inteire sobre essa questão? É minha área de atuação.

— Seu colega investigador não precisa saber disso, certo?

— Não vejo por quê.

— Ótimo!

Landara e Coral assentiram, meneando as cabeças.

Depois que acenaram para o veículo que se afastava pela estradinha, Landara se dirigiu a Honório e Coral:

— Nem sei como agradecer a vocês dois por tudo que têm feito por mim e pelo meu irmão.

Reuniu Honório e Coral num abraço só e disse emocionada:

— Espero poder pagar um dia.

— Vamos esperar pra ver o que diz o tal testamento — Coral deixou escapar, e logo se arrependeu. Landara esboçou um discreto sorriso como perdão.

Honório segurou a mão de Coral, e com os olhos lacrimejados a encarou profundamente e disse:

— Eu tinha uma família linda. Num piscar de olhos perdi quase tudo. Deus me deixou você, Coral, pra eu cuidar. Agora você traz pra dentro de casa, pro nosso convívio, duas criaturas maravilhosas.

— Ai, vovô…

Voltou-se para Landara.

— Eu imploro. Deixe-me cuidar de vocês também! Sejam a minha família.

Abraçaram-se. Choraram o choro da esperança, da segurança, da reconstrução.

## &&&

Embora o sol se mostrasse tímido e uma brisa refrescante deixasse a serra para acortinar as pradarias, o clima na Berro Alto estava longe de ser ameno.

— O que exatamente teu cupincha falô? — Gregório estava irritadíssimo.

— Já te disse, um advogado tá atrás da Landara. O sujeito precisa dela pra uma porrada de coisa. Só pode ser merda! — Gregori também perdia a compostura.

— Num basta as bobiça do delegadozinho, inté essa agora!

— Parece o Pedro Bó falando.

— Num me amola não, sô. Mi taia o sangue.

— Falando naquele estrupício, como ficou aquela conversa da escada?

— Cuma?

Gregori lhe dirigiu um olhar de censura.

— Ameacei ele — reformulou Gregório.

— Certeza que ele não vai falar merda por aí?

— Bão, só sei que capo aquele nego se abrir a matraca!

Os irmãos conjecturavam. O laudo inconclusivo do legista, como classificou o advogado deles, não justificaria a abertura de um processo-crime, e mesmo que fosse aberto, inocentá-los não seria difícil. Complicaria muito se aparecesse um fato novo, uma testemunha, vestígios, ou mesmo uma eventual motivação.

— Mas a matéria do jornal pegou pesado com a gente!

— Dexa de sê cagão, Gregori. É muito provável nem ir pra júri, como disse o dotô.

— Mas começa com um fato aqui, outro ali, daqui a pouco a merda tá caindo em nossas cabeças.

— Macadiquêocê táfalano isso?

— Se Pedro Bó vier de novo com aquela história da escada.

— Bobiça! Quem vai ligá pra marca na parede?

— É isso que o doutor teme. Vestígio.

Gregori pressionava as têmporas, e acrescentou:

— Motivação. E o sumiço da Landara? Quem explica isso?

— Tem otra coisa me azucrinando — Gregório apertava o queixo.

Gregori esperou o irmão falar.

— Rudá deve de tá vivo.

Gregori franziu a testa.

— Inté agora num acharam o menino morto! Já tem um tempão dos home procurano.

— É, já era hora do corpo ter aparecido.

— Se tá vivo, na certa é coisa da Landara. Ela deve de tá moitada em otra cidade, só pode!

Os irmãos recapitularam os últimos passos de Landara no dia em que Amana foi morta e não chegaram a nenhuma conclusão sobre o paradeiro da moça.

— Mudando de assunto, e o dinheiro do arrendamento?

— Um furdunço! Co a Amana morta, achei que esse trem morria tamém.

— E você nem pra desconfiar que tua mulher tinha advogado!

— Num me azucrina, sô!

— Talvez o delegado ou o tal advogado acabem encontrando ela pra nós.

— Preciso um dediprosa cum ela antes.

— Calma, mano velho! Precisamos andar miudinho daqui pra frente.

&&&

O sol perdeu a timidez. Tocava a pele como ferro quente. Naquela várzea nada se erguia para produzir sombra. A corredeira do rio chiando à sua frente o convidava para um breve deleite. Tirou a camisa suada por cima da cabeça. Por um instante lembrou-se do dia em que Clara o flagrou nu. Coincidentemente, avistou de muito longe a silhueta que parecia ser de mulher sobre o cavalo.

A cada trote os borrões sumiam e o corpo ganhava identidade. Uma sensação prazerosa aqueceu-lhe o peito. A boca secou, e a voz, sempre acabrunhada, desta vez ousou.

— Ocê... bão ti vê! — o olhar de Bomani desacorçoava a moça.

Ela o viu descontraído. Um sorriso revelando dentes lindamente brancos. A frase curta. Direta. Poética. Não falava da lida, obediente ou subserviente a alguém do casarão. Era para ela somente. Retribuiu o sorriso. Apeou do cavalo.

Dois tímidos, não recorreriam ao linguajar caboclo para externar a recíproca admiração. Olhavam-se. Descobriam-se. Desejavam-se. Ele a tomou pela mão.

— Intão, ocê é minha.

Dandá assentiu silente e mordiscou o lábio.

Depois de pedir permissão a Dona Francisca, Bomani e Dandá, nos minguados descansos, namoravam sentados em volta do velho poço, contemplando o céu escuro salpicado de estrelas.

Ele não era da prosa, ela sim. Ele não era virgem, ela sim. A danação veio dela.

Mordia uma maçã verde. Ele não quis.

— Amarra a boca.

— Vixi!

— A língua fica fresca. Espia só.

Dandá, provocante, mostrou a língua.

Bomani se aproximou e sentiu o hálito frutado. Ela ergueu o rosto dele pelo queixo e o beijou, desajeitada. Ele passou a mão pela cintura dela. Colou seus lábios carnudos aos dela. As línguas se tocaram, aprenderam. Peles eriçadas. Ele lhe acariciou o pescoço. Os olhos a desejaram. Dandá desabotoou o primeiro botão da camisa branca dele. Ele deslizou a mão e puxou só um pouco o vestidinho de elástico verde. Os bicos dos seios ainda protegidos. Ele a beijou no pomo de Adão. Desceu. O queixo áspero roçou entre os seios e puxou o elástico da blusa para baixo. Os seios brotaram como peras selvagens. Ele a torturou mordiscando e sugando-os. Terminou de tirar a camisa. Ela arranhou as costas dele com garras de leoa. Segurou por sobre a surrada calça bege o pau duro tal qual um granito. Outro beijo ardente. Bomani cobriu o cimento do poço com a camisa. Dandá se despiu de vez. Deitou-se de costas sobre o tecido branco e abriu as pernas recolhidas. Primeiro ele beijou vagarosamente as virilhas. Ela empinou o abdômen e se contorceu quando ele a penetrou com a língua. Suplicou. Ela abraçou a cintura dele com as pernas e tudo se rompeu. Um pequeno desconforto seguido pelos movimentos sutis, pelo desejo mais e mais crescente, úmido, meloso, explosivo. Amavam-se. Tinham planos.

## &&&

Era esperado. Coral, preparada, passou. Landara, não.

— Queria tanto que você tivesse passado.

— Acho que meu destino é trabalhar na fazenda.

— Boba! No meio do ano você tenta de novo.

— É sério, me sinto feliz ajudando seu avô.

— Alguma notícia de Passa Quatro?

— Do inventário… testamento, nunca sei direito a diferença, as coisas até avançam. Já da morte da mamãe, o advogado disse que é um recurso atrás do outro.

— Pelo menos o seu pai e o seu tio...

Landara franziu a testa e Coral ergueu a mão, se desculpando. Prosseguiu:

— Aqueles dois crápulas estão se incomodando.

— Devem estar loucos com Rudá vivo.

— Vivo e herdeiro.

— Mais por isso.

— Eles não imaginam que vocês moram aqui?

— E se souberem?

— Vovô anda preocupado. Disse até que vai contratar um segurança.

— Agora que a polícia já sabe de tudo! Eles não seriam loucos.

— Todo cuidado é pouco. E o dinheiro que estava depositado pra você?

— Tá meio enrolado... Mudando de assunto, tô com saudades da Dandá!

— Vem você de novo! Continuo achando arriscado.


O outono pelava as copas. Uma noite atipicamente fria. Benta cozinhou sopa de milho. Rudá teria ajudado com sua espada de pau a debulhar as espigas. A chuva que banhou a tarde frustrou suas corridas pelo quintal atrás das galinhas.

Servindo-se do segundo prato, Seu Honório lamentou:

— Péssima hora pro gerador pifar.

— O monstrengo que alimenta os galpões?

— Aquele mesmo, Coral. Um novo vai custar uma dinheirama.

— Não tem conserto?

— Tudo tem conserto — enfatizou Landara.

— Perguntei por aí e ninguém dá jeito.

— Posso perguntar no câmpus.

Honório estava descrente.

— Muito antigo. Todo caso, pergunte, Coral. Diga que é um Stemac do tempo do onça.

— Ó quem dormiu?

Landara apontou. As mãozinhas enfiadas no prato plástico. Daí pegou Rudá no colo e o levou para o quarto.

— Querem jogar víspora?

— De novo, vovô?

## &&&

Gregório achava que o irmão devia ficar mais tempo com a mãe. A conta no bar do Elizeu, quando Gregori aparecia meio que sem propósito, subia substancialmente. Depois de importunar a mocinha que servia as mesas, Gregori passou no balcão, pediu outra dose e voltou para junto do mano velho.

— Além do puxão de orelha, alguma novidade?

— Ocê num si apruma! Tá se inrabichano coaquela ali, agora?

— Tô falando, tirou o dia pra pegar no meu pé!

Gregório, que estava na cerveja, pediu outra gelada para a jovem garçonete. A mocinha deixou a garrafa numa camisinha de isopor sobre a mesa e saiu.

— Inté eu pegava esse pitelzinho.

— Opa! O mano velho não tá morto.

Gregori secava o copo, e olhou de revesgueio para a bunda da garçonete.

— Lembra um pouco a gostosa da Dandá — virou-se para Gregório e se vangloriou: — Que logo irei tirar o cabaço dela.

— Da mocinha ali o da Dandá?

— Da Dandá, é claro. Se bem que pode ser das duas.

Gregório riu. Gregori quis saber o motivo.

— Pega aquela ali, cadiquê o Pedro Bó deu conta da otra.

— Do que você tá falando?

Gregório deu um longo gole na cerveja, aumentando a agonia do irmão.

— Os dois juntaro os trapo. Inté já se mudô pra casa de Dona Francisca.

Ensandecido, Gregori disparou:

— E você deixou?

— Uai! Num isqueça que ele ficômoitado coa história da escada.

— Filho da puta!

Gregori levantou para pegar outra dose e ameaçou:

— Aquela vadia que me aguarde!

O sol raiava quando os irmãos estacionaram a picape atravessada em frente à varanda. Bomani os aguardava. Gregório falou para Gregori não tocar no assunto Dandá. Gregori, cambaleando, entrou no casarão sem cumprimentar o peão. Antes que Gregório despachasse o empregado, ordenando algo que lhe viesse à cabeça, foi informado com poucas palavras que Dona Francisca havia falecido. Contrariado, Gregório mandou-o se informar na delegacia sobre o que devia ser feito. Os irmãos dormiram vestidos. Nenhuma janela foi aberta. Levantavam alternadamente para comer, beber e mijar.

Os filhos nunca trouxeram os netos para Dona Francisca conhecê-los, e tampouco vieram se despedir. Sobrou espaço na pequena capela do cemitério para abrigar poucos conhecidos, Dandá e Bomani.

Dandá compareceu para trabalhar na manhã seguinte. Abriu as janelas para ventilar e arrastar para fora o odor acre. A cozinha estava mais bagunçada que de costume. Migalhas de pão e bolo na mesa, no balcão e no chão. Restos de salame e queijo sobre a pia. Cascas e caroços de frutas largados às formigas. Deu muito trabalho aprontar tudo. Passou o café. Fez ovos mexidos. Batia a massa para fritar bolinhos com a banana que sobrou, e Gregório deu o ar da graça arrotando ao descer a escada.

Da porta ele observou apenas o bule sobre a mesa e ralhou:

— Tá de preguiça hoje, mocinha?

— Cuma?

Apontando para a mesa, Gregório se indignou:

— E os troço do café?

Dandá arregalou os olhos, assustada com o tom de voz do patrão, e bateu com mais agilidade a massa.

Gregório se sentou à mesa e se serviu do café. Ficou olhando Dandá colocar os primeiros bolinhos na frigideira. Impaciente, levantou, colocou a caneca na pia. Pegou um dos bolinhos que Dandá colocou para descansar sobre o papel-toalha e empurrou goela adentro.

Cuspiu na pia e gritou:

— Queimei a boca, sua anta!

Saiu batendo a porta.

Gregori acordou com a voz do irmão e não demorou a aparecer. Trajava cueca apenas. Postrou-se sorrateiramente atrás de Dandá, que tirava os últimos bolinhos. Ela não sabia que Gregori passara a noite no casarão e se assustou ao vê-lo.

— Não precisa ficar assim, não vou te morder — disse ele, com voz melosa e olhar atrevido.

Sentou-se à mesa. Dandá colocou a travessa com os bolinhos ao lado do bule. Ele a fitava maliciosamente. O coração dela queria saltar pela boca. Constrangida e temerosa, catou a frigideira e colocou sob a água da torneira.

Ela vestia um vestido de chita florido. A barra ficava abaixo dos joelhos.

— Soube que você anda se esfregando com aquele negro burro — disse Gregori enquanto mastigava.

Sobre o fogão à lenha, uma caneca grande de alumínio com água fervida servia para enxaguar os pratinhos sujos com gema de ovo. Uma orientação de Dona Amana.

O insolente não dava trégua.

— Você merece coisa melhor, sabia?

Gregori olhava as nádegas de Dandá. Colocou a mão por dentro da cueca. Masturbando-se, ordenou:

— Olhe pra mim.

Dandá jamais esperaria tamanha insensatez e desrespeito. Virou-se.

— É tudo pra você — Gregori balançava o pênis ereto. Levantou-se e foi em direção a ela.

Apavorada, catou a caneca e atirou. A água fervente atingiu as pernas e os pés do traste. Dandá atravessou a porta tropeçando e correu.

— Volte aqui, sua ordinária! — gritou Gregori.

Dandá não olhou para trás. Na metade do caminho de casa desacelerou quando avistou Bomani.

&&&

O horário do almoço se aproximava. O telefone tocou na administração.

— É pro senhor, Seu Gregório.

Junto à porta, Gregório balançava o molho de chaves da picape, pronto para sair.

— Ô diacho, essa hora!

— Parece urgente.

Voltou e pegou abruptamente o telefone da mão do funcionário.

— Alô.

— Seu Gregório?

— Sim, sô. E ocê?

— Cabo Osiris. Lamento informar, mas seu irmão, Gregori, sofreu um acidente.

— Cumé?

— Tudo indica que ele caiu do cavalo e bateu a cabeça numa pedra.

— Eita! Dondi ele tá agora?

Cabo Osiris hesitou, limpou a garganta e revelou:

— Seu irmão… está morto, Seu Gregório.

— Crendeuspai! Num brinca, moço!

— Desculpa tá falando isso, mas seria importante o senhor vir pra cá agora.

— Meu irmão Gregori morto, minha nossa!

Batia com o aparelho na testa.

— Alô, alô, Seu Gregório, está me ouvindo?

— Pra onde eu devo de í?

Gregório estava aturdido.

— Estamos aguardando a chegada do rabecão.

— De quê?

— Estamos aqui onde ocorreu o acidente esperando a polícia técnica.

— I ondi é isso?

— Na ponte velha.

— Tôino.

Gregório estacionou a picape atravessada ao lado do rabecão. Largou a porta aberta e correu em direção ao furdunço. Diminuiu a passada quando avistou o corpo. O burburinho foi diminuindo, até cessar quando Gregório se ajoelhou ao lado do legista, que usava luvas brancas. Cabo Osiris se aproximou e relatou:

— O tratorista ali.

Apontou para um senhor barrigudo, rosto avermelhado e boné na cabeça.

— Encontrou o corpo assim.

Com o bico da bota apontou para o cadáver.

— Foi até o mercadinho e ligou — apontou além da ponte, sentido cidade. — Eu que atendi.

Gregório, olhos cerrados, enfiava os dedos na cabeleira espessa e suspirava alto. Osiris, vivendo seu momento, queria falar. Continuou:

— Tudo leva a crer… — o legista o encarou e Osiris reformulou: — O cavalo pode ter prendido a pata entre os dormentes, empacou e projetou o rapaz — não obteve a atenção desejada, mas continuou: — Deu azar batendo a cabeça nessa pedra.

Direcionou o queixo para a pedra pontiaguda que o legista examinava e fotografava.

Cabo Osiris não se conteve:

— Tem cabelo e sangue na pedra.

— Posso concluir meu trabalho? — indagou o legista com determinação.

Gregório levantou, sentiu-se zonzo e enjoado. Apoiou-se na estrutura metálica da ponte. Observava o cavalo amarrado, mordiscando um capim fresco, e virou-se. Cabo Osiris, como uma sombra, se antecipou:

— Tivemos que amarrar. A sirene deixou o animal agitado — apontou para o tratorista e complementou: — O do boné ali disse que o cavalo tava a três passos do defunto.

Gregório olhou atravessado, e Osiris teve mais consideração:

— … do, do seu irmão.

Gregório olhou para o rio que corria logo abaixo. Difícil desassociar. Naquele mesmo local ele e Gregori comemoraram o golpe de sorte do destino. Agora, para sua incredulidade, Rudá estava vivo em algum lugar, e seu irmão, logo ali, morto, com a cabeça toda esfacelada.

# CAPÍTULO VIII

# IDÍLIO

Honório falava ao telefone. Landara e Coral pararam de conversar quando a voz e determinadas expressões usadas por ele indicavam algo grave.

— Era o advogado — disse após colocar o aparelho no gancho.

— Isso nós sabemos, mas o que ele disse de tão sério, vovô?

A cobrança veio de Coral, mas Honório se dirigiu a Landara.

— Seu tio Gregori sofreu um acidente — deu um passo para a frente. — Ele está morto.

Landara, estupefata, sentou-se vagarosamente no sofá.

— Desculpa dar a notícia assim, mas…

— Estranho.

Landara o interrompeu. Tinha um olhar exausto voltado para Honório.

— Pensei corrigir o senhor, Gregori não é meu tio, mas agora…

Ficou reflexiva.

— … ele não existe mais.

— Ai, amiga!

Coral sentou-se ao lado.

— Não me julguem mal, mas… — deu um longo suspiro. — Confesso, eu não estou triste. Diria, aliviada.

Honório e Coral nada disseram. Ela quis justificar:

— Tinha muito medo quando ele aparecia lá em casa.

As investidas cometidas por Gregori inundaram sua mente.

— Aqui se faz, aqui se paga — concluiu. Levantou-se, pediu licença e foi para o quarto.

— Fica de olho nela — advertiu Honório. Beijou a testa da neta. Pegou as chaves sobre o balcão e saiu avisando: — Estarei no escritório.

— Vovô! — gritou Coral, indo ao encontro dele. — Ia me esquecendo. Um professor de prática que trabalha no laboratório da engenharia leu meu anúncio no edital.

Honório não entendeu e franziu a testa.

— Disse que um aluno dele manja do tal Este..., o gerador aqui da fazenda.

— Ah! Stemac, a marca é Stemac.

— Agora é esperar o aluno ligar.

— Boa notícia.

Do topo da colina o sol espiava por entre as arvores, iluminando toda a varanda. Café fumegante na mão, Honório observava um galo solitário desfilar altivo pelo gramado. Estava entusiasmado. O moço que prometeu dar jeito no velho gerador estava para chegar.

Landara saiu bem cedo. Gostava de cavalgar quando a névoa ainda cobria a planície. Rudá circundava a casa galopando uma vassoura. Benta desistiu de correr atrás e voltou para a cozinha. Coral apareceu com o cabelo desgrenhado e cara de sono. Ela trajava um *baby-doll* azul-claro.

— Bom dia, vovô — cumprimentou bocejando.

Honório se virou para ela.

— Bom dia — deu uma boa olhada nela. — Tome café. Daqui a pouco o moço aparece.

Era um jeito sutil de pedir para a neta se arrumar.

E o moço não tardou a aparecer. Desceu do carro para abrir a porteira. Honório entrou para deixar a caneca sobre a mesa. Olhou pela janela e comentou com Benta:

— Pontual. Gostei.

O moço prendeu a porteira. Conduziu seu velho Monza chumbo pelo caminho de paralelepípedos. Um menino distraído em seu cavalo imaginário cruzou perigosamente à frente do veículo. No mesmo instante, Honório e Benta gritaram e o visitante pisou forte no freio.

Rudá acomodou o brinquedo junto à porta e abraçou as pernas trêmulas de Benta. Cobriu o rosto com o avental que ela trajava. Honório, também assustado, se ajoelhou ao lado e, espalhando o cabelo do menino, falou educadamente:

— Bubu, Rudá! Bubu é perigoso! — levantou-se e olhou para Benta: — Não dá pra tirar o olho um minuto.

Desceu os degraus da varanda e foi ao encontro do visitante, que desceu do carro com um sorriso inebriante. Trajava calça jeans e camiseta polo azul-marinho. Calçava botina zebu marrom.

— Que susto! Pensei que só eu domava vassouras quando criança.

— A gente vira as costas...

Honório apontou para dentro, ainda aturdido.

— Yakin — o moço estendeu a mão.

— Honório — e apertou a mão do moço.

— É aqui que um dinossauro chamado Stemac se esconde?

— Dinossauro é esse seu carro! — brincou Honório apontando para o veículo.

— O motor, eu garanto — Yakin olhava o bólido com carinho. — Dá couro em Ferrari — brincou.

O sorriso de Yakin contagiava. Seus dentes brancos contrastavam com a barba preta por fazer sobre a pele amendoada escura do rosto.

Coral juntou-se a eles. Vestia um macaquinho rosa e calçava uma bailarina branca.

— Essa é minha neta, Coral.

— Foi com você que eu falei ao telefone...

— Foi. Yakin, certo? — ela apertou os olhos e ele confirmou. — Seja bem-vindo à Fazenda Três Pontas. E aí, foi difícil chegar até aqui?

— Na verdade, não. Perguntei onde ficava o melhor café da região e... cá estou.

Yakin colocou as mãos nos bolsos. Honório, lisonjeado, ofereceu:

— Então vamos entrar tomar um café! — puxou Yakin pelo braço: — Sente-se aqui — apontou para uma das cadeiras na varanda.

— Vovô, que aconteceu agora há pouco?

— Entra lá que a Benta te conta. Aproveita e pede pra ela trazer café pra nós.

Foi Coral quem trouxe duas xícaras pequenas de porcelana branca com detalhes dourados numa bandeja de prata. Deixou os dois continuarem a conversa. Yakin matou a curiosidade do anfitrião. Disse que aprendera com o avô. Desmontou e montou dezenas de vezes o gerador do sítio onde moravam. Confiante e ansioso para ver o rapaz ressuscitar o velho Stemac, Honório se levantou:

— Vamos ver se você é bom mesmo. Deixe seu carro aqui.

Apontou para a picape estacionada na garagem.

— Vou pegar minhas coisas.

Yakin apanhou do porta-malas uma maleta de couro surrada, mas organizada.

Retornaram para o almoço. Uma coisa não mudava na Três Pontas, o horário de Benta colocar a comida na mesa. Todos sabiam e não ousavam questionar. Yakin, no lavabo, demorava tentando tirar a graxa das unhas. No banheiro do quarto, Landara, que chegou se esbaforindo e sem tempo para conversa, tomava uma chuveirada para se livrar do suor e cheiro de pelo de cavalo.

Yakin, desorientado, saiu para o lado errado. Esbarraram-se no corredor de tábuas brilhantes. Landara se assustou. Trajava um moletom cinza e calçava pantufas. Escorregou no piso recém-encerado e lustrado. Os braços ágeis e fortes de Yakin evitaram a queda. Os rostos ficaram muito próximos. Uma mecha do cabelo molhado bloqueou a visão dela. Ele a colocou de pé. Ela ajeitou o cabelo. Os olhares se alinharam.

Sucederam-se segundos. Inexplicável magnetismo retesou suas peles, aqueceu seus corações.

— Obrigada — ela agradeceu. — Se pisar fora da passadeira...! — Landara apontou o chão.

Yakin, encantado, nada disse.

Só então Landara se apercebeu de que havia um estranho na casa.

— E você quem é? O que faz aqui?

Não havia pânico em sua voz.

— Me chamo Yakin...

— Claro, o rapaz do gerador — os olhos dela brilhavam. — Landara.

Indecisos, não apertaram as mãos. Há pouco estavam acidentalmente abraçados.

Acanhado, ombros encolhidos e mãos nos bolsos, Yakin confessou:

— Estou perdido nesse casarão.

Landara sorriu. Covinhas em sua face a deixavam ainda mais encantadora. Ouvia-se um burburinho.

— Penso que estão nos aguardando.

Ela apontou a direção.

Coral notou uma expressão enigmática no rosto da amiga. Percebeu o mesmo no semblante do visitante.

— Vejo que já se conheceram?

Yakin e Landara entreolharam-se com timidez. Foi ela quem respondeu:

— Ele me salvou. Quase me estatelei no chão!

— Sente aqui, Yakin.

Honório, sentado na ponta da mesa, apontou uma cadeira à sua esquerda, ao lado de Coral. Havia outra vaga do lado oposto, junto à cadeirinha onde se lambuzava Rudá.

Sem cerimônias, todos foram se servindo. A galinhada preparada na panela de ferro, com louro e muitos truques, exalava um cheiro provocativo. Macarronada, massa caseira, completava o show.

— Bízu, mais!

Rudá apontou o pequeno prato fundo de plástico. A figura desbotada do xerife Woody se destacava entre o molho.

— Ó o que ele gosta.

Honório, exibido, talhou um pedaço do pão caseiro que havia na cestinha sobre a mesa, mergulhou no molho da galinhada e enfiou direto na boca do menino.

— Credo, vovô, o coitado vai se engasgar!

A voz de Coral soou como uma bronca.

— Calma, tô cuidando.

O avô arrefeceu-se.

Yakin, instintivamente, procurou amenizar.

— Pelo jeito o garoto é fã de Toy Story.

— Meu irmão? — Landara afagou o cabelo de Rudá: — Acho que já assistiu umas cem vezes.

— Desculpa, ele é seu irmão, e...? — olhou para Honório na ponta da mesa.

Foi Coral quem respondeu:

— Aqui somos todas netas e neto.

Um instante em que todos da casa se olharam. Não falaram nada que aflorasse o passado que ninguém tinha prazer de resgatar. Inteligente e perspicaz, Yakin ergueu a sobrancelha, dando-se por informado.

Honório monopolizou a conversa, falando sobre a cultura cafeeira. A cada menção a Landara como sua ajudante, Yakin a olhava com ternura. Coral não entedia por que isso a incomodava. Durante o cafezinho o desconforto aflorou:

— Afinal, você termina o serviço hoje?

Todos foram pegos de surpresa.

— Puxa, desculpa. A conversa estava tão boa... peço desculpas — Yakin fez menção de se levantar.

— Coral não quis colocar ponto final na prosa, não é mesmo, querida? — o avô tocou o braço da neta.

Coral corou.

— Claro que não! Por favor...

— Mas eu estou ansiosa pra ver se o gerador vai funcionar — Landara apoiou as mãos na mesa.

Ficaram de pé. Benta havia levado Rudá para a soneca da tarde.

Foram ao galpão, inclusive Coral.

Yakin vestiu um avental surrado por cima da roupa. O sol parecia cansado, repousando entre nuvens, e o vento que soprava amenizava o calor. Os três, em pé, observavam o rapaz enfurnado atrás do gerador. Não aguentaram muito tempo e foram para o escritório, onde havia ar condicionado. Landara ligou o computador e mostrou a nova versão do sistema de análise de imagens. Honório ficou maravilhado, e Coral, entediada. Um som familiar chamou-lhes a atenção. Falaram juntos:

— O gerador!

O gigante não tinha quatro patas, mais bramia, revigorado.

— Impressionante! — Honório batia palmas.

Yakin tinha graxa no cabelo. Sorria orgulhoso. Coral se atirou entre ele e o avô. Bateu no braço musculoso do moço, olhou para o avô e se gabou:

— Ponto pra mim! Se não fosse eu...

158

Yakin olhou para Landara, como se desculpando.

— Moço, não sei o que dizer! — Honório tapou a boca com a mão. Olhou para Landara: — Um milagre!

Landara piscou para Yakin. A piscadela o derreteu. Constrangido, disse:

— Refiz o rolamento. Não vai durar muito — virou-se para Honório. — Se o senhor me autorizar, compro um mancal novo — bateu levemente na superfície do gerador. — Ficará zero bala.

— Tá brincando? Tem minha autorização.

— Combinado — esfregou as mãos na estopa que tirou da maleta: — Tem uma pia por aqui onde eu possa lavar as mãos?

— Tem o banheiro do escritório — antecipou-se Coral.

— Talvez ele queira tomar um banho — sugeriu Landara.

Coral a fritou com os olhos. O avô percebeu animosidade entre as duas. Yakin, esfregando as mãos na estopa, não.

— Não quero abusar — mantinha o olhar concentrado nas mãos.

— Vamos lá pra casa. Você toma seu banho e janta conosco — disse Honório, determinado.

Novamente Yakin lançou seu olhar na direção de Landara. Coral entrou na picape e bateu a porta. Quase não conversaram no trajeto até o casarão. Chegando, Honório perguntou a Yakin:

— Quanto lhe devo, moço?

— Nada, não.

— Nem pensar!

— Sério. Matei um pouco a saudade do meu avô.

— Seguinte: adianto uma quantia pra você comprar o mancal e você fala o preço pra trocar.

— Combinado!

— Ah! E você tá convidado pra próxima galinhada.

Olhou pelo retrovisor e viu animação em Landara e indiferença em Coral.

— Bãodimais, sô! — brincou Yakin.

Benta preparara uma surpresa. Rudá raspava com seus dedinhos o queijo grudado no pote.

— Com carne de porco e batata-salsa, nunca — respondeu Yakin. — Parabéns, Benta, seu escondidinho é divino!

Benta ficou feliz com o elogio, mas nem tudo era festa.

Os lugares na mesa, sem ninguém determinar, foram ocupados tal qual no almoço. Yakin de frente pra Rudá, Coral de frente pra Landara. As amigas se evitavam.

— Quer raspar o meu? — Yakin ofereceu seu pote a Rudá.

Rudá, envergonhado, se escondeu no braço da irmã.

— Ué, o que deu em você? — Landara cochichou: — Tá com vergonha do tio?

Rudá olhou intrigado. Também cochichou.

— Meu tio?

Landara riu e se engasgou. Yakin se levantou em seu socorro. Ela ria e tossia e ele batia em suas costas. A cena contagiou quase todos. Até Benta veio entender as razões de tanto riso e passou a rir também. Coral, com rispidez, colocou ponto final à diversão.

— Deixe de encenação, Landara!

A voz tensa e os olhos flexionados não deixavam dúvidas. Ela estava contrariada.

— O que deu em você, querida?

Honório, determinado, exigiu explicações. Coral tinha a atenção de todos. Corada, justificou:

— Nada, não, vovô. Só achei meio exagerado — olhou para Landara: — Afinal, o que Rudá te disse?

Landara se recompôs. Yakin ocupou seu lugar. Ela espalhou o cabelo do irmão e respondeu sorrindo:

— Ele queria saber se Yakin é tio dele — tirou o sorriso do rosto: — Foi um exagero, mesmo.

Coral desperdiçou a oportunidade e não pôs fim ao desconforto. Ao contrário.

— Depois de tudo que Rudá passou, não convém falar essas coisas.

Yakin baixou os olhos e raspou com sua colher o queijo grudado em seu pote. Percebeu que Coral quebrara algum código de silêncio.

— Bem, moço, espero que encontre as peças e deixe meu gerador...
— Honório, visivelmente incomodado, esboçou um sorriso: — Zero bala, como você disse.

Olhou para Benta em pé perto dele:

— Aquele cafezinho pra arrematar?

Antes da simpática e prestativa mulher deixar a sala:

— Dona Benta, você é uma artista — Benta ficou parada junto à porta. — A galinhada, e agora esse escondidinho, hum...! — Yakin beijou a ponta os dedos.

Benta, agradecida, olhou Yakin com ternura e foi coar o café.

Rudá simpatizara com Yakin e passou a adorá-lo. Yakin tirou do bolso da calça uma pequena peça e estendeu para o garoto:

— Um presentinho pra você — Rudá arregalou os olhinhos e pegou o presente. Yakin confessou: — Desde cedo eu acompanhava meu vô consertando as coisas — disse emocionado. — Pegava as peças estragadas — apontou para a peça presa à mãozinha do menino. — Na minha imaginação, eram espaçonaves, robôs... — olhou para Rudá. — Separei essa pra você brincar — ergueu as sobrancelhas. — Não lembra o Buzz?

Rudá fez o movimento com a cabeça, concordando, e segurou com força seu novo brinquedo. Landara cobrou:

— O que dizemos quando alguém dá presente?

— Bigado.

Surpreendentemente, levantou-se e foi até onde Yakin estava e beijou-lhe o rosto.

— Ganhou um amigo, moço! — observou Honório.

## &&&

Yakin passou a tranca na porteira e acenou para todos na varanda. Viam-se ainda as luzes das lanternas traseiras do velho Monza.

— Vamos entrar. Quero ter uma conversa com vocês — Honório cravou o olhar nelas.

Coral quis se esquivar.

— Não é um pedido, mocinha!

Benta recolhia as coisas e ajeitava a mesa. Percebendo a privacidade que a situação pedia, deixou a toalha para depois e levou Rudá para o quarto. As amigas não se olhavam. Honório puxou uma cadeira e ficou de frente para elas.

— Nunca lidei com uma situação dessa, mesmo porque só tive um filho homem. Posso estar enganado, mas o que temos aqui, uma disputa pelo bonitão que acabou de ir embora?

Ambas tentaram dizer algo, mas com uma interjeição o avô as calou.

— Por enquanto a palavra está comigo!

Pela primeira vez, até mesmo para Coral, o avô se colocava determinado e inflexível. Continuou:

— Talvez a culpa seja minha. Eu e os meus receios. Crio uma série de pretextos para manter vocês duas em casa. Ora é jogo disso, jogo daquilo, filmes, enfim, tudo pra me sentir seguro. Vocês acabam não saindo, não conhecendo ninguém, sabe?

Buscava os olhares das netas.

— Quando digo ninguém, quero me referir principalmente aos moços da idade de vocês.

Honório buscava concatenar as ideias.

— Bom, de repente aparece um moço, bonito, inteligente, simpático, eu diria... — coçou a nuca. — Vocês diriam... boa pinta.

As duas riram.

— Jamais! — Coral tocou o braço do avô. — Esse termo é seu, vovô.

Antes que Honório escolhesse outro termo para classificar Yakin, Coral pediu a palavra.

— Sabemos aonde o senhor quer chegar.

— Sabem mesmo?! — Honório fez um muxoxo. — Maravilha! Não preciso dizer que as duas se interessaram pelo Yakin. Que... — Landara o interrompeu.

— Desculpa — ela lançou um olhar humilde. Mostrava-se agradecida. — Acabei me acostumando, amando estar aqui, me sentindo da família — Coral e o avô fizeram menção de interrompê-la, mas com um gesto pediu para concluir. — Tenho certeza de que falo pelo Rudá também — pegou a mão de Honório e o fitou profundamente. — Acho que está na hora de encontrarmos um lugar pra nós.

— Nem pensar! — Honório, enfático, apertou a mão de Landara.

— Seu Honório…

— Seu avô!

Honório, quase às lágrimas, com a voz embargada, continuou:

— Você e Rudá não têm que se sentir da família, vocês são a minha família. Não corre o meu sangue em suas veias, mas amo vocês — olhou para Coral e se voltou para Landara novamente: — Vocês são minhas filhas, minhas netas… — olhou em direção aos quartos, apontou o braço e voltou-se para elas. — Rudá também — uma lágrima correu seu rosto enrugado. — Vocês são o meu mundo.

Seus lábios estavam trêmulos.

— Calma, vovô!

Coral apoiou a mão sobre o braço do avô.

— Por favor, diga para ficarem — ele suplicou.

Landara pensou em dizer algo, mas Coral gentilmente prendeu os lábios dela com o indicador.

— Vovô, deixa a gente a sós agora.

Honório hesitou. Coral procurou apaziguá-lo.

— Está tudo bem, vai descansar.

— Vai, vovô — disse Landara delicadamente.

— É o que eu sou, seu avô — levantou-se. Apontou para os quartos. — E do Rudá também — fechou o olhar em Coral e prendeu os lábios.

— Vai, vovô. Deixa a gente se entender aqui.

Obediente, recolheu-se, receoso.

Coral tomou a iniciativa. Reconheceu seu comportamento inapropriado naquele dia. Confessou não sentir atração por Yakin, embora o achasse atraente. Envergonhada, desculpou-se com Landara. Disse que se viu bobamente fragilizada, incomodada, enciumada com o fato de vê-la fascinada pelo Yakin e ser correspondida. Tratava-se de uma inveja boa. Torceria pela amiga. Implorou que relevasse sua infantilidade, mais ainda, que seu erro não as separasse. Reiterou as palavras do avô, e por fim a chamou de irmã.

Landara amenizou o deslize da amiga, disse que será muitas vezes infantil e insegura, mas espera reconhecer e retroceder com a mesma humildade demonstrada por Coral. Acrescentou contar com ela e sua estabilidade emocional. Por fim revelou preocupação com o fato de dividir espaço na casa e no coração de Seu Honório, pois isso só pertencia a ela. Nesse momento Coral a interrompeu:

— O amor que você e Rudá recebem nesta casa é verdadeiro e vocês merecem.

Landara estava cabisbaixa. Coral tocou-lhe o queixo suavemente. Ganhando o olhar da amiga, disse:

— Amo você como minha irmã, e Rudá como meu irmão, nunca duvide disso — abriu os braços e falou sorrindo: — É uma alegria ter tudo isso.

Abraçaram-se, emocionadas.

— Certeza que... — Landara roeu a pontinha da unha. — Como te perguntar...

— Perguntando, ora!

— Ah, sei lá, se...

— Amiga... — Coral franziu a testa.

— Por acaso, se eu e o Yakin, sabe?

— Foi uma reação juvenil e insana. Mandei mal.

— Não é pra tanto.

— Sem noção, mesmo! Tenho tudo na vida e mais um pouco, e mesmo assim entro numa de invejar a felicidade de quem eu gosto! Tenho que ir atrás da minha própria felicidade.

— Puxa, Coral, como eu te admiro!

— Também não é pra tanto.

— Puxa, é sério. É muito bom ter você por perto.

Landara viu um traço de preocupação no rosto da amiga.

— Que foi?

— Outra hora te falo.

— Ah, não!

— Outra hora.

Landara segurou Coral pelo braço e insistiu:

— Por que não agora?

— Você está tão animada e feliz por ter conhecido o Yakin.

— E...?

Coral realmente desejava protelar aquela conversa, mas Landara a intimou:

— Por favor, fala, Coral!

— Não quero te assustar — Coral ergueu as sobrancelhas. — Só te preparar.

— Já estou assustada, Coral — asseverou Landara com a voz abafada.

— Quando eu fui ao laboratório falar com o tal professor, o cara disse que iria passar meu contato para um aluno, certo?

Landara concordou. Coral continuou:

— Bem, o professor saiu e eu ainda fiquei por ali. Tinha um aluno, ajudante, não sei bem qual a do moçoila.

Coral revirou os olhos e Landara mostrou-se angustiada. Coral concluiu:

— O rapazinho afeminado usou uns termos racistas. Um nojo. Na hora não me liguei de quem ele estava falando, mas agora...

— Não sei se entendi direito, Coral.

— O rapaz disse que o professor sempre ajudava o "negro puxa-saco". O "macaco sarado", coisas assim. Um escroto!

Landara matutava a informação. Coral adiantou-se:

— Agora sabemos que o aluno recomendado é o Yakin. Pele jambo. Corpo atlético...

— O tal rapaz falava do Yakin?

— É o que eu acho.

— Mas a gente não pensa assim!

— Só quero preparar você.

— Como é possível? Estamos em 2008! Uma pessoa pode ser doce, inteligente, e não digo só pelo Yakin...

Coral fez cara de quem amistosamente duvidava da generalização. Landara trocou a indignação pela euforia:

— Ah, não é porque eu gostei dele!

Coral manteve o semblante e a imitou:

— *"Não é porque eu gostei dele..."* Toma tenência, moça!

— Mamãe falava assim.

## &&&

Na pequena casa, Bomani colocava a botina do lado de fora, junto à porta. O odor incomodava. Dandá fervia água com capim-limão, tomilho e flores de camomila ressecadas. Aprendera com a falecida mãe.

— Procêponháus pé — Dandá apontou para uma bacia próxima à cadeira de palha.

Bomani havia tomado um banho rápido e ralhou. Não queria ficar com os pés mergulhados até a água esfriar. Estava faminto.

— É sopa, home. Ocê toma juntu, ara. Ponhaus pé dentru.

Colocou a água fervida na bacia e depois serviu um prato de sopa para o companheiro. Bomani disse que fazia questão de se sentar à mesa e tomar a sopa na companhia dela. O coração dela se alegrou com a naturalidade daquele afeto. Com cuidado, puxou a bacia para debaixo da mesa e se sentou de frente pra ele.

Ela achava engraçado o ritmo dele. Uma generosa colherada, uma talhada no pão caseiro e resmungo.

— Diachu. Tá pelano esse trem, sô.

— Já já esfria.

Bomani se satisfez com três pratadas de sopa de feijão e meio pão caseiro. Foi um dia inteiro na lida intensa, mas gostava de ajudar a companheira. Competia-lhe enxugar a louça. Era o momento reservado para compartilhar os acontecimentos do dia.

Lá pelas tantas, ele mencionou a tristeza e o desânimo do patrão. Achava que Gregório estava doente. Dandá informou que Seu Gregório quase não comia antes de sair para o trabalho. Passou o último prato para ser enxugado e acrescentou:

— Cum a morte du traste! — ela olhou firme para Bomani. — Pegô disgosto da vida.

Ele olhava o prato e de resguelho a reparou na espreita.

— Que tá me olhano desse jeito?

— Nada, não.

Bomani guardou o prato no pequeno armário verde-claro, de madeira. Pendurou o pano de prato no gancho. Do seu jeito seco, repetiu o que havia dito dias antes. Não falariam sobre a morte de Gregori. Dandá quis insistir, mas o olhar do companheiro foi enfático. Apreensiva, ela apoiou as mãos sobre a pia. Olhava fixamente a pequena janela da cozinha projetada na escuridão do lado de fora. Bomani se colocou atrás dela e a abraçou pela cintura. Falou que, sem o irmão, Gregório não iria mais se encontrar com as quengas na cidade. Alertou para que ela ficasse esperta com a possibilidade de Gregório se insinuar para ela.

— Crendeuspai!

Os corpos estavam colados. Ele a beijou na nuca. Sorveu o perfume do sabonete que ela usava. Arrepiada, ela se virou. Beijaram-se intensamente. Com seus braços musculosos, pegou-a no colo e a carregou. Deitou-a de costas sobre a mesa. Tirou-lhe a calcinha de algodão. Ela moveu o quadril, saiu de cima da camisola e esticou os braços. Ele puxou a camisola por cima da cabeça dela e deixou sobre a cadeira. Abaixou o calção. Com o pé se desvencilhou da única vestimenta. Afastou as pernas da companheira. Beijou-a de baixo para cima até ganhar os seios. Mordiscava os mamilos. Desceu. O queixo áspero roçou do ventre até o ânus. Arfando, ela prendeu a cabeça dele com as coxas. Úmida, flexionou as pernas. Ele a penetrou. A mesa rangia. A mulher gemia. O homem suava. Atingiram o orgasmo juntos.

## &&&

Boca seca e gosto de azedume. Sinos tilintando em seus ouvidos. Gregório combatia a ressaca com o café forte passado por Dandá. Nunca a cumprimentava.

Saía altivo para a ronda. Sol ou chuva. Uma rotina inquebrável. Despertava a Berro Alto berrando. Causava apreensão por onde passava e alívio ao sair. Voltava para o almoço. Engolia. Tirava um cochilo. Roncava e peidava estirado na poltrona. O clima decidia por ele a atividade da tarde. Cavalgava no seco. Dirigia até a cidade no molhado. Vivia se queixando. Encontrava a janta aquecida sobre o fogão à lenha. Comia ouvindo apenas o som que produzia. Banhava-se. Sentava-se no alpendre. Pitava e bebia cachaça. Olhava desinteressado. Não queria ver nada. Embriagado, subia trôpego para o quarto.

A morte do irmão tirou-lhe a altivez, as quengas e notícias de Ouro Preto. De resto, a mesmice continuou, e dela a depressão se alimentou. Gregório desdenhou quando seu advogado conseguiu tirar o júri da pauta.

&&&

Yakin desejava muito rever Landara, mas estava inseguro. A moça podia ser simpática com todos, pensava. Aquela covinha no rosto quando ela sorria. O brilho daqueles olhos. Seria paixão à primeira vista? — perguntava-se.

Tinha um bom pretexto, mais que isso, um compromisso de retornar à Fazenda Três Pontas. Teria aparecido antes, não fosse o trabalhão que deu encontrar as peças para retificar o velho gerador. As andanças renderam uma surpresa para o pequeno Rudá.

O sol deu as caras cedo naquele sábado. Sanhaçus, bem-te-vis e sabiás se escondiam entre galhos dos cedros, palmeiras-imperiais, embaúbas, jacarandás e candeias. Um peão montado em seu cavalo, apenas a aba do boné como sombra, seguia distraído pela estradinha. Um veículo parou ao lado.

— Bom dia, moço!

O peão aquietou o animal.

— É nesse sentido a Fazenda Três Pontas? — Yakin, de dentro do veículo, apontou com o dedo pra frente.

O caipira nada disse.

— Vim aqui uma única vez. Hoje acabei me perdendo.

O silêncio o desconcertou. Yakin suspeitou que o moço fosse surdo. Insistiu.

— Posso ter passado a entrada — olhou pra trás. — Tinha uma bifurcação há uns dois quilômetros — voltou-se para o peão.

Sem resposta, engatou a primeira e daí ouviu:

— Ocê tá na Três Ponta.

— Ah, estou? — manteve o pé afundado na embreagem. — A casa do dono, Seu Honório?

— Logali — apontou com a mão na direção oposta.

Yakin sabia; "logo ali", para o mineiro, poderia estar entre cem metros e cem quilômetros. Mas a direção apontada pelo solícito cavaleiro confirmou, tinha passado a entrada.

— Valeu!

Acenou e deu meia-volta. O cavalo do peão se agitou novamente.

Bastaria ter prestado mais atenção. A estrada, agora à direita, era melhor conservada. Dispunha de alguns minutos ainda. Detestava se atrasar.

Honório o esperava na varanda e sinalizou para ele estacionar na garagem.

— Bom dia. Animado? — Yakin foi cumprimentando e perguntando ao descer do carro.

— Então você conseguiu as peças?

Honório vinha em sua direção.

— Não foi nada fácil.

— Imagino — estendeu a mão e sugeriu: — Pegue suas coisas. Vamos de jipe.

Apontou para um 4x4 muito mais antigo do que o Monza. Depois de elogiar e colocar os apetrechos na relíquia, como quem não quer nada, Yakin perguntou:

— E suas netas, Rudá, Benta, como estão?

— Benta está cortando o cabelo do Rudá. Coral e Landara, dormindo. Chegaram de madrugada.

Yakin pareceu curioso, e Honório deu mais detalhes.

— Foram num show com uns moços da universidade.

Honório, ansioso, sentou-se ao volante.

Yakin acreditou que, anunciando sua chegada dali a meia hora, encontraria todos acenando da varanda. Decepcionado, esqueceu o presente de Rudá no banco de trás do Monza. Sentou-se ao lado do motorista. Seguiram rumo ao galpão.

&&&

Landara acordou enjoada e com dor de cabeça. Correu ao banheiro. Sentia-se péssima. Penitenciava-se por ter abusado do coquetel. A expulsão forçada do conteúdo gástrico acordou Coral. O banheiro era colado ao quarto dela.

— Tudo bem com você?

Landara abriu a porta.

— Tô péssima.

— Também, ontem você afundou o pé na jaca, hein?

— Nem me lembro do que rolou ontem.

— Imagino! — Coral tinha uma expressão enigmática.

— Não fiz nenhuma bobagem, né?

— Depende do que você chamaria de bobagem...

— Pare com isso, Coral! Que foi que eu fiz?

— Bom, você ficou alegrinha, falante, nunca tinha te visto assim.

— Tá, e daí?

— O Cassiano não desgrudava de você!

— Quem, o ruivinho?

— Óbvio, né, garota?!

— Como, óbvio?

Coral balançou a cabeça e voltou para o quarto. Landara foi atrás.

— Por favor, me conte tudo! Sério!

— Não se preocupe, não aconteceu nada, se bem que ele tentou.

— Como assim, ele tentou?!

— Você chegou a empurrar ele uma hora. Ele queria te beijar.

— Putz, disso eu me lembro...

Landara esfregava as têmporas.

— Você falava meio arrastado — Coral imitou Landara: — *"Nem te conheço, moço, fica frio, fica frio"*.

— Fica frio? Nunca falei assim!

— O fato é que, de tanto o Cassiano azucrinar, você convidou ele pra vir aqui.

— Tá brincando?

— Eu?! Eu não! Você convidou, sim!

— Será que ele levou a sério?

— Eu estava convidando o Gus e aí você, sei lá, convidou o Cassiano.

— Que burrada eu fiz! — Landara coçou a cabeça. — E você? Como ficou com o Gus?

— Ah, ele é legal.

— Você acha que ele pode aparecer por aqui?

— Bem provável! E se vier, trará o Cassiano junto.

&&&

Yakin estava deitado atrás do gerador. Honório, para não distrair o rapaz com perguntas inúteis, lidava com o motor do jipe.

Um veículo com dois jovens parou na estrada e em seguida virou na direção deles. Honório deu dois passos à frente.

— Bom dia, Seu Honório! — cumprimentou um rapaz ruivo da janela do veículo. — Lembra da gente?

— Claro, vocês estiveram aqui ontem.

Honório se curvou e encarou o motorista.

— Vimos o senhor da estrada — Gus e Cassiano falaram praticamente juntos.

— Tira uma dúvida pra nós. Sua casa, é só seguir em frente, certo? — Cassiano apontou a direção.

— Passaram por uma entrada, mas a estrada não está boa. Sigam por ali mesmo — Honório apontou com o queixo na mesma direção que Cassiano havia apontado. — Nos dois cruzamentos, mantenham a direita.

— Na madruga não teve erro porque suas netas estavam no carro.

— Esperem um pouco — Honório fechou o capô do jipe. — Vou pegar uma carona com vocês.

Voltou-se para Yakin, que ouvia a conversa sem interromper o trabalho.

— Yakin, deixo o jipe aqui. Espero você lá em casa, pode ser?

Yakin saiu de trás do gerador e fez sinal de positivo. Cassiano desceu para Honório embarcar. Da porta, falou:

— Te conheço! Você corre lá no câmpus, certo?

— Dou minhas corridinhas — confirmou sorrindo.

— A gente se vê por aí. Estamos indo namorar as moças da casa.

Acenou para Yakin e embarcou.

Yakin os observou dando ré no veículo até alcançar a estrada. Voltou-se para o trabalho, entristecido.

— Que história é essa de namorar as moças da casa? — Honório encarava Gus pelo espelho.

— Cassiano só fala merda.

Largou a mão direita do volante e deu um tapa no ombro esquerdo do amigo, recado para ele ficar calado.

Benta, a pedido de Honório, avisou as moças da chegada dos moços. Coral, animada, maquiou-se rapidamente e vestiu roupas leves. Landara, contrariada, ajeitou o cabelo. Trajava jeans, camiseta e botas. Encontraram os visitantes sentados na mureta da varanda.

A conversa não fluía. Num rompante, Carol sugeriu um passeio até o riacho. Avisou Benta.

Honório surgiu com Rudá no colo.

— Pra onde foi todo mundo?

— Intéo rio.

— Espero que não se atrasem.

— Vô ponhá a cumida mais tardeintão!

— Faça isso.

&&&

Yakin, amofinado, trabalhava e conjecturava. Seu Honório não me convidou para o almoço. Deixou o jipe para eu ir quando terminar o serviço. O que o incomodava eram aqueles dois aparecerem para namorar. Não sabia qual deles estava com Landara, mas isso não fazia a menor diferença. Para piorar, o gerador não deu sinal de vida.

&&&

Coral tirou a sandália, prendeu a saia com as mãos e entrou no riacho. A água cobria seus tornozelos.

— Ninguém me acompanha?

Não foi preciso insistir. Em segundos, os rapazes ficaram apenas de cueca e correram espalhafatosamente até Coral. Ela fechou os olhos e gritou para pararem. Tarde demais.

— Olha como fiquei! — apontava para a roupa molhada.

— Aproveita e tira a roupa! — sugeriu Gus.

Sem pensar, Coral ficou só de calcinha e sutiã. Um conjunto preto. Entrou de mansinho. Landara parecia não acreditar na ousadia da amiga.

— Só falta você, Landara — provocou Cassiano.

— Nem pensar! Vocês são malucos.

— Deixa de ser careta! — zombou Gus.

— Não me deixe sozinha com esses dois! — Coral suplicou.

Gus e Cassiano vieram por trás e enfiaram a cabeça dela no riacho. Quando ela emergiu, gargalhando, gritou para a amiga vir socorrê-la.

— Eu passo — Landara também ria.

Cassiano saiu da água determinado a carregar Landara para dentro do riacho. Ela se debateu e pediu para ele parar. Gus e Coral juntaram-se a Cassiano e carregaram Landara para uma parte mais funda. O banho foi gelado, mas o clima esquentou. Landara saiu se esbaforindo do riacho. Não disse uma palavra. Com as botas encharcadas, voltou a pé.

&&&

Honório esperou se empanturrando de torresmos e caipirinha. Um pouco alcoolizado, resolveu ir se deitar para se recompor. Benta não gostou do atraso e deixou o preparado nas panelas sobre o fogão à lenha. Só Rudá almoçou.

Yakin estacionou o jipe sem alarde. Benta o recebeu. Informado de que Seu Honório descansava e Rudá estava no cochilo da tarde, perguntou das moças.

— Inrabichada cos moço puraí.

Ele pediu um copo d'água e recusou o convite para almoçar. Estava faminto, mas ao imaginar sua paixão enrabichada com outro, a vontade era deixar a fazenda e tudo para trás. Embarcou em seu carro, viu e tirou o embrulho do banco de trás.

— Por gentileza, um presentinho pro Rudá.

Passou o presente para Benta. Voltou para o carro, deu a partida e falou da janela.

— Ligo pro Seu Honório na segunda-feira.

# CAPÍTULO IX

# DEFRAUDAR

Passada a euforia da diversão, Gus dirigia, Cassiano falava merda e Coral pensava. Ela se desculparia com o avô e Benta. Atrasos não eram tolerados. Dispensaria os moços. Estacionados em frente à porteira, Gus e Cassiano esperavam o convite para entrarem. Estavam famintos. Coral os desapontou:

— A gente se vê segunda.

Coral prontamente desceu do carro. Sua roupa ainda estava úmida.

Cassiano franziu a testa. Gus, com o dedo nos lábios, pediu silêncio. Coral se aproximou da janela do motorista e beijou levemente os lábios de Gus. Cassiano, sentindo-se o perdedor do dia, perguntou a Coral:

— Landara é sempre assim, mal-humorada?

— Hoje ela acordou enjoada. Exagerou ontem.

— Será que ela já chegou? — Cassiano esticou o pescoço e olhou em direção à varanda.

— Não cruzamos com ela na estrada, então cortou caminho. Mesmo assim não chegaria antes da gente.

— Vou ficar sem beijinho! — Cassiano fez beicinho.

— De Landara? — Coral estreitou os olhos e meneou a cabeça. — Sem chance!

— Ué, ontem nos demos bem.

— Ontem Landara tinha bebido.

Observando Cassiano desamparado, Coral se desculpou:

— Não quis dizer que… ah, você entendeu.

— Ela é muita areia pro meu caminhão?

— Não é isso.

— O que é então?

Cassiano estava impaciente e Coral queria encerrar a conversa. Disse, sem avaliar as consequências:

— Ela tá em outra.

— Em outra ou com outro?

— Deixa pra lá.

Coral percebeu seu erro, mas Cassiano especulou.

— Não estamos falando daquele mulato? — apontou o dedo a esmo.

— Que jeito de falar! — indignou-se Coral.

— Hum, então é ele…

Cassiano segurou o queixo. Não percebeu a reprimenda.

— Preciso entrar.

Coral virou-se e os deixou boquiabertos. Fechou a porteira e acenou para eles. Gus arrancou o carro e, perplexo, blasfemou:

— Tomamos no cu. Ficamos sem almoço.

Cassiano continuou pensativo e nada disse.

— Não entendi porra nenhuma, e você?

Gus olhava, ora no retrovisor, ora a estradinha à sua frente.

Cassiano se manteve em silêncio. Gus olhou para ele, tirou a mão direita do volante e apertou a perna esquerda do amigo:

— Ei, tá pensando na morte da bezerra?

— Yakin o nome daquele cara, certo?

— O cara que estava consertando aquele troço?

— É!

— Invocou com o cara? — Gus sorriu e azucrinou Cassiano: — Só porque ele pegou a tua garota?

— Estou cagando praquela entojada, mas… — Cassiano roeu a unha do mindinho e profetizou: — O neguinho vai dançar.

&&&

Coral, banho tomado, tamborilando com os dedos na mesa, esperava a comida requentada. Benta, visivelmente contrariada, acrescentava um pouco de água ao molho para dar vida à massa. Perguntou por Landara.

— Daqui a pouco ela chega.

Coral esticou o pescoço, olhou através da janela e a avistou.

— Landara está chegando.

— Os moço tamém?

— Não. Eu mandei eles embora.

— Sem comê?!

— Estavam molhados. Achei que o vovô iria implicar.

Landara tirou as botas e as deixou junto à porta. Sua expressão não era das mais amistosas.

— Come comigo.

— Vou tomar um banho primeiro.

— Num vôisquentá de novo! — ralhou Benta.

— Toma depois. Senta aí.

Coral puxou uma cadeira.

O vento entrou com força pela janela, e a porta para o alpendre se fechou com força.

— Achei que não chegaria antes da chuva.

— Ô diacho! — Benta saiu apressada recolher as roupas no varal.

Coral comeu afoitamente. Landara, ainda enjoada, maneirou. Quase não conversaram. Amontoaram as coisas na pia e foram para seus respectivos quartos.

Relâmpagos seguidos de trovões iluminavam e estremeciam as enormes janelas. Benta acalmou Rudá, entregando-lhe seu presente. Uma engenhoca de madeira e cano de cobre reaproveitado. Numa extremidade da haste, a cabeça de um cavalo risonho, na outra, um suporte para o pé com rodinhas. Obra de um artesão local. Benta proibiu terminantemente Rudá de cavalgar ou patinar no lustroso assoalho. O menino esperou impaciente a tromba d'água dar trégua.

À exceção de Honório, ninguém saiu do quarto. Cada uma com seu livro. O sol retornou mais ameno. O cheiro de mata molhada reinou soberano até pães caseiros deixarem o forno. Rudá correu enlamear as rodas do seu cavalo. Honório viu o jipe estacionado e Benta se adiantou, informando que o moço do nome estranho ligaria na segunda-feira. Honório questionava a si mesmo:

— O que teria ocorrido? Por que Yakin não apareceu para o almoço? Esses jovens!

Da varanda gritou para Benta:

— E as meninas?

— Nus quartu! — gritou ela da cozinha.

Resolveu visitar o dinossauro. Alegrou-se com o ronco do paquiderme.

A noite do sábado serviu para alguns esclarecimentos e todas as desculpas. Landara, inconformada com o desencontro, se mortificou. Odiou mais ainda aqueles moços idiotas. Não fosse por eles, teria visto Yakin.

Rudá, montando seu cavalo, foi o único que curtiu o domingo.

&&&

Bomani, entusiasmado e feliz com a vida ao lado de Dandá, exercia mais e mais funções na Berro Alto. Naturalmente ocupava os espaços deixados pelo patrão. A depressão consumia Gregório. Vigor, astúcia e mesmo a truculência que arrancavam respeito por onde circulava gradativamente minguaram. Deixou de frequentar os locais dos perfumes baratos. Certa madrugada, chorou a ausência de Gregori e precisou ser consolado. Saiu sob os olhares incrédulos das quengas e dos poucos ébrios que lá estavam.

Não mais cavalgava. Quase todos os caminhos cruzavam a velha ponte. As pupilas sem reflexo, o corpo rígido mergulhado em sangue escurecido, o irmão sem vida, permaneciam nítidos em sua retina.

Passou a dormir na varanda ou no sofá. Subir significava encontrar Amana estirada na cama. Os filhos que não eram seus filhos de sangue não gritavam mais pelos corredores, não se sentavam à mesa para reverenciá-lo. Subservientes que agora questionavam o que acreditava ser só seu.

Irritadiço, certa noite arremessou um osso da costeleta de porco do jantar num cão sarnento que vagueava próximo ao limoeiro. Queria afugentá-lo, mas o agredido, com sua benevolência canina, interpretou como generosidade. O sarnento passou a visitar Gregório todas as noites para se refestelar. Em troca, o cão se deitava cada vez mais próximo e cochilava ao som das lamentações.

&&&

A ideia era chegar ao câmpus e ligar para Seu Honório antes de seus afazeres. Yakin protelava a aquisição de um aparelho para seu uso apenas. Porém, um recado alterou seus planos.

— Pra você — a secretária lhe entregou um pedaço de papel e complementou: — O plantonista anotou ontem.

Nos garranchos, um nome e um número. Ambos conhecidos.

— Alô, pai?

Serkan escolheu as palavras, mas o quadro de Clara era preocupante.

A permissão para interurbanos tinha regras, e a duração era uma delas. Yakin, agarrado ao aparelho, deu as costas para a secretária, evitando seu olhar de censura.

— Sim, cogitei voltarmos, mas você conhece bem a sua mãe.

— Bem, falarei com o meu monitor.

— Ele me conhece.

— Eu sei — Yakin se virou e encarou a secretária. — Preciso desligar. Diz que eu mandei beijos.

— Ligue dando notícias.

— Ligo, sim. Tchau, pai.

Yakin assinou o que a secretária lhe entregou para ser assinado. A ajuda de custo restringia-se aos materiais didáticos e à boia no câmpus. Aquele interurbano requeria aprovação. Pensou rápido e seguiu até a sala do seu monitor. Começou dizendo que Serkan mandou abraços. Entre perguntas e respostas sobre como as coisas caminhavam por lá, o pedido.

— Soube agora.

— Mas já? — o monitor franziu a testa.

— Se eu conseguir um voo emendando com o feriado!

— Mas você não participará da corrida da Inconfidência?

— Não… sim… quis dizer do feriado de maio, não de Tiradentes.

— Precisamos manter a tradição e botar mais um troféu na galeria.

— Estou treinando pra isso.

— Estou certo disso — o monitor se levantou, apertou a mão de Yakin e lhe desejou sorte.

Yakin se viu assoberbado. Antes seus pensamentos se resumiam a provas bimestrais, projetos e orientações de que seu monitor o incumbira, e a corrida de 21 de abril. Agora somavam-se não pensar em Landara, não se preocupar com a mãe, e conseguir ajeitar as coisas para viajar à Turquia. Decidiu não cobrar pelo Stemac. Ligar para Seu Honório traria Landara à mente e isso aumentaria seu sofrimento.

O câmpus era gigantesco e dificilmente alunos de outras áreas se encontravam sem combinarem. Decorrida uma semana, Coral não viu Yakin, e Landara ficou sem explicações.

O sábado amanheceu abafado. Nuvens carregadas impediam o sol de sorrir. Ocorreriam as tomadas de tempo para a definição da equipe que representaria a universidade na corrida da Inconfidência.

Yakin pouco dormiu nas últimas noites. Rezava muito pela recuperação da mãe. Seus sonhos começavam com Landara sorrindo para ele e logo se transformavam em pesadelos. Fez da insônia um aditivo e passou a correr na pista apagada do câmpus. A lua o vigiava. Quando enfim cochilava, a agitação dos alunos pelos corredores o despertava cansado.

Chegou ao vestiário e os demais atletas já estavam se trocando. Em seguida, chegou o preparador incumbido de selecionar os quatro que iriam correr pela universidade:

— Se apressem!

O preparador batia palmas. Passou por Yakin e notou suas olheiras:

— Está tudo bem com você, moço?

— Tudo, chefe.

— Não parece.

— Está tudo bem.

Os atletas se alongavam, e o preparador foi até sua sala pegar a prancheta. Quando voltava, um estranho de gorro e óculos escuros o interpelou:

— E aí, preparador, vamos manter a hegemonia?

— Espero que sim — respondeu sem diminuir o passo.

— Se precisar de uma ajudinha extra... — disse o estranho às suas costas.

O preparador, intrigado, parou e se virou:

— Do que você está falando?

— Mais energia, sabe?

O preparador franziu a testa sem entender. O estranho continuou, evasivo:

— Se um toma, por que não todos?

O preparador deu um passo em direção ao estranho que se afastava e perguntou:

— Quem é você?

Cassiano já estava longe o suficiente para ser identificado e gritou:

— Pergunte para o seu atleta moreninho...!

Sem saber se o plano surtiria efeito, Cassiano continuaria prejudicando Yakin. O preparador pediu conselhos ao treinador do time de vôlei. Para infelicidade de Yakin, o treinador, coincidentemente, contou ao preparador que precisara afastar dois de seus melhores atletas porque usaram anabolizantes.

Yakin, detentor do terceiro melhor tempo real, foi informado de que, segundo a cronometragem, não divulgada pelo preparador, sua quinta colocação não o credenciou para figurar entre os quatro corredores selecionados.

Intrigado e decepcionado, Yakin foi à agência de turismo. O valor da passagem dobraria caso ele emendasse com o feriado mundial de primeiro de maio. O feriado nacional de Tiradentes não influenciou demasiadamente os preços. Descompromissado da corrida, decidiu antecipar sua ida. O monitor se disse surpreso com a não classificação dele para compor a equipe de corrida, mas concordou com a decisão de viajar no período comportando os dois feriados, e assim perder menos aulas.

A semana voou. Yakin antecipou provas. Coral não o viu no câmpus. Landara continuou sem notícias. Honório se sentiu devedor. Rudá não agradeceu o presente. Cassiano alargou o sorriso cínico.

Yakin, enfim, pôde descansar aguardando sentado no saguão do aeroporto de Confins. Ansioso, saiu muito antes da hora de Ouro Preto. Teria o tempo necessário para falar com Seu Honório. Alimentou a esperança de falar com Landara. Nada conspirava a seu favor. Só conseguiu deixar os recados com Benta. Um, ousado.

Landara e Honório chegaram famintos. O gerente da concessionária que vende tratores só lhes oferecera cafezinhos.

— É o tempo de lavar as mãos e você já pode servir a janta — ordenou Honório a Benta.

Benta não via urgência nos recados. Somente quando colocou o guisado de milho para acompanhar o ossobuco ela informou que Yakin havia ligado e deixado dois recados, um para Seu Honório e outro para Landara. Honório lamentou não estar para agradecer ao moço e lhe desejar boa viagem. Já Landara:

— Um beijo especial! — repetiu Landara, radiante.

Benta confirmou meneando a cabeça.

Landara olhou para Coral e cantarolou seguidas vezes:

— Um beijo especial pra mim, um beijo especial pra mim...

Coral olhou para Honório, apontou o polegar na direção de Landara e disse:

— Aguente essa aí.

— Um mês, é isso? — gritou Honório para Benta.

— Foi o queo moço falô.

— Posso convidar o Yakin para vir jantar quando ele voltar? — perguntou Landara.

— Não precisa da minha autorização. Esta casa é sua também.

Landara apoiou sua mão sobre a de Honório e ternamente falou:

— Obrigada, vovô.

— Vovô... — repetiu sintomaticamente Rudá, riscando o prato com o garfo.

— Isso mesmo. Sou o vovô de todos nesta mesa — Honório ergueu o copo, brindando.

## &&&

A quinta-feira amanheceu chuvosa em Istambul, e o aeroporto Atatürk, em meio à greve dos aeroportuários, estava caótico.

Não faltaram motivos para Yakin dormir mal. Seu assento na aeronave da Turkish Airlines era no centro. De um lado, um senhor obeso, longe de ser cheiroso, que Yakin deduziu, pelos trajes, ser indiano. Do outro, um casal turco com um bebê chorão cuja fralda precisava ser trocada, mas pelo jeito a mãe não foi precavida. Quando as covinhas do rosto de Landara inundavam sua mente, o sono vinha e logo era interrompido. O indiano se afogando no próprio ronco revezava, e às vezes concorria, com o choro estridente do bebê.

Parecendo um zumbi, olheiras proeminentes, sobrancelhas desgrenhadas, Yakin era só mais um apinhado. Um contingente mínimo de aeroviários mal-humorados e contrariados lidava com impaciência com as gigantescas filas que se avolumavam a cada voo que desembarcava. Ele levou praticamente o mesmo tempo para apresentar seu intacto passaporte ao oficial da imigração que o Boeing Triplo Sete para atravessar o Atlântico.

Esteiras com bagagens umas sobre as outras constantemente emperravam. Alguém acionava novamente algum botão e a engrenagem voltava a funcionar, expelindo malas novas com rodinhas ou alças quebradas. Yakin facilmente visualizou e apanhou a sua. Antes de despachar, pagou para envolver a mala com plástico azul. Não tinha cadeado.

Pode ter sido sua aparência, olheiras proeminentes, sobrancelhas desgrenhadas. Aquele plástico azul já estropiado. Uma denúncia anônima ou simplesmente azar. O fato é que a amostragem o selecionou.

Yakin falava e ouvia razoavelmente bem inglês, e seu pai lhe havia ensinado determinadas expressões turcas. Mas foram as fisionomias dos agentes que o preocuparam. E mais ainda um pequeno embrulho acondicionado dentro de um tênis. Yakin, perplexo, abriu os braços com as palmas estendidas e meneou a cabeça, negando conhecimento.

O agente usava luvas de borracha nitrílica branca e solicitou a presença de outro agente. O angustiante procedimento foi fotografado passo a passo. Yakin estava nervoso, e um terceiro agente postou-se atrás dele. Serkan há tempos o esperava no saguão, sem notícias.

&&&

Landara e Honório chegaram entusiasmados à sede da fazenda. A nova florada se confirmou promissora. Em frente à bancada na recepção, esperavam a cafeteira preparar seus cafés quando a secretária entregou os recados. Landara franziu a testa e externou:

— O que terá acontecido?

Honório deixou de ler seus recados e ergueu os olhos para Landara. Ficou apreensivo.

— Dandá ligou. Algo aconteceu em Passa Quatro.

Landara olhou ao redor, aturdida. Honório ofereceu sua sala para que ela gozasse de privacidade. Passados uns minutos, ela retornou. Sua fisionomia a denunciava.

— Tudo bem, filha?

Landara tapou a boca com as mãos e olhou enigmaticamente para Honório.

— O que aconteceu em Passa Quatro, querida?

Passados alguns segundos, ela respondeu:

— Na verdade, aconteceu aqui mesmo em Ouro Preto.

Landara se sentou no sofá, ao lado de um cesto com revistas. Honório sentou-se ao lado dela.

— O senhor se surpreendeu naquele dia que o jornal estampou as fotos do… — Landara sinalizou aspas com os dedos — "meu pai e meu tio" — ela olhou determinada: — Que eles eram daqui de Ouro Preto.

— Você disse que não queria falar sobre isso. Filha, não precisa…

Landara interrompeu Honório tocando gentilmente o joelho dele. Fechou os olhos, respirou fundo e contou que os Papadakis moraram a vida toda não muito distante dali. Honório não a interrompeu, e Landara enfim revelou uma parte escura de seu passado. Explicou que sua falecida mãe não a trazia para Ouro Preto, temendo os assédios de Gregori. Percebendo o semblante duvidoso em Honório, explicou que foi matriculada no internato de Ouro Preto porque a mãe assim se sentia segura. Nesse momento, Honório assentiu que a instituição merece tal crédito, caso contrário Coral não teria estudado lá. Retomou informando que os pais do Gregório nunca foram visitá-los em Passa Quatro. Enfatizou que hoje entendia as razões para aquele comportamento estranho. Acrescentou que a última visita à casa dos Papadakis foi traumática, porque Rudá, recém-nascido, foi desprezado pela vovó Aparecida. Ela se mostrou indignada com a cor da pele dele. Lembrou que seu avô Demétrio já havia falecido, mas que a avó era ruim igual, e fez várias insinuações, até mamãe não aguentar. Landara franziu a testa, tentando puxar pela memória, e falou com a voz enfraquecida:

— Lembro de só nós três voltando para casa — Landara encarou Honório. Ainda parecia confusa: — Um moço nos deu carona. Pensei que meus pais iriam se separar — Landara mudou o semblante. Estava mais lúcida e concluiu penosamente: — Antes tivessem.

— Filha, por que está me contando tudo isso?

Landara apontou o dedo na direção da sala de onde saíra e disse:

— Acabei de ser informada do falecimento da vovó.

Honório nada disse, e Landara emendou:

— Não sei por quê, mas a via como minha avó.

— Ah, querida... — Honório abraçou Landara.

Com o rosto colado ao ombro dele, Landara desabafou:

— Que família a minha, hein?!

Honório apenas afagou os cabelos dela.

&&&

Serkan, a princípio, não entendeu nada, mas acompanhou o agente até a sala reservada na alfândega. O contato físico foi negado. Os olhares contrastavam saudade, apreensão, cansaço, desesperança e incredulidade. Durante os poucos minutos concedidos, nada foi esclarecido porque Yakin se sentia perdido, entorpecido.

Serkan ligou e pediu ajuda ao cunhado, que trabalhava na receita federal. Em meio ao caos, descolou algumas benesses. Enquanto Yakin, sob vigilância, tomava uma ducha, Serkan fez ligações. A primeira para o advogado indicado pelo cunhado. A segunda, delicadíssima, para Clara.

— Você está escondendo algo de mim? — havia aflição na voz de Clara.

— Quando eu entender direito as coisas volto a te ligar — Serkan falou o mais calmo possível. Escolhia as palavras, mas a intuição da esposa e mãe aflorou.

— Se não é o próprio Yakin quem está me contando tudo isso é porque ele não pode. Ele está preso?

Ela começou a chorar.

— Querida, você deve se acalmar. Não é bom você...

— Quero ver o meu filho! — gritou Clara.

— Querida, liguei pra explicar a minha demora e não pra deixar você aflita.

Serkan falava serenamente. Começou a se arrepender de ter ligado para a esposa.

— Estou indo até vocês.

— Não! — Serkan a coibiu abruptamente.

Imperou um silêncio até Serkan retomar a serenidade.

— Você sabe... — Serkan espaçou suas considerações para Clara respirar e se acalmar: — no seu estado... eu ficaria em casa... entre atender você... ou cuidar das coisas aqui...

— Eu sabia. Yakin está preso — Clara falou com sofreguidão e começou a chorar.

— Minha irmã está com você?

Serkan ouvia com dificuldade o choro da esposa. Clara havia largado o telefone. Ele já se desesperava quando ouviu a voz da irmã:

— Alô, Serkan!

— Graças a Deus você está aí!

Serkan explicou para a irmã o que havia ocorrido e pediu que ela não desgrudasse de Clara. Voltou para a sala reservada.

&&&

Landara usou seu traje preto de festa. Calçou sapatos após algum tempo. Por trás dos óculos escuros, constatou: entre os poucos presentes na capela, estranhamente para o velório de um parente, Dona Aparecida, mãe de Gregório, sua avó no papel e sogra de sua falecida mãe, conhecia apenas duas pessoas. Dois senhores. Gregório, debruçado sobre o corpo que jazia, e Honório, que exigiu acompanhá-la.

Gregório se recompôs. Odiava-o. Em poucos segundos entendeu desnecessária a sua presença ali. Saía sem ser notada, tal qual entrou, e Gregório veio ao seu encontro. Honório se postou ao lado de Landara. Gregório não mais ostentava o corpo forte, musculoso, e sim gordo, mórbido.

— Preciso falácocê, fia — a voz de Gregório soou fraca e penosa.

Landara pensou em corrigi-lo, mas decidiu relevar. Gregório a surpreendeu:

— Preciso me desculpá.

Gregório tentou tocar o braço de Landara, mas ela instintivamente se afastou.

O constrangimento foi percebido, e o silêncio no recinto foi ainda maior. Landara olhou Gregório nos olhos e sentiu o coração apertar. Não havia compaixão, mas o ódio que alimentou desde a morte da mãe deu lugar a lástima e amargura. Viu naquele exato momento diante de si um condenado pela justiça divina. Não conseguiu articular uma palavra sequer e saiu a passos largos. Honório olhou para Gregório com o desprezo dos justos e a seguiu.

&&&

O advogado indicado, primeiro exibiu o bom relacionamento com os agentes da alfândega, depois, reservadamente, expôs suas estratégias, nem todas afetas ao direito, para finalmente falar dos honorários e "extras", muito bem enfatizados.

Serkan se apegou àquele indivíduo de barba por fazer e terno surrado dois números acima. Seu cunhado o havia preparado para não o julgar pela aparência, porque os resultados viriam.

— Mas ele afirma que não foi ele quem colocou... — Serkan perdeu a paciência. — ... aquela merda dos anabolizantes!

— Há dois caminhos — o advogado falava como se estivesse comprando frutas no Grande Bazar em Istambul. — Um é tentar e tentar provar isso que você diz. O outro é seguir o meu conselho.

O advogado acendeu outro cigarro com o que ainda fumava até quase chegar ao filtro. Afastou a fumaça com a palma da mão, franziu os olhos cinzentos, respirou fundo, pigarreou e advertiu:

— Lembra o caso que te contei há pouco?

Quando mencionava suas estratégias, contou a Serkan que um cliente seu desdenhara a ideia do acordo, rompeu com ele e contratou outro advogado de ternos finos e caros.

— Quer que seu filho fique preso até os burocratas se entenderem? — questionou o advogado antes de expelir a baforada tóxica que poluía o cubículo onde conversavam.

— Você garante que meu filho sairá logo e não ficará... — Serkan, tenso, gesticulou e concluiu: — ... fichado... ou será deportado?

— Por isso aqueles extras!

O advogado esfregou os dedos polegar e indicador.

Serkan tapou os olhos com a mão e apoiou o cotovelo sobre a pequena mesa que os separava.

— No que está pensando? — o advogado estava ansioso para convencer Serkan.

— Meu filho não irá confessar — murmurou Serkan.

— E se ele? Sabe... — o advogado conjecturou: — estiver mentindo...?

Serkan abandonou sua postura cabisbaixa, esticou-se para a frente e ficou face a face com o fumante inveterado.

— Eu conheço meu filho, você não! — Serkan falou, cerrando os dentes.

O advogado se afastou, inclinando a cadeira para trás e batendo as costas na parede.

— Calma. Só achei...

— Não interessa o que você acha ou o que o juiz vai achar! Meu filho disse que alguém plantou aquela coisa na mala dele e eu acredito!

Depois do silêncio que imperou, Serkan disse:

— Verei o que Yakin acha disso tudo.

— Você não pode.

— Não posso o quê?

— Falar com ele. Ele será detido, e só um advogado pode.

Serkan, aturdido, instruiu o advogado a explicar as alternativas sem tentar induzir Yakin. O causídico ouvia tudo demonstrando atenção. Obediente, meneava a cabeça. Mas se enquadrava com aqueles profissionais alinhados às soluções rápidas e lucrativas, custasse ou não a imagem dos clientes.

— Deixa as coisas comigo.

Serkan pareceu sem ação. O advogado lembrou:

— Precisarei do dinheiro.

— Não irá falar com Yakin primeiro?

— Essas coisas, banho, comida e até água… — o advogado coçou a orelha com seu dedo amarelo e aconselhou: — Precisam ser pagas.

### &&&

Serkan voltou-se para a outra luta. Clara, medicada, parecia abduzida. Falava coisas a princípio desconexas. Havia um contexto sempre presente nos murmúrios. Sentia-se culpada pelo filho ter sido enviado à Síria. Recentemente assistira ao documentário sobre as aspirações do povo curdo de conquistar a independência. Serkan percebeu que estava tendo devaneios. Chamou um médico.

Foram orientados a manter a medicação. Clara, sedada, deu a Serkan uma ilusória trégua, e ele tratou de buscar alternativas para Yakin. A conversa telefônica com o monitor, seu colega de outrora, o deixou inseguro. O filho ter sido afastado da equipe de corrida porque o preparador desconfiou do uso de anabolizantes seguramente era uma informação que prejudicaria a tese de inocentar Yakin. Assim mesmo, insistiu para serem encaminhados o histórico acadêmico e uma carta abonatória. O monitor não zelou pela discrição e a situação de Yakin na Turquia chegou ao conhecimento de alguns, incluindo Cassiano.

Serkan, por meio da empresa, fez um empréstimo-relâmpago com taxas exorbitantes. Tudo foi entregue no mesmo dia no escritório, impregnado de nicotina.

### &&&

Do outro lado do Atlântico, Cassiano fez por encontrar Coral na cafeteria do câmpus. Parecendo despretensioso, entre uma e outra banalidade conseguiu lhe informar sobre a prisão de Yakin na Turquia. Percebendo a incredulidade dela, acrescentou que o fato estava sendo abafado para preservar a imagem do departamento de engenharia, mas seria possível obter mais informações na monitoria. Antes de se despedirem, acrescentou:

— Descobrirá por que ele foi cortado da equipe de corrida — Cassiano piscou para Coral e se convidou: — Se der, eu e o Gus daremos um pulo na fazenda te visitar.

— Você quer mesmo é ver a Landara.

— Quem sabe dou outra chance a ela.

Sorriu sarcasticamente e saiu garboso.

Coral deixou a má notícia para depois do jantar. Honório escutou. Aconselhou as netas a não julgarem as pessoas antes de ouvi-las. Landara assentiu. Mostrava-se incrédula. Ponderou se podiam fazer algo para ajudar Yakin.

— É um país complicado — alertou Honório.

— Por sorte a família dele é de lá — amenizou Coral.

Landara permaneceu perplexa e pensativa. Honório, entendendo ser útil, disse:

— Não é do tempo de vocês, mas assisti a um filme... baseado em fatos reais... como é mesmo? — ele coçou a cabeça, e entusiasmado, falou: — Lembrei! *Expresso da Meia-Noite*.

Delongou-se inconvenientemente, resumindo o filme. Antes de contar o desfecho, Landara o interrompeu:

— Desculpa, mas o senhor disse que rolou a tentativa de traficar droga — ela se mostrou incomodada com a analogia.

— Você tem razão. Eu, sim, devo me desculpar. A analogia foi infeliz, e saí do foco — Honório apontou o dedo em riste e asseverou: — A Turquia é jogo duro!

Os três ficaram silentes por um tempo, até Coral, com semblante desdenhoso, informar sobre a enorme possibilidade do Gus e do Cassiano visitá-los no final de semana. Landara pediu licença e se retirou. Em seu quarto, chorou copiosamente. Pôde-se ouvi-la. Honório, compadecido, pediu a Coral:

— Tente obter mais informações. Landara tem razão. Temos que ajudar aquele moço.

— Vou pensar em algo.

— O moço que contou pra você sobre a prisão do Yakin.

— Cassiano.

— Não é o que virá este final de semana?

— É possível.

— Então! — Honório ergueu as sobrancelhas. Coral assentiu, erguendo as suas também.

&&&

Peões prendiam a base do cedro centenário apodrecido que ameaçava tombar sobre a cerca. Pararam para orientar os perdidos. Os moços, ao manobrar o veículo para corrigir o caminho, atolaram numa pequena vala. Usaram um trator e a corda que abraçava o gigante de múltiplos braços, de aproximadamente trinta e dois metros de altura e cintura de quase um metro. A operação foi rápida. Gus e Cassiano trocaram acusações pela patacoada antes de chegarem à porteira da Fazenda Três Pontas.

Coral e Landara haviam decidido que os levariam até o Parque Municipal da Cachoeira das Andorinhas. Poupariam Benta de acrescentar mais água no feijão e, principalmente, assuntariam como Gus e Cassiano ficaram sabendo da prisão de Yakin. Landara foi taxativa com a amiga:

— Nada de banho ou brincadeiras idiotas.

Gus reclamou veladamente. Embora não muito distante, o parque ficava na direção de onde vieram, e após o atolamento seu carro passou a apresentar um barulho estranho em uma das rodas traseiras. Imaginou que ele e o parceiro perderiam uma boia decente e farta novamente.

O céu com nuances de alaranjado anunciava o sol se pondo. Como temia Gus:

— Melhor irem antes que escureça ou vão se perder de novo.

Coral se despediu, virou-se e apressou o passo. Landara a esperava para trancar a porteira.

Gus e Cassiano entreolharam-se. Este zombou:

— Desta vez nem beijinho você ganhou.

— E você, idiota? Achou que a Landara iria ficar na tua!

— Aquela entojada tá arquivada.

— Ficamos sem boia de novo. Pra mim deu essa merda aqui.

Gus deu a ré e seguiu na direção que achava ser da cidade. Ouviu a roda ranger e blasfemou:

— E ainda por cima essa porra da roda! Sábado do caralho!

Banhadas e cheirando a xampu de maçã verde, Coral e Landara, sentadas na varanda, gritaram para o avô se juntar a elas. Queriam a opinião dele sobre tudo que os moços disseram sobre o caso Yakin.

Com os três engajados numa conversa ferrenha, Benta deu de comer a Rudá.

Rudá dormiu no sofá e Benta escalonou as ameaças. Não esquentaria tudo novamente e poderia jogar tudo fora. A senhora de avental quadriculado ajustado ao corpão sarado bradou determinada. A conversa continuou entre garfadas. Honório se serviu de outra costeleta de porco. Espremeu o limão e resumiu:

— Então o tal Gus não sabia de nada, ou melhor, só sabia o que o outro contou.

— O Cassiano — pontuou Coral.

— Esse aí! — assentiu Honório, e continuou: — Mas o Gus acabou falando que o... — deu ênfase: — Cassiano anda interessado demais na vida do Yakin. Isso depois que os moços viram Yakin aqui na fazenda. É isso mesmo?

— Zoando, mas o Gus disse isso mesmo.

— O Gus deixou escapar também o lance com a garota de óculos da monitoria — lembrou Landara.

— Mais essa! — pontuou Honório.

— Não queria, mas terei que dar uma passadinha na monitoria — desdenhou Coral.

— Se alguém armou pra cima do Yakin, tudo leva a crer ter sido esse Cassiano —conjecturou Honório. As netas menearam a cabeça, concordando.

## &&&

Dias agoniantes se passaram. Landara, sem notícias. Não havia jeito de se comunicar com os familiares de Yakin na Turquia. Também não tinha certeza de que ele gostaria disso. Coral, que estava entretida com as provas bimestrais, enfim se desvencilhou e foi até a monitoria da engenharia.

Desinibida, apoiou os braços no balcão, observou panoramicamente e apontou o dedo para a secretária e a chamou. A outra mulher no setor também usava óculos, mas beirava os setenta anos.

A jovem se juntou a Coral no balcão.

— Pois não?

— Posso te pagar um café?

A secretária franziu a testa, e Coral foi logo dizendo:

— Quero conversar sobre o Cassiano.

A secretária olhou para trás, certificou-se de que não ouviam a conversa e, corada, sussurrou:

— Você é namorada dele?

— Não mesmo! — enfatizou Coral.

— Não estou entendendo.

— Posso explicar, mas não aqui.

Na cafeteria a conversa foi profícua e reveladora. A secretária contou que se sentiu usada. Que Cassiano a descartou depois que ela lhe contou sobre como a monitoria lidava com o caso Yakin. Mas a partir da resposta à pergunta feita por Coral as coisas ficaram sérias:

— Não! Quando ele se aproximou de mim o Yakin não tinha viajado ainda.

— Ah, não?! — Coral sequer imaginava o que seria revelado.

— Lembro que a mala dele ficou lá, na monitoria. Conheci o Cassiano antes disso — bebericou do café.

— A mala do Yakin?! — certificou-se Coral, intrigada.

— É. Ele pediu pra eu cuidar. Disse que de lá iria direto para BH pegar o voo dele.

Coral se fez de despretensiosa:

— Além de você, mais alguém sabia da mala?

— Agora que perguntou...

Segurava a xícara próxima à boca e disse:

— Lembro de ter falado pro Cassiano quando ele perguntou que mala era aquela.

Coral franziu a testa.

— A gente tava na monitoria naquele dia. Ele disse que tinha esquecido de algo e saiu apressado.

Coral desanimou, mas foi por pouco tempo.

— Voltou para irmos almoçar juntos.

Coral não deixaria passar a oportunidade.

— Preste bem atenção! Lembra de ter visto o Cassiano na monitoria, próximo da mala do Yakin? Dele ter ficado sozinho?

A secretária parecia mais interessada em ler seu futuro na borra de café que se formou no fundo da xícara. Mas afirmou, se gabando:

— Era meu primeiro encontro, né?! Fui retocar a maquiagem e deixei ele me esperando.

— Esperando onde?

— Na minha mesa!

Coral tapou a boca com a mão. A secretária pediu:

— Posso pegar um brownie?

— Claro.

Mastigando o brownie respondeu a última pergunta de Coral. Disse que Yakin foi excluído da equipe de corrida porque o preparador descobriu que ele se dopava.

&&&

Yakin, barbudo, cabelo mais comprido, deixou momentaneamente sua indignação de lado e se encontrou com sua mãe vinte e oito dias após ter desembarcado na Turquia. Não poderia deixar o país antes de cumprir sua pena alternativa. Serviços comunitários durante nove meses.

Clara o abraçou, chorou e pediu perdão. Yakin, alertado por Serkan, nada disse, e acarinhou a mãe. Com o filho em casa, Clara recebeu medicação mais moderada e, paulatinamente, mostrou-se conectada. O desânimo não lhe dava trégua espreitando um novo gatilho.

Garoava no começo da noite em Alibeykoy. A casa ficava ao norte do Osmanli Parki. Uma edificação antiga. A parte de cima abrigava a família de Serkan, e no térreo, mais o terreno ao lado, funcionava a marmoraria. O juiz que condenou Yakin teve bom senso. Os serviços comunitários impostos a ele eram próximos. Tanto o Miniatürk como o Eyüp Sultan Mosque ficavam naquela região.

Yakin, aos poucos, vencia os obstáculos com a língua e os deslocamentos. Desceu na estação Alibeykoy Metro Istasyonu, vestiu o capuz do moletom e apressou o passo até a Yonca Sk. Encontrou o pai ajudando a carregar uma peça de mármore num pequeno furgão.

— Gostaria de conversar com o senhor.

— Vá se enxugar antes que pegue uma gripe. Terminando aqui, subo e conversamos — Serkan virou-se para o motorista e disse: — *Bunadikkat et.*

— Cuidado? — perguntou Yakin.

— Cuidado com isso — corrigiu Serkan.

Apoiou a mão no ombro do filho e disse:

— Você aprende rápido.

— O idioma turco não é tão fácil assim.

Serkan sorriu e insistiu para o filho subir e trocar a roupa umedecida.

A irmã de Serkan, no início da gravidez do primeiro filho, antes de voltar para casa, onde morava com o esposo, deixou o café pronto. Yakin aproveitou a trégua da garoa e armou duas cadeiras de alumínio apoiadas na parede da pequena varanda. Serkan logo se juntou a ele. Bebericavam o café contemplando a iluminação às margens do Alibey Stream. Yakin respirou fundo e soltou o ar quase num assobio. Serkan o interpelou:

— O que está pegando, filho?

Yakin hesitou e o pai facilitou as coisas:

— Querendo ligar para o monitor, certo?

— Não posso deixar tantas perguntas sem resposta.

— Gostaria de alertar você antes.

— Sempre achei que o senhor me poupou de algo.

Serkan enfiou os dedos entre os cabelos espessos, apoiou a xícara no beiral da janela que dá para a cozinha e falou:

— Assim como você, nunca concordei com a ideia de você confessar que tentou entrar com anabolizantes para uso próprio. Minha intenção sempre foi provar sua inocência. Enfim, acho que o advogado, conhecendo como funciona o sistema, agiu certo.

Yakin externou uma reação, mas Serkan, com a palma da mão, pediu para o filho deixá-lo concluir.

— Nunca duvidei de você, filho. Pode acreditar cegamente nisso. O que eu não contei pra você, e acho que é chegada a hora, foi o que o seu monitor me contou.

Yakin sentou na ponta da cadeira, aproximando-se mais ainda do pai. Serkan continuou:

— Você se lembra de ter mudado os planos e adiantado sua viagem?

— Não fui classificado pra integrar a equipe, então resolvi aproveitar os feriados pra perder menos aulas. O que adiantou?

Yakin balançou a cabeça num muxoxo.

— Pois é. Nem teve tempo de conversar com seu monitor sobre essa mudança.

— Ele tinha ido a Belo Horizonte, me parece.

— O fato é que ele, segundo me falou, estranhou você não ter sido relacionado pra corrida e foi falar com o seu preparador.

Serkan, pressentindo a reação bombástica do filho, raspou os dedos na barba por fazer, estreitou os olhos, respirou fundo e falou:

— O preparador disse ao monitor que achava que você fazia uso de anabolizantes. Por isso tirou você da equipe, mesmo você sendo o terceiro mais rápido.

— Desgraçado! Bem que eu desconfiei. Aquele filho da... — Yakin estava transtornado e enfurecido.

— Entendeu agora por que eu insisti pra você esquecer da ideia de mover montanhas pra ouvir as pessoas no Brasil falarem sobre seus comportamentos, hábitos etc.?

— Não aguentaria mais uma semana naquela cela, por isso eu aceitei o acordo.

— Faço ideia do que você passou, filho.

Yakin ficou pensativo por um tempo e depois falou desacorçoado:

— Nosso grande amigo, o monitor, acreditou nessa baboseira.

— Filho, nem vou perder meu tempo julgando nosso amigo.

— Ex-amigo!

Serkan apoiou a mão sobre o joelho esquerdo do filho e falou num tom ameno:

— Não espere muito das pessoas. Na minha idade eu já me decepcionei algumas vezes.

— Pai, isolado naquela cela, sem nada pra fazer, cheguei a pensar em nunca mais voltar. Por vergonha, sei lá, terminar meu curso aqui na Turquia, por que não?

Serkan esboçou interromper, mas Yakin o coibiu com um gesto.

— Não tem por que eu sentir vergonha de algo que não fiz, mas a ideia de nunca mais voltar por outras razões, ah, isso permanece.

— Outras razões, filho?

— Perdi o encanto pela monitoria, pela instituição, pela corrida, enfim, tudo e todos.

Yakin pôs-se cabisbaixo. Serkan acarinhou o filho, afagando-lhe o rosto.

— Menos ela — murmurou Yakin.

— O que foi que você disse, filho?

— Nada, não.

— Acho que as coisas estão muito latentes. Dê tempo ao tempo. O que você deveria fazer é levantar como está sua situação no curso, e isso você pode resolver por e-mail.

— *Haklisin.*

— Nem sempre eu tenho razão — Serkan deu um leve tapa ao lado do queixo do filho, sorriu e disse: — Falei que você dominará o idioma muito em breve.

— Se eu quiser concluir engenharia por aqui, irei precisar mesmo.

Antes de se levantar, Serkan perguntou:

— Preparado pra ligar para o Brasil, filho?

— Acho que ainda não.

Serkan ergueu as sobrancelhas e Yakin concluiu:

— Preciso me acostumar com o fato daqueles putos me condenarem sem me ouvir.

— Você encontrará o momento — Serkan se levantou e avisou: — Vou dar uma espiada na sua mãe.

— Pai, ela precisa sair daquele quarto.

Serkan apenas encolheu os ombros e ergueu as mãos espalmadas.

— A titia faz tudo. Mamãe precisa se ocupar. Fará bem pra ela.

— Taí um problema com que eu não estou sabendo lidar — Serkan falou com desânimo.

— O que a psicóloga fala?

— Até isso tem sido um entrave. Sua mãe não entende o que ela fala ou pergunta. Tudo eu tenho que traduzir. Não tá dando certo.

— Estou tendo uma ideia. Pode funcionar.

— Diga.

— Vou convencer a mamãe de estudar a língua turca. Eu e ela. Assim passarei mais tempo com ela.

— Excelente. Vamos ver se ela se anima.

# CAPÍTULO X

# OBSTINAÇÃO

Uma desgarrada maria-cavaleira-de-rabo-enferrujado, empoleirada na porteira, cantava. Os três sentados nas cadeiras espalhadas pela varanda admiravam o seu canto. Um chamado rápido, alegre, e depois uma nota mais longa. Partiu de Landara a ideia:

— E se você voltasse lá exigindo uma resposta, sei lá, dando um prazo pra eles?

Coral e Honório se entreolharam e menearam a cabeça, concordando.

— Vou precisar de um bom pretexto — ponderou Coral.

— Diga que eu sou amigo do pai do Yakin e que ele me pediu esse favor — sugeriu Honório.

— Não dá, vovô. Soube que o monitor estudou com o pai do Yakin e que são amigos. Um pedido desses seria direto pra ele!

— Diga a verdade! — Landara foi taxativa e concluiu: — Que somos amigos dele e estamos muito preocupados. Que é muito importante esclarecer o mal-entendido.

— É por aí.

— O que não podemos é ficar esperando a boa vontade deles — Landara mostrava-se indignada.

— Amanhã no intervalo dou um pulo lá e boto pressão neles — Coral encerrou a conversa.

## &&&

Yakin sentou-se ao lado da mãe. Clara, deitada, ficava cada vez mais confinada em seu quarto. Sempre sonolenta. A medicação combatia a melancolia, mas tirava dela o ânimo para exercer a mais simples tarefa, como cuidar do asseio.

— Amanhã quero a senhora maquiada, bonita, animada.

Yakin exibiu seu sorriso encantador. Clara olhou para o filho, acariciou seu rosto e se virou para ver seu reflexo na porta-espelho do guarda-roupa. Havia dias que ela ficava horas assim, sem nada dizer, atormentada com seus pensamentos.

— Mãe, olha pra mim.

Relutante, ela olhou.

— Amanhã será nossa primeira aula. Animada?

Clara fechou os olhos demoradamente.

— Depois quero levar a senhora num restaurante que serve tutu de feijão.

Ela não se mostrou empolgada, mas Yakin perseverou:

— Chega de *lahmacun!* Quem sabe queijo e goiabada de sobremesa?

Observando a apatia dela, confessou:

— Preciso da sua ajuda, mãe.

Clara reagiu e o fitou quase como outrora.

— Na verdade, quero seu conselho.

Yakin ficou cabisbaixo. Passaram-se alguns segundos e finalmente Clara quebrou o silêncio.

— Me conte, filho.

Yakin segurou a mão dela:

— Primeiro a senhora terá que sair desse quarto. Ficar bem bonita. Assistir à aula comigo, e durante nosso jantar eu peço seu conselho.

— Mas eu estou cansada — virou-se e encarou o espelho. — E feia — murmurou.

— Que feia, nada! Continua gatona.

Yakin tocou o rosto dela e o virou levemente. Olhou-a profundamente. Beijou-a. Colou seu rosto no dela e sussurrou:

— Amanhã a titia irá te ajudar a se arrumar.

Serkan apareceu na porta. Yakin se levantou. Antes de deixá-los a sós, lembrou-lhes:

— Passo no final da tarde pra pegar a mamãe.

&&&

Coral, resoluta, exigiu ser atendida pelo monitor. Saiu desapontada. Mais difícil seria compartilhar com o avô, e principalmente com a amiga, a notícia recebida.

— Pela sua cara a monitoria não levou em consideração o que a secretária falou sobre a mala e...

Coral interrompeu Landara com a palma da mão estendida. Respirou fundo e noticiou:

— Comecei falando da minha indignação; na verdade, da nossa. Resumi para ele minha conversa com a secretária. No momento em que eu ia cobrar uma apuração mais firme, o monitor me surpreendeu.

Coral fez uma pausa não teatral. Realmente receou como Honório e Landara reagiriam. Olhou-os e revelou:

— O monitor me contou que Yakin confessou... — Coral hesitou. Escolheu um termo mais ameno para "crime" e concluiu: — Que os anabolizantes eram pra uso pessoal, não pra comercializar.

— Meu Deus! — exclamou Honório.

Landara tapou os olhos e correu para o seu quarto. Coral ainda disse para o avô:

— A universidade deu o assunto por encerrado, mas... — olhou em direção ao quarto de Landara para se certificar de que a porta estava fechada. Prosseguiu: — Não se fala em outra coisa no câmpus.

— Alguém não se aguentou e bateu nos dentes! — lamentou Honório.

— Sabe o que mais doeu de ouvir, vovô?

Honório ergueu as sobrancelhas.

— O monitor afirmar que o preparador agiu corretamente ao impedir Yakin de correr a prova da Independência.

— Poupe Landara disso.

## &&&

Yakin pediu emprestado o furgão. Serkan consentiu e reiterou que o passeio reunindo apenas mãe e filho faria bem à esposa. O céu estava enegrecido e salpicado de estrelas. Saindo da via Imrahor Cd. em direção a

Kennedy Cad. era possível avistar a Torre Çamlica. Por sorte o restaurante ficava na saída para Zeytinburnu e eles serpentearam as avenidas iluminadas de Istambul, passando pela Mesquita Azul, Santa Sofia e Palácio Topkapi.

Clara, silente, observava. Surpreendeu e animou Yakin ao comentar:

— Como Istambul é linda!

— E se eu te disser que pertinho de casa tem parques belíssimos?

Clara franziu a testa, duvidando.

— Quanto tempo faz que a senhora não pega uma bike?

Clara viajou no tempo e esboçou um sorriso carreado de saudade. Yakin percebeu e ficou curioso.

— Quando foi?

— A bicicleta era do papai.

— Ah, vô Hans... — Yakin, enternecido, olhou para a mãe e estacionou o furgão.

Um brasileiro nascido em Mariana e a esposa alemã tocavam o pequeno restaurante. Serviam pratos simples da culinária mineira e também da alemã. Assim que Yakin revelou ser de Ouro Preto, o proprietário postou-se ao lado da mesa deles e só parou de falar quando a esposa o repreendeu. Percebendo o sotaque carregado, Clara revelou ter nascido na Alemanha. O homem de Mariana se vingou e em turco disse para a esposa deixar os clientes escolherem o que comer.

— Ai, meu Deus! Viemos aqui pelo tutu, mas *eisbein!* — Clara se entusiasmou.

— Eu peço tutu, a senhora *eisbein*, e compartimos. Que tal?

— Excelente.

Ela chamou pela proprietária em alemão e se sentiu surpreendentemente revigorada. Perguntou como o *eisbein* era preparado e ficou em êxtase. Preparavam exatamente como seu pai costumava fazer. Novamente a sós com o filho, tocou-lhe a mão por sobre a mesa:

— Obrigada, filho.

— Vamos esperar a comida chegar primeiro.

— Tenho certeza de que será tudo ótimo. Lembrar tão intensamente do papai como hoje já valeu muito.

— Não estaria ele zelando pela senhora?

Clara fitou o filho profundamente. Yakin concluiu:

— Dizem que entes queridos, quando partem, se tornam anjos da guarda.

— Papai está aqui.

— E você, mamãe, por onde tem andado?

A pergunta não a surpreendeu.

— O problema não está com a Clara que está aqui, e sim quando me desconecto.

Yakin franziu a testa e Clara explicou:

— Tenho que me apresentar a ela. Hoje a vida faz sentido pra mim. Porém, passo dias vagueando. Como se eu andasse e andasse sem parar e sem destino. É exaustivo.

— De repente me dei conta de que minhas perguntas podem trazer... — Yakin mostrou-se de fato preocupado, mas concluiu: — essa Clara desconectada.

— Estou muito feliz aqui pra permitir que isso aconteça — Clara sorriu e finalizou: — A Clara absorta se alimenta de melancolias, mesmices, insegurança, tudo que não tem aqui, exatamente neste momento.

— Precisa de mais momentos assim em sua vida.

— Chega de falar das Claras. Você disse que precisa do meu conselho, certo?

A comida chegou e deram-se folga da conversa mais séria. As expectativas foram plenamente atendidas. Pediram queijo com goiabada e café coado. Despediram-se efusivamente dos amáveis proprietários.

No caminho de volta Yakin abriu seu coração. A luz do furgão iluminou a parede dos fundos da apertada garagem do sobrado. Yakin parou o veículo na entrada para Clara descer. Ela desatou o cinto de segurança, pegou na mão do filho e aconselhou:

— Escreva pra ela. Coloque na carta o que você acabou de me falar — abriu a porta do furgão e voltou-se para o filho novamente: — Muito obrigada. A noite foi maravilhosa.

&&&

*Querida Landara,*

*Confesso que fiquei indeciso de como me dirigir a você. Decidi abandonar o medo de estar fazendo o papel de tolo, afinal, você está namorando, e usei "querida" porque quero demais voltar a ver o brilho dos seus olhos e a covinha no seu rosto quando sorri. Quero muito voltar a ouvir a graciosidade da sua voz. Quero também sentir o toque delicado de sua mão e o perfume que exala dos seus cabelos. Ah, seus cabelos! Tudo isso ficou eternizado na minha mente. "Querida" é um adjetivo, mas poderia ser a sua pele. Sim, Landara, você é a minha querida desde o momento que segurei você nos braços quando escorregou no piso encerado, lembra? Senti novamente aquele friozinho na barriga. Ouvi aquela voz sussurrando no meu ouvido para deixar de ser tonto, que uma mulher como você jamais se interessaria por um homem como eu. Estou determinado a prosseguir, e você poderá deixar de ler a qualquer momento. Você é uma pessoa que não zombaria do meu sentimento, mesmo não sendo correspondido. Minha vida estava ajustada. Estava. Acredite, sou autêntico, respeitoso, procuro ser gentil com as pessoas. Fui educado para ser assim e me ajudou, até "pouco tempo", a superar as dificuldades que cruzaram meu caminho. Preciso contar o que o destino reservou pra mim assim que pus os pés na Turquia. Antes, preciso me desculpar com seu avô. Minha intenção não era sair apressadamente do Brasil. Sou corredor, sabia? Iria participar da corrida da Independência no feriado de Tiradentes. Como não me classifiquei e os preços estavam mais atrativos, resolvi antecipar, e foi tudo uma loucura. Tentei falar com você e com Seu Honório por telefone, mas só consegui me despedir de Dona Benta. Manda um beijo para ela, para o Rudá, Seu Honório e Coral. Como dizia, meu calvário começou no aeroporto de Istambul. Encontraram um pacote com anabolizantes dentro da minha mala. Eu não soube explicar, mesmo porque desconheço até hoje como aquilo aconteceu. Peço que confie em mim, porque aqui ninguém acreditou. De nada adiantou eu jurar tratar-se de um equívoco. Os agentes me trataram como marginal. Você pode imaginar minha indignação? Para resumir, o advogado que papai contratou para me defender me aconselhou a confessar que era para meu uso pessoal, caso contrário as coisas iriam se estender por muito tempo. Relutei, mas quando me disseram que seria levado para um presídio junto com marginais de verdade, eu cedi. Graças a Deus estou em casa e trabalhando. Sim, o juiz impôs como pena alternativa nove meses prestando serviços para alguns locais públicos próximos de casa. Digamos que o destino antecipou meus estágios "obrigatórios". Tenho tratado com a universidade via e-mail da minha condição acadêmica. Percebi que já fui julgado e condenado por eles e decidi enterrar essa história. Acredito que será bom para todos se eu formalizar um pedido de transferência. Desculpa se te aborreço com essa história. Enfim, o que eu quero mesmo com esta carta é me declarar para você. As poucas horas que estivemos juntos colaram em minha alma. É o que me mantém em pé e esperançoso para voltar. Não posso viver com medo do seu "não" ou da falta de uma resposta. Você não precisa responder. Seu silêncio será uma resposta. Uma triste resposta, mas terei que aceitar. Já uma carta sua me fará o homem mais feliz deste mundo. Daquele que seu sorriso enfeitiçou,*

*Yakin.*

## &&&

Um lobo-guará assustado agitou a manhã. Foi difícil orientá-lo, mas o animal se embrenhou no mato antes que heróis de plantão o maltratassem. Landara, enfim, deu a Honório a oportunidade que ele buscava.

— Achei que aquele peão fosse atirar nele — disse Landara, receosa.

— Jamais imaginei que ele mantinha uma arma debaixo do assento do trator — disse Honório, cauteloso.

— O que o senhor pretende fazer?

— Depois eu penso nisso — olhou para Landara e assuntou: — Quero saber de você.

— Eu?

— Sim. Você anda quieta, tristonha.

Landara nada disse, e Honório especulou:

— Os acontecimentos envolvendo Yakin, estou certo?

O olhar de Landara a denunciou.

— Não sei se ajudo ou pioro a situação, mas eu mesmo não acredito naquela história de ele ter confessado.

— E pelo jeito nunca saberemos — a voz dela revelava desapontamento.

Honório percebeu que tocou num problema, mas não estava preparado para oferecer qualquer solução. A secretária os interrompeu anunciando uma ligação para a senhorita Landara. Honório, apreensivo, aguardou no sofá da recepção.

Minutos se passaram. Landara contou que Dandá estava grávida e o júri para julgar Gregório pela morte de sua mãe agora tinha uma data definida.

Antes que Honório externasse algo, ela o poupou:

— Trabalhar é remédio.

Voltou para a sua mesa de trabalho.

**&&&**

Dandá cruzou os talheres sobre o resto de comida em seu prato. Bomani, por sua vez, raspou o pouco do arroz grudado no fundo da panela. Ela o observou e se desculpou por ter deixado queimar um pouco. Ele enfatizou que aquela era a melhor parte e mostrou preocupação com a esposa:

— Ocêdivia de comê!

— Injuada.

— Precisano í num dotô.

— As muié dessas banda num carece disso não.

— Ocê vai.

— I u patrão dexa?

— Vai tê que dexá — Bomani disse determinado, e anunciou: — eu memo tratodisso. Tem mais assunto que devoditratátamém — Dandá sabia que aquele olhar do marido encerrava a conversa, e ela se mostrava abatida.

Bomani falou para a esposa ir deitar. Retirou os pratos e lavou a louça. Na manhã seguinte a acompanhou até o casarão para ter uma prosa com Gregório.

Recebeu com ceticismo a postura do patrão. Gregório, sempre gritalhão, insensível e invariavelmente sarcástico, acatou sem pestanejar o que Bomani lhe pediu. Dandá podia trazer alguém para ajudar nas tarefas e substituí-la quando Bomani a levasse ao posto médico da cidade.

Bomani e Dandá, que a tudo ouviu, entreolharam-se espantados. Ele colocou o boné e se dirigiu à porta para cuidar da lida.

— Espera! — Gregório ordenou.

Bomani se virou. Olhou para a esposa, para Gregório, tirou o boné e esperou o que o patrão reservou para o final.

— Ocê, quano precisa, dirige por aí, certo?

O empregado meneou a cabeça, assentindo.

— Intão, quando tivé que levá a patroa na cidade, tá autorizado a pegá a picape.

Bomani olhou incrédulo para Dandá e falou:

— Num carece, não.

— Tômandano, numtôpedino.

Desconcertado e surpreso, ameaçou colocar o boné novamente, mas colou-o junto ao peito quando Gregório acrescentou:

— Vô tê um dedinho di prosa com meu adivogado i pedi pra ele dispensá ela — apontou na direção de Dandá —, que tá imbuchada, dicomparecê no dia do júri.

Bomani e Dandá, silentes, acompanharam Gregório se servir do café no bule. Ele bebericou e ordenou:

— Ocê vai nu lugar dela. Agora podi í pra lida.

## &&&

O ventilador zunia, mas a sala se mantinha abafada. A porta estava escancarada, e a secretária deu um leve toque com os nós dos dedos no batente. Landara ergueu os olhos, e a secretária, segurando um envelope na mão, disse com ar atrevido:

— É para a senhorita, e não é propaganda.

— Pra mim?! — Landara se espantou e conjecturou bobamente. — Deve ser engano. Nunca recebi uma carta na minha vida!

Observou aquele envelope branco, cheio de carimbos e selos. Tudo era novidade. Demorou-se para virá-lo. Quando o fez, por sorte, estava sentada. Bastou ler o primeiro nome. Disse a si mesma com um gritinho gutural e um sorriso escancarado:

— Não acredito!

Embora ansiosa, demorou para abrir o envelope. Não queria danificá-lo. Intuiu que seria uma carta especial e a primeira coisa que lhe ocorreu foi guardá-la para sempre, da forma que ela chegou às suas mãos. Correu até a mesa da secretária e pediu uma faca de envelope.

— Nem sei o que é isso — foi a resposta.

Landara lembrou que havia uma num estojo de couro preto ao lado do risque-rabisque sobre a mesa de trabalho de Seu Honório. Abriu a porta sem bater, assustando o avô. Atrapalhada, deu meia-volta, bateu na porta já aberta e se desculpou.

— Tudo bem, querida?

Landara, emudecida, só apontava para a mesa. Honório tentou adivinhar e ofereceu o relatório que lia. Ela só sacudiu a cabeça, negando. Ele abriu os braços, sem saber o que ela queria. Landara deu três passos acelerados e pegou o objeto pontiagudo. Honório instintivamente empurrou a cadeira e levantou os braços. Landara sorriu, mas deixou a sala sem dizer nada.

— Eu, hein? — murmurou ele.

Landara se trancou em sua sala. Desejou toda a privacidade do mundo. Quando saiu, deu de cara com Honório e Coral, que a aguardavam aflitos. A secretária e outros funcionários há tempos tinham ido embora. Ela nem viu passar o tempo, lendo e relendo várias vezes aquele pedaço de papel.

— Que cara é essa de vocês?

— O que deu em você? — quis saber Coral.

— Nada! — respondeu Landara, com o semblante de quem comeu o doce de alguém.

— Vovô já levantou mil teses para o seu comportamento.

Landara, demonstrando uma alegria jamais percebida, abraçou e beijou Honório seguidamente, e falou:

— Desculpa se assustei o senhor!

Os efusivos beijos aquietaram o velho, mas a amiga não deu trégua:

— De quem é a carta?

Coral apontou para o envelope que Landara segurava. Landara a abraçou com tanto entusiasmo que as duas caíram sobre o sofá. Rindo, respondeu num tom agudíssimo:

— Yakin!

Foi do escritório até a casa contando o teor da carta. Não se permitiu, ou não se deixou interromper, tamanho o seu entusiasmo.

O jantar rendeu o mesmo assunto. Beijou Benta dizendo que foi a pedido de Yakin. Beijou Rudá dizendo que foi a pedido de Yakin. Beijou Seu Honório, e ele disse:

— A pedido de Yakin.

Coral estendeu a palma da mão, alertando-a:

— Se aquiete, garota! Você quase me derrubou no escritório!

Assim mesmo beijou Coral no rosto, e Rudá falou:

— A pedido de Yakin.

Todos riram, e Rudá, enrubescido, riu também.

## &&&

Landara decidiu escrever sua resposta naquela noite mesmo. Nunca imaginou que encontraria tamanha dificuldade. Entendeu mais ainda os receios exarados na carta de seu querido. Amanhecia quando ela se deu por satisfeita.

## &&&

*Querido Yakin, sem receio: meu querido.*

*Gostaria que esta carta chegasse às suas mãos no instante em que escrevo. Não gostaria de te deixar em dúvida ou inseguro um minuto a mais. Amei seus elogios. Amei ser querida por você. O magnetismo daquele abraço quando você me salvou da queda também mexeu com meus sentimentos. Desde então você não sai dos meus pensamentos. De onde tirou a ideia de que estou namorando? Queria ter seu dom e ser mais descolada para descrever seus encantos. E são muitos! Espero um dia sussurrar alguns no seu ouvido. Nunca duvidei do seu caráter. Vovô e Coral também acreditam que você é vítima. Tentamos ajudá-lo, mas as pessoas que trabalham com você, não. Desculpa escrever isso. Seu monitor e seu preparador não moveram uma palha para apurar o ocorrido. Você certamente se lembra de ter deixado sua mala na monitoria antes da viagem. Isso nos foi dito pela secretária. Coral sabe que pelo menos um estudante esteve em condições de ter plantado aquela coisa. Você diz que enterrou essa história. Quem sou eu para demovê-lo dessa ideia? Só Deus sabe o que você vem enfrentando. Desculpa meu egoísmo, mas está planejando concluir seu curso na Turquia? Quando retornaria para o Brasil? Você voltará, né? Voltaria por mim? É o que eu mais desejo. Você disse que minha resposta o transformaria no homem mais feliz do mundo. Saiba que me tornei a mulher mais feliz do mundo quando li que eu sou a sua querida. Quero escrever mais, muito mais, mas estou ansiosa para enviar esta resposta. Daquela que sempre desejará ser abraçada e protegida por você,*

*Landara.*

# &&&

Landara mesmo postou a carta. Quando se aproximava de casa, avistou um veículo estacionado que lhe pareceu familiar. As pernas bambearam. Adentrou, apreensiva. Honório e Gregório tomavam café. Gregório estava de costas para ela. O tom ameno da conversa afastou-lhe o mau agouro.

— Ó ela aí!

Honório apontou, e Gregório se virou e olhou para ela. Seguiu-se um silêncio constrangedor.

— Bem, deixarei vocês à vontade.

Honório se levantou, saiu do recinto pela copa e fechou a porta.

— Quero cunversácocê, fia — Gregório foi clemente.

— Não sou sua filha — Landara foi ríspida.

Gregório olhou em volta e apontou para a porta que separava a sala do corredor de acesso aos quartos, que estava aberta, e pediu:

— Podemo saí i dá uma volta?

— Não.

Gregório meneou a cabeça e, cabisbaixo, murmurou:

— Precisoconfessá, fia.

— Não sou padre.

Gregório ergueu a cabeça e a encarou. Uma lágrima escorreu e se embrenhou na barba por fazer. Landara sentiu comiseração. Foi até a porta e a fechou. Quando voltou, Gregório perguntou:

— E Rudá, como está?

Landara voltou a sentir desafeição.

— Na escola — impaciente, perguntou: — Afinal, o que o senhor veio fazer aqui?

Gregório revelou que veio a Ouro Preto assinar os papéis da venda da propriedade, e o valor seria depositado na mesma conta aberta por Amana, onde os depósitos do arrendamento eram efetuados. Landara ouviu Gregório resumir o acordo que fez no passado com a esposa. Exatamente como o advogado lhe havia informado, mas quando voltou a mencionar Amana o mal-estar se tornou intransponível:

— O senhor fala da mamãe como se ela estivesse lá em casa! — Landara apontou a esmo e, chorando, desabafou: — Cozinhando para o senhor.

Ouviam-se apenas os soluços dela. Depois, um silêncio sepulcral.

— Ocê já devedi tásabeno do júri?

Landara enxugou o rosto e respondeu afirmativamente.

— O senhor sabe que serei testemunha.

Gregório a surpreendeu. Perplexa, ela ouviu a confissão dele. Teve vontade de vomitar. O ódio se somou à indignação de tal maneira que não reuniu forças para esmurrá-lo. Exausta, caiu de joelhos e chorou copiosamente. Ele tentou se aproximar, mas Landara gritou:

— Se afaste de mim!

Por trás dos olhos lacrimosos, aversão. Honório irrompeu à sala:

— Melhor o senhor ir agora.

Gregório, combalido, assentiu. Honório o acompanhou até o carro. Antes de ligar o veículo, pela janela pediu para Honório avisar Landara de que tudo o que ele disse a ela seria dito na frente do juiz.

## &&&

Domingo de sol em Alibeykoy. Yakin levou a mãe para conhecer o Miniatürk enquanto Serkan preparava um guisado de carneiro para o almoço. Clara se mostrava estável, e sua recuperação elevava o astral da família Haddad. A conversa em torno da mesa improvisada entre chapas de granito e mármore transcorria quase toda em turco.

Com surpreendente desenvoltura, Yakin contou que foi aceito na Bilgi Universitesi. Todos ergueram seus copos brindando à notícia, e sua tia brincou dizendo que faltava uma noiva turca para que ele fincasse os pés na Turquia em definitivo. Yakin sorriu acanhado e olhou para a mãe. Clara sussurrou no ouvido dele:

— Só entendi a palavra *gelin*.

— Estão querendo arrumar uma mulher pra mim.

Clara afastou a cabeça e perguntou:

— Escreveu pra ela?

Yakin deu uma piscadela.

— Abriu seu coração?

— Só um pouco.

Yakin sorriu. A mãe franziu a testa e ele indagou:

— O que foi? Segui seu conselho.

— Já te ocorreu da moça se entusiasmar, e você estudando e trabalhando aqui?

— Com todo o respeito, você e papai, no início do relacionamento, superaram um obstáculo bem maior, não?

Clara olhou bem para o filho e respondeu perguntando:

— Diria de um metro e oitenta e dois atualmente?

Yakin sorriu e respondeu:

— Acho que parei de crescer.

— O que vocês dois estão cochichando? — intrometeu-se Serkan.

— Que você é um homem espetacular e é por isso que eu te amo — Clara beijou Serkan.

O carinho foi entusiasticamente aplaudido pelos presentes. Quando todos se aquietaram, Serkan se levantou, apoiou a mão no ombro do filho e lhe falou reservadamente:

— Obrigado, filho.

Yakin o encarou sem entender o motivo. Serkan completou:

— Você tem sido fundamental na recuperação da sua mãe — olhou para Clara, que estava tentando falar em turco com a cunhada, e voltou-se novamente para o filho: — Da minha mulher.

212

Yakin assentiu, batendo com a mão sobre a mão do pai.

No meio da manhã da segunda-feira, o carteiro parou em frente à marmoraria e entregou uma correspondência a Serkan. Enxerido, disse:

— *Uluslararasi. Breziilya'dan.*

— *Minnettar* — agradeceu Serkan.

Serkan, segurando o envelope, se questionou:

— Do Brasil?

# CAPÍTULO XI

# DESFRUTAR

A ansiedade, a empolgação, a modernidade, e outros contextos derrubaram tabus. Landara e Yakin adquiriram aparelhos celulares. As conversas se tornaram informais, e, devido ao fuso horário, ocorriam sempre aos sábados. Diziam-se namorados virtuais.

No sábado que antecedeu o Natal, ela, dengosa, pediu que ele viesse para o Brasil. Acabrunhado, ele disse que em breve a justiça turca o liberaria para sair do país, mas ainda faltava uma parte dos honorários do advogado a serem pagos, e não havia promoção de passagens aéreas naquela época do ano. Confessou ainda a importância de passar as festividades com os pais.

O domingo na Fazenda Três Pontas amanheceu com um denso nevoeiro. Benta serviu pães de queijo quentinhos, mas o pão caseiro do dia anterior ainda fazia sucesso. Exceto Rudá, todos permaneceram à mesa, esperando a névoa se dissipar.

— O padre espera!

— O senhor acha mesmo?

— Do jeito que está! — Honório apontou com o queixo para a janela e brincou: — Dá pra pegar com a mão!

Coral observou:

— A igreja fica no topo do morro.

— Mas pra chegar lá todo mundo vai ter a mesma dificuldade.

Landara tinha o olhar fixo no bule esmaltado. Com a unha do indicador, raspava uma pequena saliência.

— Tudo bem contigo? — Coral a interpelou.

Landara se demorou um pouco e, sem tirar os olhos do bule, respondeu:

— O que vocês acham de uma viagem à Europa?

Honório e Coral se entreolharam, e, antes de externar suas opiniões, Landara completou:

— Por minha conta.

— Ah, agora que a amiga ficou mais rica ainda!

Honório dirigiu um olhar censurando Coral.

Haviam-se passado poucos dias da morte de Gregório. Ele tirou a própria vida usando seu cinto na cela do tribunal onde foi sentenciado. Seria transferido naquele dia para a penitenciária. Landara e Rudá, únicos herdeiros, não enfrentariam celeumas jurídicas para tomar posse da Fazenda Berro Alto. E de uma significativa quantia em dinheiro, fruto do arrendamento costurado por Amana e da venda do imóvel de Ouro Preto. Gregório, um dia depois de ter-se confessado com Landara, determinou ao seu advogado desistir da ação reivindicatória.

— Desculpa, foi mal, amiga.

— Está tudo bem.

Landara olhou Rudá brincando, virou-se para o avô e a amiga e comentou:

— Rudá nunca perguntou pelo pai.

Honório e Coral mostraram-se inquietos. Landara esclareceu:

— Não digo em relação ao pai biológico. Ele não sabe o que significa isso. Falo do Gregório.

— Você acha que ele se ressente de alguma coisa e por isso não fala a respeito?

— Não sei, vovô — Landara suspirou fundo, juntou as mãos em oração e desejou: — Espero que não.

Coral quebrou o silêncio:

— E a viagem pra Europa?

— Então, tava pensando aqui com meus botões... Tô louca de vontade de ver o Yakin. Coitado! Ele não pode vir, mas se pudesse ele faria de tudo, mesmo não tendo grana.

Honório e Coral queriam ver até onde iriam os planos de Landara, e ela continuou sem ser interrompida.

— Você está certa, Coral! Dinheiro pra viagem não seria problema. Acho que na Berro Alto o Bó e os outros funcionários tocam o trem. Só preciso me reunir com eles de novo. Rudá já está grandinho.

Olhou para Coral e disse:

— Você está de férias — olhou para o avô: — O senhor sabe que está tudo em ordem na Três Pontas...

Honório a interrompeu:

— Opa, opa. O convite foi extensivo a mim? — Honório apontou para o próprio peito.

— Claro, vovô! Todo mundo. Até Benta, se quiser.

— O que tem eu? — gritou Benta da cozinha.

— Deixa de ser enxerida, mulher! — zombou Honório. Olhou para Landara e ponderou:

— Agradeço, filha. Muito, mesmo. Não é desfeita, mas pensa comigo. Vão vocês duas...

— O senhor deixa! Vai rolar mesmo? — interrompeu Coral com entusiasmo.

Honório gesticulou para Coral se aquietar e continuou:

— Dizia eu... Não seria bom levar o Rudá. Eu ajudo a cuidar dele. E se a turma lá de Passa Quatro precisar de ajuda, ajudo também. E tem mais, o velho aqui só iria, como é que vocês dizem...? — as duas ergueram os ombros sem saber o que responder, e ele emendou: — Empatar.

As netas riram, e o avô concluiu:

— Deixem eu aqui com o Rudá e a braba da Benta.

— O que tem eu?

— Nada não, mulher! — reprimiu Honório. Olhou para as netas e conjecturou:

— O que seria de mim sem ela?

As duas continuaram rindo até Landara concordar:

— Acho que o senhor tá certo.

— Claro que estou.

Landara olhou para Coral e resumiu:

— Iremos nós duas. Você cuidaria da passagem, hotel, essas coisas? Procure uma agência de turismo pra ajudar. Vou ter que passar uns dias em Passa Quatro. Desculpa te pedir assim?

— Capaz! Vamos pra Europa! Deixa comigo.

Coral se levantou abruptamente, correu até a cozinha, abraçou Benta e cantarolou:

— Vamos pra Europa, ôô ô ô!

— Eu não, fia.

— Tá certo. Vovô cortou você dessa.

— Naquele trem lá em cima! — Benta se benzeu: — Crendeuspai. Num ia memo.

&&&

O ronco de Bomani nunca incomodou, mas o estranho barulho vindo do teto assustou Dandá. Tocou o ombro do companheiro até despertá-lo. Ele prestou atenção e só ouviu o zumbido do compressor da velha geladeira. No momento em que ia ralhar com a companheira, ouviu-se como se algo raspasse com as unhas a madeira do forro acima de suas cabeças. Ele acendeu o abajur sobre um caixote transformado em cômoda, que combinava com o estrado que formava a cama do casal. A iluminação afugentou o desconhecido, que se alojou em algum canto sobre o outro cômodo. Ela olhou para o teto, fez o sinal da cruz e tapou a boca como quem não quer ser ouvido. Ele não se conteve:

— Devi di sê o patrão vinuazucriná.

— Credo, Bó! Num diz uma doidice dessa nem brincano.

Ele desligou o abajur e enfiou a cara no travesseiro. Ela estranhou:

— Num vai oiá?

— Ocêqué que eu corra atrás dum tatu uma hora dessa?

— I é tatu memo?

— Vira e dorme, muié.

— Facimprucê que num tá co esse barrigão!

— Vopanhá Dona Patroinha logo cedo.

— I u tatu?

Bomani acordou mais cedo. Deu trabalho, mas pôs o tatu para correr. Fechou o buraco por onde o animal entrou, lavou-se e foi até a rodoviária buscar Landara. No caminho deixou Dandá no casarão. Havia ordens explícitas para remover tudo associado a Gregório.

Landara e Bomani seguiram direto para a sede. Percebeu logo que Gregório possuía duas qualidades importantes para a Berro Alto. Contratar ótimos profissionais e ser descentralizador. Elevaria o patamar tecnológico. Seria possível comandar tudo permanecendo em Ouro Preto. Respondeu a todos os questionamentos. Exausta, concluiu enfatizando a importância de Bomani no operacional. Um funcionário se aproximou dela e sussurrou:

— Posso lhe falar reservadamente?

— Precisa ser agora?

— Podemos falar outra hora, mas será breve.

Landara pediu para Bomani esperá-la e sinalizou para o funcionário acompanhá-la até a sala que era de Gregório. Abriu a porta, mas não entrou. Olhou para o subalterno e determinou:

— Vamos até a sua sala.

Ela se sentou numa das cadeiras colocadas à frente da mesa dele. Ele se mostrou desconcertado e ficou de pé ao lado dela. Ela apontou para ele se sentar. Hesitante, ele perguntou:

— A senhora… perdão, a senhorita não quer… — apontou para a própria cadeira: — sentar aqui?

— Não é a sua cadeira?

— Sim, mas a senhorita é a dona de tudo agora…

Ela o interrompeu com a mão espalmada:

— Primeiro, me chame apenas pelo meu nome, Landara. Segundo, esse é o seu local de trabalho, portanto, por favor… — apontou para ele tomar lugar em seu assento e implorou:

— O senhor disse que seria rápido.

— Pode me chamar… — ele observou a jovem impaciente diante dele e foi direto ao assunto: — Tenho guardado isso comigo — abriu a última gaveta à sua esquerda e retirou um envelope pardo.

— Do que se trata?

— Seu Gregório, há muito tempo, pediu para eu guardar comigo.

— O que tem dentro?

Ele passou para ela. Enquanto Landara abria, ele foi dizendo:

— Gostaria de saber da senhorita… perdão, de você, Dona Landara…

Landara lhe dirigiu um olhar de censura.

— Landara. Devo manter isso comigo?

Decorreram alguns segundos para ela entender que se tratava de documentos pessoais. Leu em voz alta:

— Bomani?!

— Pertence ao Bó!

Quando Bomani estacionou a picape em frente à varanda, Landara, antes de descer, passou o envelope pardo a ele e disse:

— Isto é seu.

### &&&

O sol abrasador do meio-dia, típico do verão, afugentava as poucas pessoas que insistiam em caminhar sem sombrinha. Coral era uma delas. Encontrou Gus saindo da agência de turismo. A relação entre eles permanecia indefinida.

— Você aqui? — perguntou Gus, surpreso.

Desconfortável, ela procurou se esquivar:

— Ia te perguntar a mesma coisa.

— Minha tia é uma das sócias.

Gus esperou a justificativa dela.

— Vim pegar uma passagem de Landara.

— Para onde ela vai?

Coral percebeu que não adiantaria omitir os fatos. Apertou os olhos e confessou:

— Estamos indo pra Europa.

Gus foi pego de surpresa.

— Você e Landara?! Não ia me contar?

Ela procurou ganhar tempo.

— Vamos entrar e conversar no ar-condicionado.

Ele a seguiu contrariado. Ocuparam duas cadeiras na espera. Coral logo percebeu que acertou contando a verdade.

— Animada pra conhecer a Turquia? — disparou a que ocupava a primeira estação de trabalho.

Coral, acanhada, sorriu para a atendente. Gus segurou o braço de Coral e especulou:

— Vão encontrar o bombadão?!

Ela puxou o braço e disparou, irritada:

— O que você sabe pra chamar o Yakin de bombadão?

Gus, sem pensar, covardemente admitiu:

— Sei o que o Cassiano me contou.

— Você devia se informar com outras pessoas antes de julgar o Yakin.

— Isso não importa agora. Então você tem uma viagem marcada e não me fala nada?

— Foi mal, desculpa.

Coral abaixou os olhos e apoiou as mãos sobre os joelhos. Gus a tomou pela mão. Virou delicadamente o queixo dela para encará-la:

— Justo agora que eu ia pedir pra namorar contigo.

Ela olhou em volta e, desconcertada, pediu:

— Não é hora nem lugar pra falarmos disso.

— Nossa! — ele largou a mão dela. — Eu acabo de me declarar e você reage com essa frieza?

— Desculpa, não foi minha intenção.

— Porra, você só sabe pedir desculpa!

— Como é que é? Seu grosso!

— Foi mal. Estou nervoso.

— E está sendo infantil.

— Quer sair hoje e conversar?

— A gente se fala depois.

— Você nunca atende seu celular.

— Já te disse que não dá sinal na fazenda.

— Quando está no câmpus você também não liga.

— De novo essa ladainha!

— Porra, hoje não tá fácil conversar contigo!

— Gus! Vim aqui com um objetivo. Não tô no clima pra falar da gente.

— Só tá com cabeça pra essa merda de viagem!

— Não tinha percebido o quanto você é...

Coral tapou o rosto com as mãos. Gus tentou pegar a mão dela, mas ela o evitou.

— É melhor você ir embora.

— Não queria ir assim.

Coral procurou amenizar:

— A gente se fala outra hora. Vou cuidar das minhas coisas aqui.

— Promete?

— Vai. Ligo pra você depois.

&&&

Dandá botava mais tempero no cozido. Bomani descascava batatas. Ela falou em casamento. Na verdade, do sonho de casar na igreja. Falou receosa da possível reprimenda do pároco sem perder o entusiasmo. Só veio a perdê-lo quando percebeu o companheiro distante. Aprendeu a respeitar o enigmático silêncio dele, mas aquele fato novo lhe aguçou sobejamente a curiosidade.

— Ocê sempre correu atrás desses dicumentu, home — ela assuntou a reação dele e concluiu: —, agora carece dibotá tudo a limpo.

— Num carece, não — Bomani, enfático, desejou encerrar a conversa.

— Ara! Num ti intendo. Quiriapurquequiria e agora que pegôdivorta...

Bomani colocou as cascas de batata na lixeira com indisfarçável impaciência, virou-se para Dandá e, com certa rispidez, falou:

— Dexaqueto, muié!

Ela viu no olhar dele um receio até então não demonstrado. Sabiamente, resolveu protelar aquela conversa de casamento de papel passado. Mal sabia o drama que enfrentariam para registrar a criança a caminho. Ele suavizou a voz e perguntou:

— Ponho os prato na mesa?

— Dexa que eu faço isso. Vôponhá uns novo.

Ele ficou parado diante dela sem saber o que fazer ou aonde ir. Ela pediu:

— Espreme as laranja intão.

Não demorou e a patroinha chegou com flores e uma garrafa de vinho. Landara gostou quando Dandá a convidou. Percebeu a simplicidade. Sobre uma toalha térmica de mesa, de vinil, florida, pratos duralex marrons, talheres com cabos de plástico azul e copos de vidro para três. Penalizou-se. Um jogo de guardanapos teria sido mais útil do que flores e vinho. Corrigiu-se:

— Nem se preocupe. O vinho é um presente pra vocês escolherem o momento certo. Adoro suco de laranja.

A conversa fluía, cada qual com sua oportunidade para falar. Landara observou respeito, cumplicidade e primordialmente afetuosidade. Dandá e Bomani, vivendo naquele acanhado casebre, tinham tudo exceto guardanapos, e ela viveu anos na maior casa da redondeza, onde não faltaram guardanapos mas sobrou indiferença, intolerância e ganância mortal. Landara achou que ajudaria e tocou no assunto:

— É importante registrar você, Bó.

Bomani deu uma garfada no cozido antes mesmo de engolir o que mastigava. Dandá também nada disse.

— É nossa obrigação, e é bom pra sua aposentadoria, por exemplo — continuou Landara.

A visitante não se apercebeu da inconveniência e insistiu:

— No momento a minha prioridade é regularizar a tua situação.

Landara havia designado o contador de Ouro Preto para consultar um advogado sobre visto de trabalho para estrangeiro. Acreditava ser esse o imbróglio.

— Gregório ficou com os teus documentos e não cuidou direito da tua permanência no país.

Bomani olhou para Dandá como que implorando para a companheira calar a patroinha. Mas nem Dandá sabia as razões que o afligiam. O nó apertou:

— Vou precisar deles novamente.

Bomani ergueu as sobrancelhas e assuntou:

— Cadiquê a patroinha vai pricisá?

Landara olhou sorridente para Dandá e falou descontraída:

— Ele me chama de patroinha desde que chegou aqui — virou-se para Bomani e respondeu: — Justamente pra saber o dia que você chegou, entre outras coisas.

— Que coisa? — perguntou Bomani, assustadiço.

Landara finalmente se deu conta de que havia uma história não contada. Sua impulsividade ainda não domada especulou:

— Você entrou legalmente no país, certo?

Dandá, a companheira que esperava um filho dele, dividia casa, cama e planos com ele, jamais teve a coragem de fazer tal pergunta. Ficou tensa, porém agradecida. Mas decepcionada em seguida. Bomani se levantou, pegou uma lata do fundo do armário sob a pia onde guardava seus apetrechos, e foi fumar sentado num banco de madeira apoiado na parede do lado de fora do casebre. Raras vezes lançava mão do palheiro. Lascar o fumo, ajeitar na palha, lamber as bordas, moldar o cigarro, e só depois pitar, era sua terapia. Deixou-as sem resposta, e a porta entreaberta.

Dandá temeu duplamente. Com a reação da visita, e se aquela expressão de espanto estava estampada no rosto da amiga ou da patroinha. Landara pegou a mão de Dandá e a tranquilizou:

— Desculpe, amiga. Avancei o sinal.

Dandá não entendeu o sentido daquela expressão, mas tranquilizou-se.

— Fiz u doce di abobra que ocê gosta.

Landara instintivamente olhou na direção da porta e ergueu a sobrancelha. Dandá sinalizou com a palma da mão para deixar quieto.

A sobremesa agradou, mas trouxe inevitavelmente lembranças de outrora e perguntas recorrentes. Dandá manteve o tom sussurrante e limitou-se a responder:

— Só sei disso. Dona Amana, lá… — apontou o indicador para o teto e concluiu: — ao lado di Deus, guardô o que ocêtantuquésabê cum ela.

Bomani retornou e ofereceu café. A conversa girou em torno da Berro Alto.

## &&&

Coral, da cafeteria, ligou para Gus. Ele também estava no câmpus. Quis beijá-la na boca, mas ela se esquivou oferecendo o rosto. Inseguro, sentou-se na cadeira de frente, não na banqueta ao lado dela. Abriu a boca para dizer algo e ela o interrompeu:

— Vou pedir um curto pra mim. E você, o que vai querer?

Desconcertado, mordiscou o lábio e respondeu:

— Não me decidi ainda.

Coral acenou para uma mocinha que tirava as comandas e pediu seu café. Gus franziu a testa e reclamou:

— Não seria mais educado me esperar?

Coral enrubesceu e juntou as palmas das mãos clamando por perdão. Gus, sarcástico, disparou:

— Deu pra ser toda independente agora!

Ela se espantou:

— Como é que é?

— Agora você age sem dar satisfações. Primeiro o lance da viagem, agora...

Coral o interrompeu, exaltada:

— Parou, parou! Que história é essa de dar satisfações?

Gus quis argumentar, mas ela o calou, sibilando. A mocinha chegou com o pedido dela, prolongando o silêncio constrangedor. Coral baixou o tom da voz, e quase sussurrando disse:

— Não lhe devo satisfação, e eu sou uma mulher independente!

— Desculpa, foi mal. Eu só quero me entender com você, Coral.

Ela aproveitou para bebericar o café e ele continuou:

— Quero muito mesmo. Estou começando a surtar com a sua indiferença.

Coral nada disse e Gus choramingou:

— O que eu preciso fazer pra namorar você?

Ela olhou para o lado. O inconsciente atuou, e a esmo respondeu:

— Comece escolhendo melhor suas amizades.

— Está falando do Cassiano?

— Pois fique você sabendo... — Coral apontou o dedo indicador para Gus: — Nesta mesma mesa, uma pessoa me deixou intrigada sobre o caráter do seu amiguinho.

— Que pessoa?

— Não importa.

Gus olhou para os lados, fitou Coral e prometeu:

— Eu mando o Cassiano pro inferno pra ficar contigo.

Coral franziu a testa e ele explicou:

— Estou cansado das merdas que ele faz.

— Tipo...? — especulou Coral.

Gus se retraiu, coçou a orelha e sussurrou:

— Tipo Yakin.

## &&&

Tudo era novidade a bordo do Airbus da Turkish Airlines. Passada a adrenalina da decolagem, veio a curiosidade sobre a funcionalidade dos botões. A comissária atendeu ao primeiro equívoco e ignorou os demais. Jantaram. Tentaram dormir, mas suas roupas vistosas e desconfortáveis não aqueciam.

— Ah, eu vou me cobrir, Landara.

Coral rasgou o plástico e desdobrou a manta.

— Vai encher tua saia de bolinhas.

— Não é o meu namorado que vai estar no aeroporto!

— Não me deixe mais nervosa ainda!

Landara segurou o braço da amiga. Coral puxou o braço para trás e reclamou:

— Credo, Landara! Que mão gelada! Parece um defunto.

Landara enfiou as mãos debaixo da manta estendida no colo da amiga e comentou:

— Falando em defunto, aquele babaca do Cassiano, hein?

— Você vai contar pro Yakin?

— Confesso que não sei.

— Eu contaria!

— O Yakin vai esmurrar aquele idiota!

— Merece apanhar mesmo.

— Mas você mesmo disse que o Gus, quando percebeu que não avançou contigo, começou a dizer que não ouviu direito e que não iria entregar o Cassiano. Ou seja, afinou.

— Quer meu conselho?

Landara ergueu as sobrancelhas em atenção. Coral aconselhou:

— Se bem me lembro, você disse que o Yakin deu o assunto por encerrado.

Landara concordou, meneando a cabeça. Coral concluiu:

— Espere e veja se de fato ele superou. Na primeira oportunidade você joga o Cassiano no colo dele.

— Você está certa.

— Agora vê se dorme um pouco — Coral apontou com o queixo um senhor com turbante na cabeça sentado duas fileiras à frente e alertou: — O homem ali com cara de turco parece incomodado.

Landara riu e falou:

— Ele é turco — olhou para os assentos atrás delas e virou-se para a amiga: — Todos são.

O monitor informou aeronave no solo. Calculou uma hora a mais de espera. Inevitavelmente se lembrou do perrengue que enfrentou. O coração de Yakin disparava sempre que moças sem turbantes atravessavam as portas automáticas do desembarque.

Distraiu-se com um garoto que choramingava. Parecia perdido. De cócoras, procurou acalmá-lo. Não demorou e a mãe atônita puxou a criança pelo braço. Enquanto se afastavam, encarou Yakin com desconfiança e desprezo. Num idioma desconhecido e semblante peculiar, proferiu expressões indubitavelmente ácidas.

Desconcertado, sentiu alguém tocar seu braço. Olhou assustado.

— Oi.

Ele ficou petrificado. Passou horas se preparando para aquele momento. Cena de filme. Cuidou freneticamente do hálito. O primeiro beijo.

— Oi — repetiu Landara.

Ele a abraçou apertadamente. Enfiou o nariz sob os cabelos dela. Encarou-a. Landara sorria e Yakin, todo atrapalhado, beijou-lhe os dentes. Ela agora gargalhava. Envergonhado, ele a soltou e pediu seguidamente desculpas. Coral esticou a mão na direção dele e o cumprimentou.

— Oi — respondeu Yakin. Olhou para Landara e disse: — Você está linda. Fizeram boa viagem?

— Fizemos — responderam juntas.

Ele continuou desacorçoado e não tirou os olhos de Landara. Ela perguntou:

— Teve que esperar muito?

— Fiquei me preparando — ele coçou a cabeça — para um beijo cinematográfico.

Ela lhe dirigiu um olhar meigo e encantador e sussurrou no ouvido dele:

— Teremos nosso momento.

Afastou-se e falou:

— Você também está lindo.

Ele a fitou acalentado e depois se ofereceu para puxar as malas.

No trajeto para Alibeykoy, elas assumiram a paixão imediata pela Turquia.

— Esperem pra ver o que reservei pra vocês — Yakin olhava constantemente para Landara, à sua direita.

Contou que comprou aquele carro especialmente para levá-las para conhecer os principais pontos turísticos de Istambul e região.

— Não fez loucura, fez?

— Vendo o carro depois. Não fiz loucura — ele olhou para ela, piscou e disse: — Não se preocupe — continuou olhando e se declarou: — Mas sou louco por você.

Landara tocou o braço dele com carinho e depois encostou a cabeça no ombro dele. Coral, do banco traseiro, ralhou:

— Não vou bancar a vela de vocês.

Yakin a encarou pelo retrovisor e brincou:

— Tenho um amigo turco!

— Bonito?

— Aí é com você.

Quase chegando, Yakin se mostrou ansioso novamente:

— Espero que goste da minha família.

— Espero que gostem de mim.

— Impossível não gostarem.

Entreolharam-se apaixonados.

Por ser domingo, Serkan não tinha outro compromisso senão esperá-los debruçado sobre o portão. Yakin o avisou pelo celular que estavam próximos. Clara cuidava do almoço. Sentia-se a cada dia mais confiante e revigorada. Insegurança, apenas com relação ao cardápio. A ideia inicial era preparar algo da culinária mineira, que dominava totalmente, mas não surpreenderia as visitantes. Serviria *eisbein*.

Apresentações feitas, o encantamento foi recíproco. Landara estava diante de uma família verdadeira. Em seu íntimo comparava a cordialidade e afetividade em cada gesto entre as pessoas à sua frente com a permanente beligerância que permeou a sua família. Sua origem permaneceu incógnita. Era assim quando Yakin lhe perguntava ao telefone e continuou quando Clara quis saber.

— Meu filho disse que você herdou uma fazenda leiteira. Onde fica?

Landara constrangida nada respondeu. Yakin franziu a testa para a mãe. Clara quis desfazer o mal-entendido.

— Tão jovem e com tanta responsabilidade!

Coral deduziu que Landara poupou Yakin do seu passado tenebroso e a socorreu.

— Landara não gosta de falar do passado, mas parece que tudo gira em torno dele.

Clara deu azo ao momento constrangedor e coube a ela pôr-lhe um fim.

— Peço desculpas, Landara. Conheci algumas pessoas que... — meneou a cabeça e concluiu: — Não tem importância.

— Animadas para conhecer nosso país? — quis saber Serkan.

A conversa perdurou e se renovou quando Serkan tentou prever o futuro de Coral lendo a borra do seu café, mas o *jetlag* arrancou bocejos das moças. Clara mostrou a elas o modesto quarto que havia preparado. Yakin e Landara não tiveram a mínima chance de um beijo roubado. Depois do banho, elas ligaram para o Brasil.

— Chegamos bem. O voo foi tranquilo. Dá pra ver que Istambul é linda. Os pais do Yakin são uns amores — Coral falou com entusiasmo e depois indagou: — E aí, tudo bem?

— O Rudá me parece abatido — respondeu Honório.

— O Rudá?!

Landara, ao lado, se preocupou com a reação da amiga.

— O que tem meu irmão?

Coral reproduzia a fala de Honório do outro lado da linha. Landara tomou-lhe o aparelho.

— Ele não está comendo?

— Deve estar estranhando a sua ausência.

— Agora fiquei preocupada.

— Não deve ser nada, mas vamos ficar atentos. Divirtam-se.

— Qualquer coisinha, avise, vovô.

— Pode deixar. Beijos.

## CAPÍTULO XII

# EXTREMOS

Equinos mordiscavam a grama seca e amarelada. Vacas, cabisbaixas, moviam-se lentamente, sem afugentar os enxeridos quero-queros. Honório procurou animar Rudá apontando para os animais, mas o garoto manteve a cabeça colada ao ombro de Benta.

A velha picape só tinha o banco da frente, mas o câmbio no volante oferecia conforto aos três, e era isso que mais agradava Rudá. Não importava o calor ante a falta de ar-condicionado e a necessidade de fechar as janelas sempre que cruzavam com outro veículo. Inevitável um pouco da poeira encardir o lustroso estofamento. Essa foi a justificativa que Benta encontrou para o inchaço nos olhos do menino. Honório especulou:

— Ontem não estavam assim, estavam?

Benta, não sabendo responder, apenas mordeu os lábios.

Honório acarinhou os cabelos curtos de Rudá e disse sem muita convicção:

— Não há de ser nada.

Chegaram ao consultório antes mesmo do médico, um clínico geral velho amigo de Honório. A recepcionista dispensou a ajuda oferecida por Benta e foi passar um café.

— Senta, mulher, e relaxa! — ordenou Honório.

Ele estava sentado com Rudá no colo em uma das poltronas da recepção. Benta, incomodada, sentou-se de lado na ponta da outra. Joelhos unidos. Alisou o vestido comprido de chita florido. Um cinto do mesmo tecido ressaltava seu corpo esbelto e forte. Raramente calçava sapato, mas para ela a ida à cidade era um evento. Dirigiu um sorriso acanhado para o garoto, mas foi Honório quem retribuiu, e a surpreendeu:

— Você está muito bonita.

Percebendo o rubor nas faces arredondadas dela, corrigiu:

— Elegante, eu quis dizer.

As bochechas de Benta pareciam brasas. Após um silêncio ele ousou:

— Tá bonita e elegante, pronto!

A recepcionista, trazendo uma bandeja, os salvou. Em seguida a porta se abriu e o doutor os cumprimentou.

A volta foi silenciosa. Honório guardou a velha picape na garagem fechada. Benta tratou de tirar os sapatos e trocar de roupa. Rudá, estranhamente, deitou-se no sofá da sala. Honório entrou pela porta da cozinha e perguntou:

— Cadê o garoto?

Benta indicou com o queixo a direção da sala.

— É a hora que ele sempre sai correndo por aí — observou o velho.

— Num carece.

Honório botou a mão na testa, suspirou fundo e retoricamente perguntou, separando as sílabas:

— Glo-me-ru-lo-pa-ti-a, que diacho é isso?

Benta descascava cebola, já preparando o almoço, mas os olhos lagrimejados e o nariz escorrendo significavam tristeza. Ele segurou o ombro dela e não disse mais nada.

&&&

Landara e Yakin, com Coral de vela, visitaram a Mesquita Azul e caminharam pela Cidade Velha ao redor. De lá foram a Fatih conhecer os bazares. Coral, pela janela, testemunhava tudo com admiração. Yakin, quando não mudava a marcha, segurava a perna de Landara e ela entrelaçava os dedos nos dele.

— Sempre quis conhecer o Grande Bazar — Coral cutucou o ombro da amiga e perguntou: — Lembra o filme do 007 que ele persegue o cara pelos telhados do mercado?

Landara apertou os olhos, tentando se lembrar. Yakin atravessou:

— *Skyfall*. Operação *Skyfall*.

— Esse mesmo!

— Primeiro vou levar vocês no Bazar das Especiarias.

Yakin observou pelo espelho a cara de muxoxo de Coral e explicou:

— Depois o Grande Bazar — virou-se para Landara: — Almoçamos por lá.

— Não são aquelas coisas fervendo nas panelas no meio da rua, né?

Yakin sorriu e respondeu:

— Se quiser, tem isso também, mas o Grande Bazar tem umas sessenta ruas, milhares de lojas, vários restaurantes...

— Vixi! Você sabia disso, Landara?

— Se o nosso querido guia está falando!

Olhou e piscou para Yakin.

— Ai, não vou aguentar essa melação o tempo todo.

— Hoje à noite te daremos folga — Yakin foi enigmático.

Landara e Coral não entenderam o que Yakin tinha em mente, mas guardaram para si a dúvida.

Foram caminhando do Bazar das Especiarias até o Grande Bazar. Coral calçava salto e reclamou.

— Eu te falei... — lembrou-lhe Landara.

— Pausa para o almoço.

Sentaram-se numa mesa acolhedora do Lotiz Lounge & Hookah. Coral pediu *tavuklu fettucini*, Landara e Yakin compartilharam *boneless chicken tavukbut*. Elas beberam chá gelado, e ele, *draft beer*. A vista para os telhados, o aroma de shisha, as vestimentas peculiares, novidades que encantavam.

Landara não deixou Yakin pagar. Coral pechinchou uma rasteirinha na primeira loja que viu. Aguentou o tour pelo mercado sem reclamar, mas adorou quando pegaram o carro e subiram o pico mais alto no lado asiático da cidade, onde estava sendo construída a mesquita Çamlica.

Do alto, Yakin, eufórico, apontava no horizonte os parques onde trabalhava como voluntário. Landara observou:

— E você ficou chateado porque fiz questão de pagar nosso almoço.

— Tenho outras ocupações! — ergueu as sobrancelhas: — E são remuneradas.

— Me conte tudo.

— Continuo consertando coisas e converteram minha obrigação em emprego…

Landara o interrompeu:

— Que tudo! Você não me contou!

— Soube esta semana — ele colou os lábios na orelha dela: — Posso pagar o jantar hoje.

Ela olhou para ele e perguntou:

— Tipo comemoração?

Ele piscou e respondeu:

— Tipo *date*.

Ela lhe deu um chega pra lá com o ombro. Ele a abraçou e a beijou no rosto. Ela colou o rosto no peito dele. Ele a abraçou com força e sugou todo o perfume dos cabelos dela. Estavam com os olhos cerrados. Coral meneou a cabeça e resmungou:

— Preciso conhecer o amigo turco.

Antes do pôr do sol estavam em casa. Yakin contou apenas que o compromisso a dois tinha horário agendado. O restante fazia parte da surpresa. Landara correu se aprontar e Coral sentou-se à mesa da cozinha. Clara revia fotos antigas.

— Posso? — Coral pediu permissão e pegou a foto de um bebê.

— Yakin com dez meses.

Coral analisou demoradamente a foto e observou:

— Tem seus olhos, mas… — olhou na direção de Serkan sentado na poltrona em frente à TV ligada, voltou-se para Clara e estreitou os olhos. Em segundos percebeu a indelicadeza e pediu desculpas. Clara limitou-se a dizer:

— Meu marido não é o pai biológico do Yakin.

Coral gesticulou, tentando expor sua conclusão, mas Clara se antecipou:

— Yakin não é adotivo.

Antes que Coral especulasse, Clara resumiu:

— O pai dele é africano. Quando viemos pra cá, Yakin quis conhecê-lo, mas o encontro não foi como meu filho esperava.

Coral desferiu um olhar inquisitivo. Clara não desejava estender aquela conversa, e também não tinha a autorização do filho para revelar seus segredos.

— Yakin não tocou mais no assunto e decidimos respeitar isso.

Yakin olhou apreensivo as horas no relógio encravado em um porta-retrato de madeira antigo, ladeado pelas fotos dos pais de Serkan. Vestia um blazer esporte preto. A camisa branca solta sobre a calça jeans preta. Sapato bico fino.

Landara surgiu, exuberante. Maquiagem discreta. Trajava um vestido curto preto. Ombros e pescoço desnudos. O corte reto entre as alças acentuava os seios. A cintura estreita dava ainda mais perfeição ao bumbum e às coxas. Sapato social de verniz preto, salto quinze. A bolsa tinha o mesmo verniz.

— Desculpa se demorei — seus olhos revelavam apreensão.

— Você está linda! — Yakin disse, embasbacado.

— Obrigada! Você também está lindo.

— Vamos indo — Yakin apalpou a chave do carro no bolso da calça e a carteira no paletó.

Chegaram em cima da hora. O jantar a bordo de um cruzeiro pelo Estreito de Bósforo, entre a Europa e a Ásia. A mesa privativa na proa permitia uma vista esplendorosa da iluminada Istambul. Depois da salada fresca da estação, decidiram pelo peixe grelhado. Yakin tinha ficado inseguro em relação ao *Chardonnay*, mas sua escolha agradou. Harmonizou-se mais ainda com a sobremesa.

Iniciou-se a atração artística e eles decidiram ficar sozinhos. Foram de mãos dadas para o deque na popa da embarcação. A lua projetava um ondulante véu prateado. Olharam-se ternamente. A brisa soprou e desalinhou uma mecha do cabelo de Landara. Yakin delicadamente o ajeitou. O dorso da mão dele desceu até o queixo dela. Ela fechou os olhos e inspirou fundo. Ele tocou a covinha na base do pescoço dela. Ela ergueu levemente a cabeça. Ele colou a boca bem próxima à dela. Os lábios buscaram-se lentamente. Encontraram-se. Pouco a pouco cederam às insinuantes línguas que duelaram. Os corações palpitavam em seus corpos grudados mais e mais a cada aperto de seus braços.

As palmas do interior da embarcação os trouxeram à terra. Abriram os olhos, e ele falou:

— Você é tão linda! E doce.

Ela, encabulada, aconchegou-se no peito dele.

— Adoro o perfume dos seus cabelos, Landara.

Ela o encarou.

— Seu jeito de me olhar… — suspirou: — Me traz tanta paz.

— Sou louco por você.

Ele a beijou novamente. Um beijo intenso. Mais ajustado. Perfeito. Abraçaram-se.

Outro casal chegou ao deque. Comedidos, ele sussurrou:

— Esse foi o nosso primeiro beijo.

— O terceiro.

Landara sorriu maliciosamente.

— Aquele no aeroporto não conta.

— Jamais abriria mão dele.

Yakin olhou de canto de olho para o casal próximo e continuou falando baixo:

— Vamos dar a eles a privacidade que tivemos.

Outro casal chegou. Landara comentou:

— Não terão a mesma sorte.

Yakin ergueu os ombros e retesou os lábios.

Voltaram à mesa. Ele serviu as duas taças. Olhou para a sua e hesitou.

— Tudo bem?

— Não quero perder o gosto do nosso… — brindou: — Terceiro beijo.

Com ternura, ela recebeu o elogio e disse:

— Teremos o quarto, o quinto, quantos quiser.

— Ah, como estou feliz com você aqui!

— Eu estou muito feliz de estar aqui contigo.


O quarto, o quinto e outros mais vieram antes de chegarem. Todos dormiam. Landara colocou um quimono de seda branco sobre o *baby-doll* também branco e foi ao único banheiro da casa. Yakin postou-se no corredor e a esperou sair. Ela o beijou com frescor no hálito. Abraçaram-se. O toque no tecido fino. A mão dele deslizou pelas costas dela, fazendo-a tremer. Parou sobre o elástico do shortinho. A ereção pressionou o ventre. Ela lhe deu um beijo curto, umas palmadas no peito dele e suplicou:

— Me ajude a parar.

Ele a segurou pelos ombros e beijou-lhe na testa. Desejou boa noite. Piscou e entrou no banheiro.

Amanheceu. Coral, na penumbra, vestia-se. A manga do casaco derrubou a escova de cabelo no chão e acordou Landara. Coral juntou as palmas das mãos, se desculpando.

— Que horas são?

— Quase sete — Coral botou a mão na maçaneta, virou-se e explicou: — Vou ligar para o vovô. Estará em casa neste horário.

— Ligue daqui — Landara esfregou os olhos, ajustou o travesseiro na cabeceira, sentou-se na cama e pediu: — Depois me passa o telefone.

Benta atendeu. Coral efusivamente quis saber as novidades, mas Benta nada disse e passou para Seu Honório.

— Oi, querida.

— Que bicho mordeu Benta?

Honório viu Benta passar os dedos sobre os olhos, secando as lágrimas antes de se refugiar na cozinha. Respirou fundo e respondeu com outra pergunta.

— Estão aproveitando a viagem?

Coral estranhou a entonação na voz dele.

— O que está pegando, vovô?

Honório se recompôs. Entendeu que as netas deviam ser poupadas.

— Suspeita de broca-do-café numa fazenda próxima daqui.

— Vixi!

— E a Turquia?

Coral resumiu as experiências vivenciadas no país distante e passou para Landara. Conversaram sobre a praga e notícias de Passa Quatro. Ela quis falar com Rudá, mas o irmão estava dormindo.

— Ele está se alimentando bem?

— Para os padrões da Benta, ninguém nunca está.

A voz dele não soou espirituosa, mas Landara, ainda adormecida, não percebeu o embuste. Despediram-se.

Quando Coral e Landara saíram do quarto, Yakin já havia saído de casa para trabalhar. Conseguira negociar folgas intercaladas. Hoje o amigo se incumbiria de levá-las para passear.

## &&&

Dandá e Bomani costumeiramente transformavam suas rotinas em eventos. Era assim quando ela cozinhava sopa ou um guisado. Não importavam eventuais intempéries na Berro Alto, ele chegava com um sorriso no rosto e, não raramente, com uma flor do campo na mão para alegrar sua amada.

Enamoravam-se, na acepção da palavra. A paixão os guiava, aparava os espinhos que brotavam decorrentes das adversidades presentes na rotina dos simplórios.

O dia amanheceu esplendoroso. Havia incontáveis tons de alaranjado no céu. Bomani cavalgou até a sede. Entregou a lista do que era preciso para a vacinação. Quem o recebeu lhe pediu alguns dados para dar continuidade à regularização de sua condição de empregado.

— Ordens da patroa.

Bomani o persuadiu a esperar a patroa regressar. Ganhou fôlego. Ele, que tanto fez para ter os documentos de volta, nunca imaginou o imbróglio que causaria. Passou o dia vexado. Dandá reparou assim que ele se sentou à mesa depois do banho.

— Desembucha, home!

Ele revirava com o garfo a comida no prato, sem levá-la à boca. Ela pôs a mão sobre a dele, e com ternura perguntou:

— Cadiquêocê tá ansim?

Cabisbaixo, Bomani empurrou levemente o prato para o centro da mesa. Dandá se levantou para levar o prato até a pia. Ele gesticulou e ela deixou a tarefa para depois. Ela voltou a sentar e ele a fitou profundamente.

Dandá enfim conheceu seu homem. Não menos digno. Não menos amoroso. Não menos protetor. Muito mais determinado. Extremamente mais acuado.

Ele foi até a porta arejar-se. Ela refletia com assombro na história contada. Muitas perguntas respondidas numa só vez, mas brotaram aos borbotões outras tantas. Não seria o momento para novas confissões. O chirriar de uma coruja-das-torres os assustou. Cuidaram da louça juntos e silentes, exceto a coruja, que os assustou mais vezes.

## &&&

Choveu ininterruptamente durante a noite, enlameando os acessos ao asfalto. Honório abdicou da predileção de Rudá e seguiram para Belo Horizonte na SUV recém-adquirida. Benta foi atrás com o garoto.

Chegaram à capital, e por sorte almoçaram antes da consulta. A ideia era voltar no mesmo dia. Tudo conspirou contra. O especialista precisou deixar às pressas o consultório para assumir, como cirurgião principal, um transplante emergencial. Coube à atendente o bom senso de agendar a realização dos exames para serem analisados na consulta remarcada ainda para aquela semana.

Outro contratempo surgiu depois de tudo agendado. Uma celebridade internacional se apresentaria, naquela noite e na próxima, no estádio Mineirão lotado. Os hotéis, em sua maioria, não dispunham de quartos vagos. Depois de muita peregrinação, Honório não mediu esforços e pagou o que pediram numa suíte presidencial.

Ao menos Rudá se mostrou animado com a hidromassagem. Produtos de grife para higiene pessoal ocupavam os espaços entre as cubas nos dois banheiros. Benta lamentou não se terem precavido e trazido roupas.

— Já ouviu falar em shopping center, mulher?

Benta ergueu as sobrancelhas. Era especialidade dela, mas foi Honório quem fez omelete com os ovos quebrados. Com os braços abertos, animado, sugeriu:

— Vamos às compras, e depois jantaremos.

Rudá brincou em um trepa-trepa no espaço *kids*, mas se cansou rápido. Honório o segurou no colo quando Benta provou uma calça de tergal azul-marinho. Ela constrangeu-se sob os olhares de Honório, e mais ainda quando ouviu a sugestão:

— Experimente roupas mais modernas, mulher!

Ela franziu a testa, e ele se dirigiu à moça que a atendia:

— Traga umas calças jeans, por favor.

A atendente se afastou e Benta ralhou:

— Calça jeans, eu, hein?!

— Apenas experimente. Vai te deixar mais jovem.

— Ó quem fala! Ocê e essa tua camisa butuadainté o pescoço.

Honório colocou Rudá sentado na cadeira em frente aos provadores e se olhou no espelho. Desabotoou o primeiro botão, ajeitou o colarinho e propôs:

— Se você levar uma calça jeans, eu provo umas roupas mais, como se diz?, *prafrentex*!

O jeans surpreendeu Benta. Ela completaria sessenta anos naquele ano. Era solitária. Trabalhava na casa de Honório há mais de quarenta anos. Namorou apenas um rapaz na vida. Sua maior decepção, razão de seu confinamento. Agora se olhava no espelho sem amarguras, estranhamente animada. Saiu do provador esfregando as mãos nas coxas. Olhou-se de perfil em outro espelho. Notou seu bumbum mais saliente. Ouviu Honório assobiar e aplaudir. Virou-se na direção dele e sorriu. Ele não tinha para quem se confessar, mas admitiu para si mesmo, havia motivos de sobra para ser feliz e querer viver com mais intensidade. Espirituoso, disse:

— Não fique triste, mulher, mas vou dar um pulo no setor masculino enquanto experimenta as roupas de dormir.

Ele se preparou para ouvir uma resposta atravessada dela, mas surpreendentemente recebeu um olhar intrigante. Agora ele, desconcertado, virou-se para a atendente e ordenou:

— Faça ela comprar um enxoval.

Piscou e saiu segurando Rudá pela mão.

## &&&

Dois dias com o amigo turco de Yakin, que entendia tanto da língua portuguesa quanto Coral e Landara da turca, as deixaram ensandecidas. Por sorte Yakin teria outra folga e viajaria com elas a Ancara, e depois, Capadócia.

Landara insistiu, mas ninguém atendeu quando ligou para o Brasil.

— Lembra quando a Benta, tirando o pó, deixou o telefone mudo? — ponderou Coral.

— É possível. Vovô bem que poderia ter um celular também.

— Jamais! Vovô detesta esse tipo de modernidade.

— Acho ele tão evoluído!

— E conservado.

Coral remeteu-se ao passado, e com tristeza concluiu:

— A vida foi dura conosco.

Clara entrou no quarto e as convidou para comerem kebab na casa da cunhada. Yakin iria direto da aula.

— A senhora decidiu parar com as aulas mesmo? — perguntou Landara.

— Eu estava atrasando meu filho. Ele já estaria num estágio muito mais evoluído.

Landara visivelmente guardou para si um importante questionamento, e Clara percebeu.

— Yakin deve ter te contado sobre minha fase obscura?

A pergunta deixou Landara desconcertada. Coral não tinha a menor ideia do que se tratava. Clara se sentou numa das camas e começou a falar sobre os riscos da depressão. Aos poucos, Coral passou a entender, e Landara se viu prestigiada pela mulher que poderia ser sua sogra e uma amiga no futuro. O tempo voou e Clara sobressaltou-se:

— Nossa! Eu aqui enchendo a cabeça de vocês com minhas neuras e acabei esquecendo o nosso compromisso!

Landara e Coral também se levantaram, e ambas espontaneamente abraçaram Clara, que agradeceu:

— Obrigada por me ouvirem.

— Obrigada por confiar na gente — retribuiu Landara.

## &&&

Rudá, serelepe, renovou a esperança de Honório e Benta. O garoto acordou vibrante. Sujeitou-se à coleta de sangue sem gritaria. Pôde enfim comer. Depois do almoço, uma sessão matinê no cinema. De volta ao hotel, Rudá imergiu na hidromassagem da suíte.

Com a trégua, Benta tomou uma ducha no outro banheiro. Vestiu apenas o roupão branco do hotel. Deixou a porta entreaberta para dissipar o vapor. Posicionou o espelho articulado e começou a secar os cabelos. Os movimentos afrouxaram a alça do roupão, expondo seu seio. Jogou a cabeça para trás. Com o secador em uma das mãos, a outra girou o espelho para si. Percebeu Honório na imagem refletida, observando-a. Ela coibiu seu instinto. Virou-se, o encarou e não ajeitou o roupão. Ele não desviou o olhar, e se aproximou. Ela desatou o nó da alça do roupão, exibindo seu corpo moreno, voluptuoso.

— Vovô! — gritou Rudá do outro banheiro.

Honório, por instantes, tirou os olhos dela. Nesse ínterim, ela fechou a porta.

Mais tarde jantaram no restaurante do próprio hotel. Rudá bombardeou Honório com centenas de "porquês?". Benta ficou calada o resto da noite e evitou olhar Honório nos olhos. Teriam o dia seguinte livre. Preenchê-lo sem constrangimentos foi desafiador.

Tomaram café da manhã e rumaram para a Serra do Cipó, para visitar a Gruta da Lapinha, o Museu Arqueológico e o Parque Estadual do Sumidouro. Honório queria visitar um velho amigo, também cafeeiro, em Vespasiano. A visita no meio da tarde foi surpresa. Os homens se abraçaram efusivamente. Benta, vestindo sua calça jeans nova, segurando Rudá pela mão, colocou-se dois passos atrás, esperando ser apresentada. A anfitriã lhe estendeu a mão e perguntou:

— Seu neto?

Benta, envergonhada, apenas olhou para Honório, que se atrapalhou todo na resposta:

— Não, sim… — coçou a cabeleira grisalha: — Meu, sim, mas não — estendeu as palmas das mãos, olhou para o amigo, para a esposa, e, para desespero de Benta, ficou silente.

— Acho que entendi — resumiu a anfitriã, com um olhar desconfiado e um sorriso malicioso.

O amigo cochichou no ouvido dele:

— Fiquei triste demais com o ocorrido na sua vida, compadre. Báoocêsiguiindiante.

— Espera, pessoal! — Honório ganhou a atenção de todos.

Contou como Rudá havia entrado em suas vidas. Respeitosamente apresentou Benta como a mulher que coloca ordem na casa. Achou que dirimiu todas as dúvidas que pairavam no ar. Tudo quase esclarecido, se abancaram. Desfrutaram do café colonial digno da hospitalidade mineira. No momento em que se despediam, a anfitriã não se conteve:

— Num carece doceis ficarem junto?

O esposo a advertiu, mas a impertinência continuou:

— O compadre tá esbanjando saúde, e ela intão, bonitona que só vendo!

Honório e Benta se entreolharam acabrunhados. O anfitrião foi incisivo:

— Qué isso, muié?! Ocê táavexano as visita, sô!

— Ara, tô só dizendo! — ela ergueu os ombros e pôs ponto final em sua contundência: — Oceis me entenderam.

Retornaram para a capital. No hotel, Benta encheu a banheira, mas Rudá não se animou. Abatido, o garoto se estirou no sofá. Benta ficou apreensiva, e Honório procurou confortá-la:

— O dia foi estafante. Vamos pedir pizza e ficar por aqui.

Rudá adorava pizza, mas comeu uma fatia só. Quando o garoto enfim dormiu em sua cama, já passava das dez da noite. Benta e Honório estavam desejosos de expor seus sentimentos. Inseguros, nenhum deles tomou a iniciativa. Cada qual em seu cômodo testemunhou a madrugada se arrastar.

O sol não apareceu. O dia chuvoso prenunciou o que o nefrologista diagnosticou. Voltaram para Ouro Preto no mais profundo silêncio. Mal entraram e o telefone tocou.

# CAPÍTULO XIII

# SOFRIMENTO

Coral insistiu e Benta se apressou para atender. A impaciência se imiscuiu ao alívio. Honório tomou para si o telefone e ouviu Coral ralhando. Quando ela enfim parou de reclamar, ele disse:

— Pronto! Está mais calma agora?

— Vovô? — Coral pareceu surpresa: — Pensei que era a Benta. Ela tem essa mania de limpar o aparelho e abaixar o volume, e aí…

O avô a interrompeu:

— Estivemos fora três dias.

Coral processou a informação e Honório explicou:

— Fomos passear na capital e visitar um amigo em Vespasiano.

— O senhor podia ter telefonado avisando.

— Não sei de memória o número do teu celular.

— Se o senhor tivesse um seria mais fácil.

— Sabe que eu não gosto e não quero esse trem!

— Deixa pra lá, importante é que está tudo bem com vocês.

— E por aí, estão aproveitando?

Coral contou para o avô as aventuras e depois passou para Landara. Honório colocou o aparelho no ouvido de Rudá. O irmão, entusiasmado, contou sobre a banheira que tinha no quarto do hotel, passou para o desenho que assistiu na tela gigante e a caverna assustadora. O vô o interrompeu sob o pretexto de não onerar ainda mais o custo da ligação. Despediu-se de Landara e colocou o aparelho no gancho. Benta lhe dirigiu um olhar inquisitivo.

— Achei melhor não contar nada.

Espalhou o cabelo do Rudá, que estava ao lado.

— Esqueceu de contar da picada, vovô?

Honório esboçou um sorriso para o garoto e virou-se para Benta:

— Semana que vem elas estarão em casa.

## &&&

O final de semana foi inesquecível. Fizeram uma parada em Ancara antes de chegar à Capadócia. O passeio de balão de ar quente em Goreme começava muito cedo. Ver o sol nascer colorindo os vales Fairychimneys é mágico.

Em Ancara, reservaram dois quartos, e Yakin ficou sozinho num deles. Na Capadócia, Coral desfrutaria do quarto só para si.

Chegaram ao lobby do hotel. Coral pediu a chave do quarto. Landara disse à amiga que subiria mais tarde e segurou Yakin pelo braço. Sozinhos, ela o encarou. O olhar revelava um turbilhão de emoções. O peito dela arfava. Ele a tomou pela mão e a conduziu até duas poltronas afastadas da recepção. Ele puxou uma delas e sentaram-se um de frente para o outro. Ela continuava tensa. Ele segurou as mãos dela. Estavam frias. Procurou acalmá-la:

— Seus pensamentos são os meus pensamentos. Seus desejos são os meus desejos.

— Imaginei esse momento, mas... — apertou as mãos dele: — Estou nervosa.

— Também estou.

Ele ergueu a cabeça dela delicadamente e a fitou:

— Não vamos imaginar nada. Só geraria expectativas.

— Gostaria de passar no meu quarto primeiro.

— Cuidarei para que a nossa primeira noite seja ainda mais especial.

Ela não entendeu do que se tratava, mas confiou nele.

No quarto, Landara conversou com Coral. A amiga a deixou mais confiante. Preparou a *nécessaire* e foi tomar uma ducha. O telefone tocou.

Landara, enrolada na toalha, mordiscou a unha do mindinho e postou-se hesitante diante da cama.

— O que tá pegando, amiga? — quis saber Coral.

— Não sei o que vestir.

— Use aquele pijama curto — Coral apontou com o dedo e emendou:
— Yakin ligou dizendo que mudou o quarto. Agora é no mesmo andar, no
final do corredor.

Landara não precisaria pegar o elevador. Seguiu o conselho da amiga.
Vestiu um pijama de cetim preto e calçou chinelos de tecido, cortesia do hotel.

Yakin, trajando moletom azul-marinho e calçando também chinelos
de tecido, estava de prontidão. Ansioso, aguardou Landara atravessar o
corredor, mantendo a porta aberta. Ela entrou e notou o espumante imerso
em balde de gelo, tâmaras frescas e um buquê de rosas.

— Não acredito que você providenciou tudo em tão pouco tempo!

— Só tomei uma ducha. Alimentei o sonho de que você aceitaria
o convite.

Ela franziu a testa e ele repetiu o que havia dito no lobby:

— Compartilhamos os mesmos pensamentos e desejos — sorriu
e brincou: — Caso contrário, voltaria para meu antigo quarto e comeria
as tâmaras.

— Continuo nervosa.

Ele a abraçou. Afundou o nariz nos cabelos dela. Disse o quanto adorava senti-los e cheirá-los. Ela ergueu a cabeça. Beijaram-se longamente. As
mãos dele deslizaram no cetim preto. Beijou-a no pescoço. A mão direita
entrou por dentro da parte de cima do pijama e foi da barriga ao seio. Ela
ergueu a blusa do moletom e cravou as unhas nas costas dele. Ele beijou e
depois mordiscou os bicos dos seios. Ela o interrompeu, puxando a blusa por
cima da cabeça dele. Ele fez o mesmo. Ela colou os seios no tórax peludo e
o beijou no pescoço e orelha. A mão dele correu e apertou as nádegas dela.
Ela se afastou um pouco e ficou nua. Ele a ergueu e a carregou até a cama.
Despiu-se também. Beijaram-se voluptuosamente na boca. Acariciaram-se
mutuamente. O gozo iminente. Ele beijou com leveza os seios. Desceu até
o umbigo. Separou as pernas dela e beijou as virilhas. Roçou o queixo na
vulva. Landara segurou o grito, e ele pelo cabelo. Ele massageou o clitóris
com a língua. Penetrou-a com a língua. Ela soltou um grito gutural. Ele
abafou o grito com um beijo e deitou-se sobre ela. Ajeitaram os quadris e
o membro intumescido deslizou lentamente dentro da vagina lubrificada,
rompendo o hímen. Ela gemeu e ele recuou. Mais beijos, toques insinuantes
e desejos mútuos. O olhar suplicante. Ele investiu com delicadeza. Nada

mais se rompeu, e os peitos arfaram ritmados. Ela abraçou as costas dele com as pernas. Colou os calcanhares nas nádegas dele e o trouxe mais dentro de si. Corpos entrelaçados, retesados. O sangue se concentrou, a visão turvou, ele explodiu quando ela gritou e gozou. Espasmaram-se.

O mundo para eles poderia realmente acabar naquele exato instante. Ela estendeu as pernas adormecidas e ele se deitou ao lado dela. Ajeitou o cabelo dela. Olharam-se calados, apaixonados, realizados. Ela deitou a cabeça no peito dele. Yakin acarinhou os cabelos dela demoradamente. Landara se declarou:

— Eu te amo.

— Tanto quanto eu te amo?

— Como irei viver longe de você?

— Estando perto.

— Não é tão simples assim.

— Eu sei.

Yakin pôs-se pensativo. Landara sentou e pegou na mão dele:

— Nos apaixonamos desde o primeiro olhar, mas você sabe que um relacionamento não sobrevive com tantos segredos.

— Temos evitado falar do passado.

— Ele foi cruel comigo. Tenho vergonha e medo de te perder.

— Nada afastaria você de mim.

— E você, por que não confia em mim?

— Acho que nossos motivos se parecem. Também sinto vergonha das coisas que fiz.

— Sinto que posso contar contigo.

— E pode!

Landara colocou as mãos no rosto e murmurou:

— Mereço toda essa felicidade?

— Talvez estejamos prontos para nos abrir, mas seria exatamente agora que fizemos amor pela primeira vez em nossas vidas?

Landara se surpreendeu com a declaração dele. Entendeu também ser inoportuno externar seu dilema.

— Você? — ela colocou a mão no peito dele: — Foi também sua primeira vez?

Ele ficou sem ação. Ela se sentiu ingênua e ficou cabisbaixa. Ele se desculpou:

— Adiantaria te dizer que esperaria uma vida para sentir o prazer que acabei de sentir?

Ela fez dengo.

— Esse é o amor pela primeira vez na minha vida. Com a mulher que sonhei. Quero você sempre ao meu lado — Yakin segurou a mão dela: — Significa que só farei amor com você enquanto viver.

Landara beijou a mão dele:

— Senti um ciúme bobo, infantil, e nem sei por quem. Desculpa.

— Eu, sim, te devo desculpas. Não soube me expressar.

— Você disse a coisa mais linda que uma mulher pode ouvir e eu só… — ela ergueu os ombros e repetiu: — Senti um ciúme bobo.

Ele a beijou e propôs:

— Que tal uma tâmara?

— Você foi tão meigo preparando tudo. Quero, sim.

Ele se levantou e foi em direção ao aparador.

— Uma taça de espumante para acompanhar?

— Quero.

Ela olhou para ele com malícia e ousou:

— E vou querer repetir tudo!

— Vou precisar de um tempinho.

Ele sorriu e piscou.

## &&&

Honório, como costumeiramente fazia aos sábados, terminava seu café contemplando os morros nos limites da propriedade. O piado o despertou. Uma harpia se exibia na copa da frondosa mangueira. Entrou para chamar Rudá. O garoto estava amuado no sofá. Benta, preocupada, noticiou:

— Disse senti dôquano faz xixi.

— Ai, meu Deus! E é só quarta-feira a consulta!

— O dotô disse que podia ligá.

Honório olhou para o relógio sobre o balcão.

— É cedo ainda. Vou esperar um pouco.

Sentou-se ao lado de Rudá e perguntou se ele queria ver a ave. O garoto ergueu a cabeça e olhou através da janela. Não avistou nada e então deitou a cabeça na almofada. Honório se levantou e abriu a pequena agenda ao lado do telefone.

O médico quis saber se Rudá estava com febre. Recomendou a ingestão de mais água e receitou antibiótico e analgésico. A única boa notícia foi que ele estaria segunda-feira em Ouro Preto para uma palestra na universidade. Aceitou o convite para almoçar na fazenda. No início da tarde, noite na Turquia, Coral ligou. Como sempre, depois de atualizar o avô com as peripécias na região do antigo Império Otomano, passou para Landara. Ela conversou com o irmão, que, nos termos dele, queixou-se das dores ao urinar. Honório a tranquilizou, informando que já havia consultado um médico e o garoto estava medicado. Omitiu tratar-se de uma infecção, e o quadro febril do menino. Confirmou que o retorno delas estava previsto para quinta-feira, cedo em São Paulo, no início da tarde em Belo Horizonte.

## &&&

Tudo indicava que nasceria antes do previsto. A pediatra do posto de saúde determinou a imediata internação. Bomani primeiro deixou Dandá acomodada e assistida na enfermaria da maternidade em Cruzeiro, para depois apanhar a mala com as coisas que a precavida companheira havia separado. Lamentou não ter seguido o conselho dela e deixou a mala no casebre.

Em duas horas estava de volta. A noite se estendeu, com Dandá sentindo as dores das contrações. Bomani, mal acomodado nos bancos da apertada sala de espera, sentia pontadas nas costas.

O alvorecer trouxe o choro da transição do ambiente intrauterino para o ambiente externo. Não demorou e uma enfermeira atenciosa veio noticiar e parabenizar o pai.

Quando finalmente viu e tomou a filha nos braços, exibiu orgulhoso para aqueles que compartilhavam a enfermaria. Aproximou-se e pediu baixinho para Dandá:

— Podemuponhá u nomi Nala?

Ela olhou com os olhos ainda cansados da batalha noturna, mas sorriu concordando.

&&&

Em meio à agitação para acomodar todas as bugigangas nas malas, os que ali habitavam estavam envoltos pela rotina. Lá embaixo, Serkan, paciencioso, explicava à exigente cliente a dificuldade de frisar o frontão de uma pia minúscula. Clara cortava frutas para reforçar o café delas. Yakin saiu cedo. Voltaria a tempo de levá-las ao aeroporto.

Coral agradeceu, abraçou Yakin e atravessou a porta de embarque, deixando-os à vontade para as lágrimas, juras e despedida. Landara adorava se encolher junto ao peito do namorado. Inalou fundo e falou com os lábios prensados no pescoço dele:

— Quero guardar esse seu cheiro adocicado que eu adoro.

Uma gota morna correu-lhe o rosto. Surpresa, afastou um pouco a cabeça e o viu emocionado. Sintomaticamente, foi às lágrimas também, e se aninhou mais ainda, esfregando as costas dele com as mãos. Ele afagou e beijou os cabelos dela.

— Não adiantará te prender mais um pouco aqui.

— Protelamos novamente nossa conversa.

— Percebo que você precisa mesmo pôr pra fora o que te incomoda.

— Você também não tem essa necessidade?

Ele franziu olhos e testa. Segurou-a pelos ombros. Beijou-a levemente na boca e desejou-lhe boa viagem. Ela, com os olhos encharcados e lábios trêmulos, murmurou:

— Só daqui a um ano?

— Já conversamos sobre isso, querida.

Os amantes não desfrutaram de muito tempo sozinhos, à vontade. Nas raras oportunidades os carinhos ocupavam mãos, bocas, e as conversas tangenciavam seus passados e se concentravam nos planos prementes. Yakin pretendia concluir a graduação na Turquia para então voltar ao Brasil.

Ela parou diante da porta de embarque e olhou para trás. Com gestos, pediu para ele ligar e escrever. Ele enviou um beijo e ela retribuiu.

**&&&**

Honório as esperava no saguão em Confins. Rumaram de carro até Ouro Preto. As amenidades deram lugar à estranheza.

— Vovô, o senhor está bem?

— Por que pergunta, filha?

— Está quieto.

Landara endossou a preocupação da amiga.

— Aconteceu algo na fazenda?

— Está tudo certo na Três Pontas.

Coral estava no banco da frente, ao lado do avô.

— E em casa?

Honório tirou os olhos da estrada por instantes, encarou a neta e em seguida fitou Landara pelo retrovisor. Ela também o enquadrou.

— Eu não queria preocupar vocês.

Agora ele tinha, além da atenção, a apreensão delas.

— Essa semana estivemos com o médico do Rudá…

Landara o interrompeu:

— Médico do Rudá! Como assim?

Havia uma oportuna banca que vendia salada de frutas centenas de metros à frente. Honório diminuiu e entrou na via secundária. O silêncio potencializou a angústia.

— Seu Honório, por favor, o que o senhor escondeu da gente?

— Vou estacionar primeiro.

Elas se entreolharam, agoniadas. Ele manteve o carro ligado e se virou para Landara:

— Rudá tem uma doença renal grave.

Honório procurou reproduzir o que o nefrologista havia concluído. As netas ouviram incrédulas. Informou que o próprio médico havia consultado outros especialistas.

Landara começou a chorar. Honório, com pesar, concluiu:

— Diante dos exames, todos entenderam que o garoto logo precisará de diálise até...

A voz dele embargou.

— Conseguir um novo rim.

Diante da consternação, apenas Honório se expressava:

— Há outras...

Landara, confiante, o interrompeu:

— Eu posso doar!

— Eu mesmo me prontifiquei, mas não é simples assim. O doutor acredita que o problema do Rudá é genético. Fez perguntas que eu não soube responder.

Encarou Landara:

— Sobre seus pais, seus avós.

— O senhor sabe que Rudá é meu irmão só por parte de mãe.

— Você nunca quis falar disso e eu respeito, só que agora... — Honório ergueu os ombros.

— Não consigo me livrar do passado! — Landara esfregou os olhos e murmurou: — Bem que eu gostaria.

Coral esticou o braço para acalentar a amiga. Antes de seguirem viagem, Honório recomendou prudência e fé para não assustar o menino.

&&&

Dietas rígidas e medidas terapêuticas retardavam a progressão da doença do irmão. Landara, enfim, pôde viajar para Passa Quatro. Chegou no final da tarde. Foi direto para a casa de Dandá para conhecer Nala.

A criança passou de colo em colo até dormir nos braços do pai, que a levou ao berço que ele mesmo fez. Dormiu ao lado da filha. Landara, a sós com Dandá, assuntou:

— Mamãe se foi e levou com ela a identidade do pai de Rudá.

— Acho que Dona Amana tamémnum sabe mais que eu.

— Que é nada. Só que o nome começava com A, por causa de um cordão — Landara estava desacorçoada.

— Bunitão e fortão tamém.

Landara abriu os braços e desabafou:

— Isso não me levará até ele.

Fechou os olhos, apertou os lábios e conjecturou calmamente:

— Você nunca tinha visto o moço antes. Ele nunca mais apareceu por estas bandas.

Dandá a fitava, tentando acompanhar a linha de raciocínio.

— Então ele estava de passagem, certo?

Dandá meneou a cabeça, concordando.

— O que ele veio fazer aqui na Berro Alto, criatura?

— Pudia tá perdido, ué!

— Você me disse uma vez que não saíram perguntando por aí porque o crápula do Gregori estava atrás dele para se vingar, não foi?

— Intão!

— E se ele visitou alguém? Essa pessoa pode saber o paradeiro dele!

— Sabero quê?

— Onde vive esse tal A.

— Por que memo ocêincasquetô com isso agora?

— Contei da doença do Rudá, não foi? Então. Infelizmente, é possível que ele precise de um rim novo. Eu não posso. Não somos compatíveis. Para ser um doador falecido…

Dandá se benzeu. Landara abreviou:

— Pode demorar muito. Não há possibilidade de o rim vir de um parente que não seja da parte do pai do Rudá. Entendeu agora?

— Não memo.

Landara botou as mãos na cabeça e suspirou, impaciente.

— Deixa assim. O importante, Dandá, é descobrir se aquele moço conhecia alguém que trabalha aqui.

— Agora ocê pode sair por aí perguntano, uai!

— Será que Bó não sabe?

— Nunca falei disso cum ele.

— Preciso mesmo falar com ele sobre os documentos dele, e já aproveito.

Landara fez menção de ir chamá-lo. Dandá a segurou pelo braço e com determinação a advertiu:

— Precisamos ter um dedo de prosa cocê primeiro.

Olhou em direção ao quarto e diminuiu o tom de voz:

— Não hoje.

— Bó dormiu?

— Acho que sim, coitado. Nala chora a noite todinha.

— Então desembucha, mulher.

Dandá meneou a cabeça, negando, e disse taxativa:

— Só se meuhomedexá.

Landara resignou-se perante o semblante irredutível de Dandá.

— Bem, você sabe o quanto é importante pra mim.

— Ô se sei!

Landara se levantou e Dandá a convidou a ficar para o jantar, mas ela decidiu ir ao casarão.

— Diga pro Bó que levei a picape.

— Fiz pão. Leva um.

# CAPÍTULO XIV

# TRAMA

Rudá reagiu bem à dieta recomendada. Benta improvisava. Tirou o bacon, mas manteve os ovos no café da manhã. No almoço, carne magra, frango ou tilápia. Pasta de grão-de-bico e sopa de lentilha disputavam agora o paladar do meninão — era assim que Honório o chamava. Talvez quisesse afastar da mente o que o doutor disse sobre a insuficiência renal retardar o crescimento do menino. De fato, Rudá não cresceu, mas se mostrava bem mais disposto.

Coral saiu para encontrar amigos da universidade. Com Landara em Passa Quatro, Honório insistiu e convenceu Benta a sentar-se à mesa com eles. Rudá costumeiramente comia antes. Trajando seu pijama azul com estrelas douradas, parecendo um mago, colocou seu copo do Homem de Ferro vazio diante de Benta. Ela o encheu.

— O que ele está tomando?

— Suco de abacaxi com limão.

— E você? Quer uma taça de vinho?

Ela hesitou em responder:

— Num carece.

— Ara! Já experimentou alguma vez?

Ela meneou a cabeça, negando.

— Sempre tem uma primeira vez pra tudo. Vou pegar uma taça.

Ela o acompanhou com os olhos. Honório vestia um blazer azul que Benta ainda não tinha visto, e calçava sapatos, algo extremamente incomum. Voltou com a taça na mão. Postou-se ao lado dela, olhou-a e perguntou:

— Vou servir só um pouco pra você experimentar, tudo bem?

Ela sentiu um perfume também incomum. Amadeirado. Ele percebeu:

— *Burberry*.

Ela estreitou os olhos e ele explicou:

— Meu novo perfume.

— Chique.

— Posso servir você?

— O paletó tamém.

Ele ficou corado e desconcertado, e insistiu, apontando a taça na direção dela:

— Posso?

— Vovô ficou vermelho!

Rudá apontou o dedinho na direção dele.

Ela sorriu e respondeu:

— Pode.

Ele serviu. Rudá bocejou. Benta sugeriu:

— Vouponhá ele na cama e volto.

Honório se sentou.

— Estarei aqui te esperando, mulher.

Ela demorou mais tempo do que ele imaginou. Serviu-se de outra taça. Pensou que Rudá demorou a dormir. Por sorte, diferente do menino, eles comeriam quibe cru e tabule. Pegou outra torrada e passou homus. Levou à boca e notou alguém se aproximando.

Benta surgiu diferente. Jovialmente vestida. Também calçou sapatos. Esbelta e consideravelmente mais alta. Perfumada. Cabelo preso com um laço delicado. Honório manteve a boca aberta e piscou os olhos seguidamente. Ela, insegura, alisou o vestido bege, e ansiosa, quis saber:

— Num tá bão?

— Você está simplesmente linda, mulher!

Ela se avexou toda. Ele puxou a cadeira e apontou para ela se sentar. Estavam de frente um para o outro.

— Um brinde! — propôs ele.

Tocaram as taças. O tilintar a assustou.

— Tudo bem?

Ela sorriu e confessou:

— Chique.

— Agora veja se gosta do vinho.

Ela bebericou levemente. Praticamente encostou os lábios no Cabernet Sauvignon especialmente escolhido por ele. Era mais suave e frutado que seus Malbec encorpados.

Benta olhou para o líquido rubi no fundo da taça como se fosse de fato uma pedra preciosa. Inalou o aroma. Ele a orientou:

— Movimente a taça e coloque o nariz dentro.

Ela movimentou delicadamente, mas hesitou em colocar o nariz dentro da taça.

— Pode enfiar o nariz. É assim que se faz.

Ela cheirou profundamente.

— Agora que você sentiu o gosto e o aroma, diz pra mim se gostou.

Ela arregalou os olhos e meneou a cabeça, afirmando.

— Ótimo! Daqui pra frente você será minha companheira.

Ela franziu as sobrancelhas e ele explicou:

— Pra tomar vinho.

Ela sorriu. Ele ousou:

— Mas eu gostaria de tentar outras experiências com você, mulher.

Ela estendeu a taça vazia para ele e o fitou com seus olhos amendoados. Ele serviu mais um pouco. Esperou aflito como ela reagiria à impetuosidade dele. Ela deu um gole e o plagiou do seu jeito:

— Pra tudo tem uma primeira vez.

Honório sentiu calor abaixo da cintura. Confiante, disse:

— Não estou querendo jantar.

Ela olhou para ele, intrigada. Ele levantou e colocou um vinil na vitrola. Sua inseparável companhia começou a tocar sucessos românticos dos anos 80. Estendeu a mão e a convidou para dançarem. Surpreendentemente, ajustaram os passos.

A palma da mão direita colada às costas a trouxe mais perto de si. Os seios dela grudaram no tórax dele e ele pôde senti-la arfando. Seu calor se intensificou. Percebeu o membro pressionar a calça e roçar o ventre dela. Ela desgrudou a face do rosto dele e o encarou. Beijaram-se ávidos. Dançaram, se beijaram até a quarta faixa, depois ele a convidou para irem para o quarto. Ela, reluctante, parou diante da porta.

— Estou apressando as coisas?

Diante do silêncio dela, ele aventou:

— Podemos ficar só na dança. Ficarei feliz igual.

Ela apontou para a cama de casal e mordeu o lábio.

— Te entendo. Há muitas memórias ali.

Ela o abraçou ternamente. A proximidade dos corpos reacendeu os desejos. Mais beijos. Mais calor. Ele segurou o rosto dela com as mãos e disse:

— Eu e a patroa conversamos muito sobre a vida continuar, mesmo que um partisse precocemente.

Benta o fitou profundamente, dedicando-lhe toda a atenção. Ele continuou:

— Sabe o que sempre foi consenso entre nós?

Ela ergueu as sobrancelhas. Ele mesmo respondeu:

— Aquele que ficar perseguirá a felicidade com a mesma determinação.

Ele passou o dedo sobre os lábios carnudos dela.

— Me sinto feliz com você.

Ela se afastou um pouco. Desatou o laço da cintura. Abriu o fecho e deixou cair o vestido no chão. A lingerie preta realçava as coxas fortes, o quadril largo e a cintura fina. Sem desgrudar os olhos, ele deu um passo na direção dela. Ela o parou colocando a mão no peito dele. Surpreso, ele a observou tirar-lhe o paletó. Desabotoou lentamente a camisa. Abriu-lhe o cinto. Com o zíper, pressionado, ela foi ainda mais cautelosa. As calças caíram e ele as chutou longe. Em pé, tirou os sapatos e as meias. Sentaram na cama e depois se aninharam. Ele a tocou na face e ela pediu:

— Seja gentil comigo.

## &&&

O galo cocoricou ritmado com o apito da chaleira. Nala tinha finalmente dormido havia duas horas. Dandá passou o café. Esperou o marido sentar-se à mesa. Colocou o bule sobre uma esteira de sisal. Ele literalmente talhou o pão amanhecido e grosseiramente passou margarina. Tinha pressa.

— Ocê já táino? — perguntou Dandá.

— Quano a patroinha tá poraí, a coisa aperta.

— Então. Ela quer ter um dedo de prosa cocê.

— Cumigo?

— Acho báoocê contaro que contou pra mim.

— Nunca!

— Mas...

Bomani ergueu as mãos e pôs fim a conversa. Levantou-se com o pedaço de pão nas mãos e quis saber que tipo de prosa Landara queria com ele. Dandá explicou que a patroa queria regularizar o trabalho dele. Para isso os documentos deviam estar em ordem. Nesse ponto, ele estrilou, interrompendo-a:

— Diacho! Essa história dinovo!

Dandá se assustou com a reação dele. Ele não costumava levantar a voz. Arrependido, ele pediu desculpas. Ela passou a mão no braço dele e o desculpou. Disse entender o receio dele.

— Bão, preciso ajustar as ideia antes de falar com a patroinha.

— Cuma?

— Se ela me procurá, ocê diz que fui na cidade oiá as vacina. Tôpreci-sano memo. E quetôveno as coisa dos documentoco moço lá do escritório. Quetamém é verdade.

Bomani já estava sobre o cavalo, e Dandá lembrou:

— Ela tamém quer saber seocê conheceu algum moço que passou poraqui faz uns par de ano.

— Cumé?

— Ela vai te explicá direitinho.

— Inté — ele acenou, puxou a rédea e trotou estradinha afora.

Não demorou, e Landara apareceu ansiosa. Decepcionou-se ao saber que Bomani não estava em casa. Quis retomar a conversa da noite anterior, mas Nala chorou alto. Dandá hesitou, não sabia se corria atender a filha ou se fazia sala para a patroa. Landara decidiu por ela:

— Veja o que tem a sua bebê. Preciso voltar para Ouro Preto o quanto antes.

— Rudá?

— Coral ligou hoje cedo. Do nada ele amanheceu com febre.

Dandá pegou Nala no colo. Landara beijou as duas. Despediu-se dizendo que ligaria para dar e receber notícias.

## &&&

Era o dia da semana em que Yakin sempre ligava. Ultimamente as conversas com Landara não tratavam de saudade ou planos de se reencontrarem. Preponderava o estado de saúde do Rudá.

— Como assim, se agravou?

— O caso do meu irmão é raro, segundo o médico. Avança muito rápido — ela falou, com a voz embargada.

— É genético.

— Por parte da mamãe.

— Nenhum parente por parte do pai?

— Ai, Yakin, queria tanto me abrir com você...

— Estamos protelando isso.

Ela soluçava ao telefone.

— De duas, uma. Ou eu vou para o Brasil te apoiar, ou você fala do teu passado.

O silêncio dela franqueou a decisão inesperada dele.

— Eu irei para o Brasil o mais breve possível.

Ela chorou emocionada e perguntou:

— Você faria isso por mim?

— Claro, meu amor!

— Mas sua faculdade, seus empregos...

— Nada é mais importante pra mim do que você.

— Estou me sentindo egoísta.

— Não pense assim. Dei um jeito uma vez, por razões que eu nem provoquei. Agora farei tudo novamente pra cuidar da pessoa que eu amo.

— E sua mãe? Ela precisa de você.

— Ela está muito melhor. Tenho certeza de que ela e meu pai apoiarão minha decisão.

## &&&

Yakin precisou de pouco mais de duas semanas para ajeitar seu regresso ao Brasil, o mesmo período para Rudá iniciar a hemodiálise. Mesmo sob dieta rígida, a creatinina apontou um nível preocupante. O estágio da doença renal do garoto tornou-se crônico.

Inconsolada e inconformada, Benta, mesmo assim, mantinha as atividades da casa no mesmo nível. Já os demais, desmoronavam sempre que um novo exame era realizado. Coral perdeu o foco, e o desempenho na graduação despencou. Landara e Honório perderam o entusiasmo, e na Fazenda Três Pontas pragas extintas reapareceram. Por sorte, a Berro Alto contava com a competência do prestativo Bomani, e ele, sem entender direito, recebeu com certa satisfação a notícia de que a patroinha não apareceria tão cedo.

Yakin chegou para apoiar seu amor. Não imaginava que mudaria o destino de todos, especialmente de Rudá. Sabia que precisaria providenciar algumas coisas para poder ficar em sua casa. No período em que esteve detido na Turquia, Serkan veio ao Brasil, cuidou principalmente das contas para ele, mas determinou que desligassem a luz. O carro, empoeirado, precisou de uma carga na bateria. Fez o que tinha que ser feito e dirigiu até a fazenda. Foi recebido entusiasticamente. Honório insistiu para que ele ficasse hospedado lá.

A saudade e o desejo de namorar Landara contrastavam com a aparência de Rudá. Rostinho inchado, tonalidade amarelo-castanha. Era comovente ver o garoto amuado, muito diferente da hiperatividade ao cavalgar vassouras em volta da casa. Passados uns dias, aproveitou um raro momento a sós com Landara:

— Se o futuro do teu irmão depende de você expor o seu passado, já passou da hora de conversarmos.

Não sabiam aonde a conversa os levaria.

Landara respirou fundo. Tratava-se do momento certo com a pessoa que ela queria e precisava. Demonstrando certa insegurança, começou dizendo:

— Você precisa saber por quem se apaixonou. Não sei se você continuará comigo…

Ele inclinou a cabeça e segurou a mão dela. Estava gélida.

— Sempre estarei ao seu lado.

Ela sutilmente puxou a mão.

— Quando fico nervosa, eu falo gesticulando.

— O que for melhor pra você — a voz dele ajudou a tranquilizá-la.

— Sou, na verdade, fui, de uma família... — ela estendeu as palmas das mãos e arregalou os olhos: — Caótica. Minha mãe foi adotada. O casal que a adotou tinha um filho com poucos anos a mais que mamãe. Acabaram se casando quando os pais morreram. Salvo engano, febre tifoide vitimou na mesma semana aqueles que seriam meus avós maternos adotivos. Mamãe nunca me falou disso. Só vim saber depois que ela se foi. Achava que ela só havia se casado com... — ela sinalizou com os dedos. — "Meu pai", Gregório, que na verdade foi meu pai de direito, mas não de fato. Confuso hein! Tá me acompanhando?

Ratificaram alguns aspectos e Yakin mostrou-se atento e entendido. Landara se surpreendeu. Estava conseguindo falar sobre seu passado e isso não fez seu coração colapsar como acreditava que aconteceria. Continuou:

— Nunca quis falar do meu pai de direito, o Gregório, porque ele...

Ela fechou os olhos e massageou as têmporas. Yakin apoiou a mão no ombro dela. Ela deu tapinhas no dorso da mão dele:

— Está tudo bem — respirou fundo e finalmente desbloqueou: — Ia dizer que Gregório foi responsável pela morte da minha mãe.

Yakin jogou a cabeça para trás e ela enfatizou:

— É isso mesmo que você ouviu. Minha mãe foi assassinada.

— Ai, querida! Sinto muito!

— Espera — ela apontou a palma da mão na direção dele e o alertou: — Agora vem o pior.

Contou sobre o maquiavélico plano dos irmãos Papadakis de sumir com Rudá e o estratagema que ela arquitetou para proteger o irmão. E o desdobramento trágico que acabou por vitimar a mãe. Não poupou nenhum ato sórdido. Landara chorou copiosamente nesse momento. Por fim, revelou que não se perdoava. Yakin tentou demovê-la da ideia fixa de ter sido também responsável pela morte da mãe, mas Landara insistiu em contrariá-lo.

Conjecturaram outros cenários sem a intervenção dela, e concluíram que ela, diferentemente de como se vira até aquele exato momento, não só foi heroína, salvando o irmão, como não deveria penitenciar-se pela morte da mãe. Sentindo-se mais leve, prosseguiu:

— Como aqui se faz, aqui se paga, Gregori morreu ao cair do cavalo, e Gregório tirou a própria vida logo após ser condenado pelo assassinato da mamãe.

Yakin ficou pensativo. Landara não percebeu e continuou:

— Daí eu e meu irmão termos herdado uma fazenda leiteira, que eu sempre omiti onde fica — Landara gesticulou com os ombros e braços, franziu a testa e revelou uma informação capital: — Numa cidadezinha chamada Passa Quatro.

A fisionomia no rosto de Yakin passou de pensativa para ressabiada. Landara continuou:

— Por ser pequena, todo mundo se conhece. Todos lá sabem do ocorrido. Temi que você… — ela juntou as mãos e as colou na boca: — Sei lá o que pensei. Achei que omitindo o lugar onde cresci e vivi, meu passado permaneceria… — moveu a mão para o lado: — Distante, intocável.

Ela soltou o ar dos pulmões e concluiu, aliviada:

— Esse é o meu passado. Entende agora por que me poupei de dividi-lo com você?

Yakin se levantou e dirigiu o olhar para o horizonte. Landara permaneceu sentada. Entendeu que ele precisava de tempo para processar todas aquelas informações. Passados intermináveis segundos, ele se virou:

— Qual a relação do seu passado com a doença do Rudá?

— Sente-se. Esqueci essa parte.

Yakin vagarosamente sentou-se ao lado dela. Pressentiu que a revelação afetaria o relacionamento entre eles. Seu coração acelerou.

— Você sabe que não posso doar meu rim para o meu irmão. Não somos compatíveis. E agora sabe também que não há parentes da parte da mamãe, que é o que temos em comum.

— Sobra o pai biológico do Rudá.

— Mamãe conheceu um moço. Só soube dessa história depois que ela partiu.

Yakin prostrou-se, com ouvidos atentos e batimentos disparados. Landara prosseguiu:

— Na verdade, ela cuidou dele.

Yakin, sem erguer a cabeça, fechou os olhos, e com sofreguidão perguntou:

— Cuidou como?

— De um ferimento a faca.

Landara, entretida com a revelação, não atentou para o estado cata-tônico dele.

— Esse moço acudiu uma amiga que estava sendo assediada pelo Gregori.

Landara perdeu um tempo lembrando a ele quem era Gregori. Naquele momento da conversa havia entre eles um descompasso abismal. Yakin inconscientemente colocou a mão sobre a cicatriz em seu corpo. Ela reto-mou impetuosamente, com a ilusão de quem acredita que transpôs o pior obstáculo:

— Eu não sei quase nada desse moço. Aliás, ninguém sabe — Landara se sobressaltou: — Sabemos que a primeira letra do nome dele é A.

Yakin olhou confuso, e ela explicou:

— O moço carregava um cordão, uma pulseira, não sei direito, de couro, com a letra A gravada. Minha amiga e minha mãe o chamavam apenas de A.

Landara abreviou:

— Entende agora? "A" pode ser o único parente consanguíneo capaz de salvar Rudá.

Landara finalmente atentou para a fisionomia dele, os lábios quase sem cor.

— Você está bem?

Yakin a fitou. Um olhar diferente, que ela jamais havia observado. Des-conhecendo o que aqueles olhos esverdeados revelavam, tornou a perguntar:

— Você está bem, Yakin? Está me assustando.

Tentando evitar uma dramatização ainda maior, ele respondeu com outra pergunta, intrigando-a.

— Você quer mesmo conhecer quem é o pai do Rudá?

Ter uma epifania levou-a à incredulidade. Landara decidiu não per-guntar, no melhor momento da sua vida, como seu amor havia se ferido tão gravemente nas costas. Agora aquela relevável curiosidade tornou-se a chave para a caixa de pandora. Apegou-se à inconsistência maior. Perplexa, quase aos prantos, murmurou:

— Mas seu nome não começa com a letra A.

Antes que Yakin começasse a revelar o que, do passado, o envergonhava, Landara, ensandecida, levantou-se abruptamente. Ele fez o mesmo. As palavras dela carregavam ódio:

— Você mentiu esse tempo todo para se aproximar do seu filho?

— Como?

Landara meneava freneticamente a cabeça. Yakin tentou tocar o braço dela, mas ela bateu na mão dele com rispidez.

— Não toque em mim!

— O que deu em você?

Ela o olhou com desprezo e vociferou:

— Você foi amante da minha mãe?!

Tudo o que Yakin disse ou tentou dizer, Landara não processou. Insana, aos gritos, determinou:

— Vá embora!

— Landara?! — Yakin, embora perplexo, manteve o tom de voz sereno.

Benta ouviu a gritaria e foi até eles na varanda. Yakin, cotovelos junto à cintura, palmas das mãos abertas, virou-se para ela com os olhos arregalados. Pisando firme, Landara os deixou estáticos, foi para seu quarto e bateu a porta.

Yakin perguntou pelo Rudá, e Benta informou que o garoto dormia no quarto dela, que ficava nos fundos. E que ouviu gritos porque estava na cozinha.

Sem dar explicações, Yakin jogou suas coisas no banco de trás do carro e partiu.

# CAPÍTULO XV

# INQUIETAÇÃO

Landara ficou trancafiada em seu quarto. Falava o mínimo necessário, apenas com Benta. Coube a Yakin dividir a assombrosa coincidência com Honório ao telefone. Enfatizou que Rudá só tomaria conhecimento quando ele estivesse presente, após o resultado dos exames.

Na sexta-feira à noite, Yakin avisou que chegaria no meio da manhã do sábado. Honório foi ao quarto de Landara e pediu para terem uma conversa. Ela continuou deitada. Tinha os olhos inchados e avermelhados. Ele puxou a banqueta junto à penteadeira para perto da cama. Sentou. Esfregou as coxas com as mãos. Olhou para ela, que não devolveu o olhar.

— A vida nos prega essas peças, filha.

Ela olhou intrigada para ele.

— Yakin me contou.

Ela voltou a olhar para a parede vazia à sua frente e murmurou:

— Não quero ouvir o nome dele nunca mais.

— Ele estará aqui amanhã, querida.

— Virá ver o filho dele — disse ela, entre os dentes.

— Rudá tem perguntado por você.

Ela fechou os olhos, pressionou as têmporas. Uma lágrima percorreu sua face.

— Estamos esperançosos. Yakin nos dirá sobre o resultado dos exames.

Respeitando os sentimentos dela, Honório foi cauteloso:

— Acho que seria importante você estar junto para o recebermos amanhã.

Ela nada disse. Agora soluçava.

— Sei que é difícil, querida, mas precisamos pensar só no Rudá agora.

O silêncio imperou por alguns segundos, que ela quebrou com a voz embargada:

— Tenho sido horrível. Egoísta.

Voltou-se para ele.

— Dói muito, vovô.

Comovido, ele a deixou desabafar.

— Pensei que ele me amava.

Ela enxugou o rosto com as mãos.

— Esse tempo todo só quis se aproximar do filho.

Tirou um lenço de papel da caixa que estava sobre a cômoda e secou o nariz. Colocou a mão na testa e falou baixinho:

— Foi amante da minha própria mãe!

Honório esperou um pouco e perguntou:

— Você deixou ele se explicar?

— O que ele tem pra explicar, vovô?

— Você tá me dizendo que não deu chance a ele?

Ela pareceu consternada, e ele meneou a cabeça negando.

— Filha, para tudo há uma explicação. Aprenda isso.

— Vovô, ele não disse nada esse tempo todo. Aproveitou-se que eu não queria falar do meu passado vergonhoso e ficou quieto — ela encolheu os ombros, abriu os braços e, confusa, disse: — Sei lá o que ele pretendia!

— Filha, você acredita mesmo nisso?

— Não sei mais nada. Minha vontade é sumir.

— Não quero confundir você mais ainda, mas não me parece que Yakin sabia que é o pai do Rudá.

Landara se sobressaltou:

— Ele disse isso pro senhor?

— Não assim, mesmo porque foi um choque quando ele me falou da conversa que tiveram. Só sei que ele me pareceu aturdido com tudo isso.

Landara ficou pensativa. Honório revelou:

— Ele foi enfático. Disse que Rudá é a prioridade agora.

E observou:

— Aliás, um aspecto tem me chamado a atenção. O coitado parece que tem receio de chamar Rudá de filho.

Landara o olhou fixamente.

— Percebe o que eu quero que você veja? Ele pode de fato ter sido surpreendido com as suas revelações.

Ela tapou a boca com as mãos.

— Dê a ele a oportunidade de se explicar, querida.

Os olhos dela movimentavam-se, inquietos. Honório se levantou. Colocou a banqueta no lugar. Caminhou até a porta, virou-se e pediu:

— Pense, querida. Você não conseguirá viver em dúvida.

Ele colocou a mão no trinco e alertou:

— Seu irmão precisa de você.

## &&&

A rara aparição de um andorinhão-de-coleira prendia a atenção de Seu Honório até o veículo parar em frente. Yakin desceu e acenou. O semblante sisudo não lhe era peculiar. Fechou a porteira e guiou o veículo para a sombra oferecida pela frondosa mangueira.

A visita foi se aproximando, e o anfitrião, desconcertado, foi logo dizendo:

— Vamos entrando.

Yakin estendeu a mão:

— Bom dia.

Apertaram as mãos.

— Ah, claro, desculpa, bom dia.

A formalidade não os desarmou.

— Estão todos lá dentro te aguardando.

Yakin olhou ressabiado. Honório deduziu e se adiantou:

— Landara, principalmente.

— Rudá?

— Com Benta. Achamos melhor conversarmos antes.

— Claro.

— Vamos?

Honório franqueou-lhe a entrada com a palma da mão estendida.

Yakin as viu sentadas no sofá da sala principal. Landara estava cabisbaixa. Coral o cumprimentou meneando a cabeça. Na tentativa de quebrar o constrangimento, Honório ofereceu café. Yakin declinou. Aceitou o convite de sentar-se na poltrona próxima a Landara.

— Bem, acho que... — Honório, sentado na outra poltrona, próxima de Coral, foi interrompido por Yakin.

— Desculpa, Seu Honório.

A voz severa e determinante dele ganhou o olhar de todos, inclusive Landara. Continuou:

— Acredito que trago uma informação que determinará o rumo da conversa.

Virou-se para Landara:

— Infelizmente não posso ser o doador.

Landara e Coral taparam as bocas com as mãos. Honório passou a mão nos cabelos grisalhos.

— O HLA apontou... — olhou profundamente para Landara: — Eu e meu filho, nosso tipo sanguíneo é diferente, incompatível.

Coral apoiou sua mão no dorso da mão de Landara. Olharam-se e começaram a chorar. Honório, inconformado, especulou:

— No caso do Rudá, dominante foi a mãe?

Yakin assentiu, meneando a cabeça.

— Não sendo uma doação em vida, é rezar pra não demorar muito — asseverou Coral.

Landara, soluçando, murmurou:

— Rezar pra alguém compatível morrer — meneou a cabeça, inconformada: — Rezar para aqueles que estão na fila há mais tempo não serem compatíveis! — enxugou o nariz com a mão, segurou a testa e suspirou fundo: — Por quê, meu Deus?

— Ele sabe o que faz! — Honório tentou confortá-la.

— Às vezes eu me pergunto se Ele esqueceu da gente.

— Ele nunca deixa uma ovelha do seu rebanho desprotegida.

— Eu tenho o mesmo sangue da minha mãe! — disse Yakin.

Todos tentavam processar a observação dele. Yakin esclareceu:

— Meu pai biológico pode ter um tipo sanguíneo que case com o do meu filho!

Todos, esperançosos, voltaram-se para ele. As perguntas se misturaram à saudação:

— Seu pai está vivo? — perguntou Coral.

— Sabe o paradeiro dele? — perguntou Landara.

Honório ergueu as mãos ao céu.

Yakin voltou-se para Landara. Seus olhares estavam mais ternos.

— É o que eu vim saber.

Ela não entendeu aonde Yakin queria chegar. Confusa, perguntou:

— E como eu poderia te ajudar?

— Ouvindo o meu lado.

Ela fechou os olhos e, cabisbaixa, pediu desculpas. Honório se levantou, pegou Coral pelo braço, e saíram da sala, deixando-os a sós.

Primeiramente, Yakin disse que foi surpreendido tanto quanto ela. Impediu-a de interrompê-lo. Recapitulou o dia em que livrou Dandá das garras de Gregori. Ressaltou que só agora se lembrara dos nomes, após ela falar do passado. Consternado, falou do relacionamento com Amana. Que ela lhe falou que estava feliz pela primeira vez na vida. Que não estavam vivendo um pecado. Que ela merecia aquele momento passageiro, maravilhoso. Embora soubessem que não deveriam mais se encontrar, envergonhava-se de ter dado as costas e nunca mais ter procurado ou perguntado por ela.

Yakin, cabisbaixo, confessou:

— Pra mim foi uma aventura... — ele fechou os olhos e meneou a cabeça: — ... sexual. — ergueu a cabeça e encarou Landara: — Foi a primeira vez que tive intimidade com uma mulher. E, meu Deus, ela era linda, meiga!... Não fui honesto com ela.

Prendeu os lábios.

— Olhando agora, vejo que você tem o mesmo formato da boca, as mesmas covinhas no rosto.

Landara sentiu o coração se aquecer.

— Posso falar agora?

Ele assentiu.

— Quero me desculpar com você.

Ele ensaiou falar, mas ela o coibiu com um gesto.

— Se tem alguém aqui que deveria se envergonhar sou eu. Não esperava que fosse me perdoar por ter sido tola, infantil...

Novamente ela o impediu de falar.

— Como pude ser tão rude com você?

Ele não esperou permissão para responder.

— Não se martirize. Pelo que me contou, você foi levada ao limite. Uma adolescente que precisou enfrentar mentiras, planos sórdidos, o falecimento da mãe. Protegeu e criou seu irmão.

Yakin olhou em volta.

— Salvou meu filho! Escolheu um porto seguro pra ele.

Ela olhou para ele com carinho. Ele atenuou:

— Acho que nós dois precisamos entender que o destino nos pregou uma peça. Não é justo nos destruirmos.

Ele a tomou pela mão e falou ternamente:

— Preciso de você ao meu lado.

Encostaram as testas. Ela acariciou o rosto dele. Passado um instante, ela sobressaltou-se:

— Sobre o seu pai biológico! Como eu poderia ajudar a encontrá-lo?

Ele contou a ela o que tinha ido fazer na Fazenda Berro Alto. Da briga que teve com o pai. Ela entendeu o imbróglio em relação ao nome Yakin e o interrompeu:

— Seu pai trabalhou na fazenda?

— Morava lá. Estive na casa dele.

— Onde?

Yakin contou em detalhes onde o barraco ficava.

— Essas casas não existem mais. Foi construída uma hospedagem. Apenas os novatos moram lá. Eu mesma me certifiquei disso. Seu pai deve ter ido trabalhar em outro lugar.

— Provavelmente. Mas começamos a partir daí. Precisamos mais do que nunca encontrá-lo. Por Rudá, entendeu agora?

— Claro!

Ela se tocou de que Yakin ainda não havia dito o nome do seu pai.

— E como ele se chama?

— Bomani.

Ela jogou a cabeça para trás. Ele emendou:

— Veio de um país africano, é alto…

Ela o assustou:

— É o Bó!

— O quê?

— Bó! Seu pai ainda está na fazenda!

Landara sorria, e ele pareceu confuso.

— Seu pai se casou com a Dandá!

Yakin começou a sorrir também. Landara se lembrou de uma peculiaridade:

— Você tem uma irmãzinha linda! O nome dela é Nala.

Yakin se emocionou. Landara sentou no colo dele, abraçou-o e o beijou seguidamente. Ele confessou:

— Me deu um frio na espinha. Como será que Rudá vai receber a notícia de que eu sou pai dele?

— Acha que devemos poupá-lo por enquanto?

— É muita coisa para uma criança. Ainda mais no estado em que ele se encontra.

— Vovô e Coral também pensam assim.

— Você não?

— Rudá me surpreende. Ele reagiu como um adulto à notícia da morte da mamãe. Do Gregório, então! — Landara estava assombrada, e contou: — Recentemente ele me perguntou quem é o pai dele!

— Nossa!

— Eu apenas disse que foi um moço bom de que mamãe gostava muito.

— E ele se deu por satisfeito?

— Aí que ele me surpreende. Ele se mostra conformado. Parece que espera amadurecer para aprofundar o assunto — ela deu um leve tapa no braço dele e brincou: — Rudá é muito perspicaz. Agora sei a quem ele puxou.

Yakin externou um sorriso paternal e pediu:

— Chamaria seu avô e a Coral pra nos ajudar a decidir?

## &&&

Yakin voltou no domingo com uma pequena mala. Ficaria hospedado no casarão novamente. Foi um dia especial. Mesmo Rudá tendo sido poupado da grande novidade, mostrava-se afetuoso e feliz ao lado dele, embora não disfarçasse um cansaço penoso.

Na segunda, após o café, Yakin e Landara viajariam. Ele a alertou para que não informasse a Bó de que estavam indo a Passa Quatro. Ele temia uma postura defensiva do pai. Ela resolveu avisar apenas Dandá, e que estava indo sozinha. Pediu para abrir o casarão, receber o advogado e não dizer nada para o marido. Tranquilizou Yakin:

— Dandá só sabe o que eu sabia.

Equivocada, ainda disse:

— Estará segura que tudo isso será bom para eles.

Landara estava radiante.

— Quero ver a reação de surpresa dela quando vir você.

— Não disse nada mesmo pra ela sobre mim?

— Você estava ao lado. Só avisei que eu estava indo e que encontraria o advogado lá.

— E você acha necessário que seu advogado esteja junto?

— Bó está irregular no Brasil. O doutor ajudará nesse processo.

Yakin não acompanhou o raciocínio dela. Landara foi mais sucinta:

— Se Bó puder ser doador, e quiser, terá que estar com os documentos em ordem. Tudo tem que ter… — ela gesticulou com os dedos: — "Uma chancela judicial". Foi o que o doutor adiantou.

Yakin meneou a cabeça, endossando.

— Aviso quando estivermos saindo.

— Por que não passamos no escritório para pegá-lo?

— Levaremos umas sete horas pra chegar se não cortar caminho.

Tomaram café, avisaram o advogado e saíram.

### &&&

Dandá, do casarão, ligou para a sede e pediu pelo marido. Informaram que Bó tinha saído para a rotineira ronda pelas pradarias. Recorreu à velha, mas eficiente maneira de chamá-lo. Tocou o sino.

Ele se desacostumara daquele tilintar frenético. Só podia ser um pedido urgente da esposa. Sabia que Nala estava junto. Fez do seu cavalo um bólido.

Apeou do equino como um às de rodeio. Dandá segurava Nala no colo. Nenhum comportamento errático aparente. Ela contou que a patroinha estava a caminho. Ele matutou um jeito de protelar o assunto da documentação. Ela acrescentou uma novidade crucial. Bomani se desesperou com o fato da patroinha chamar um "dotôdivogado".

O harmonioso casal enfrentou sua primeira crise. Ele queria fugir imediatamente e levá-las junto. Ela não abriria mão da casa. O lugar de seu nascimento, criação e vivência. Onde as parcas coisas de Nala estavam.

Ela entendia ser um exagero da parte dele. Ele a alertou de que os separariam para sempre. Restou ajustado. Bomani partiria só. Encontraria um refúgio próximo. Ela acompanharia os desdobramentos. Consumada a perspectiva de enviá-lo para uma prisão além-mar, voltaria para buscá-las.

Ela lhe preparou um farnel. Ele beijou seus amores. Passou em casa e pegou o pouco do dinheiro debaixo do colchão. Galopou sem destino. E o estigma de abandonar a família novamente o assombrou.

### &&&

Yakin e Landara encontraram o advogado na estradinha, próximo à curva da forca. Seguiram em comboio até o casarão. Nala dormia num cesto improvisado como berço. Dandá, junto ao beiral da porta principal, duvidou do que os olhos contavam. Landara não precisou beliscá-la, e sim contou como o A que não era A entrou na vida dela.

A história demandou um longo tempo. O impaciente advogado consultou seu Rolex algumas vezes. Finalmente, Dandá decepcionou a patroinha e amiga quando disse que a contrariou e alertou Bomani. O marido estava fugido.

Outra história longa. Dandá, pressionada, compartilhou com todos o que o marido lhe confessara. Agora o imbróglio da regularização da estada de Bomani no Brasil virou um drama. O advogado expôs a complexidade. Landara e Dandá se desesperaram. Yakin decidiu procurar pelo pai, correr pelo filho.

— Você tem ideia de pra onde ele pode ter ido?

Dandá, ressabiada, fechou-se em copas. Landara, com a ajuda do advogado, demoveu-a do angustiante pacto de silêncio. Convencida de que seu marido não contaria com a sorte de ser acolhido como fizeram os Papadakis, chorando, contou:

— Falou quetaria por perto. Só o que sei.

Yakin olhou para o horizonte. Anoiteceria em três horas. Avistou uma picape no abrigo. Virou-se para Landara e perguntou:

— Há outro veículo na propriedade que ele possa ter usado?

— Não.

Dandá intercedeu:

— Foi com o Farcão.

Yakin estreitou os olhos e virou-se para Dandá. Landara esclareceu:

— O cavalo dele se chama Falcão.

— Preciso de um mapa da região e da 4x4 ali.

Apontou o queixo na direção do abrigo.

O advogado buscou um mapa no carro.

— Uso pra não me perder nessas estradinhas — deu um sorriso amarelado: — O GPS aqui já me deixou na mão.

Yakin abriu o mapa. Virou-se para Landara:

— A fazenda compra algum insumo, tem algum negócio com fornecedores nas proximidades?

— Muitos estão em Cruzeiro. Por quê?

Yakin permaneceu compenetrado. Passados uns segundos, explanou, com seu dedo correndo o mapa:

— À direita, esse rio Passa Quatro. Não. Sudeste, Resende, cidade de porte médio, não. Para o sul, em Cruzeiro, alguém o conhece por lá — bateu com determinação o indicador sobre o mapa: — Itanhandu ou Itamonte.

Voltou-se para Dandá:

— Ele levou dinheiro?

— Foi panháem casa.

Constrangido, Yakin quis saber:

— Muito?

— Um bocadim.

Da janela avisou que mandaria notícias e rumou para o norte, encontrar a agulha no palheiro.

# CAPÍTULO XVI

# NOBREZA

Perguntando, Yakin, no início da noite, chegou até o Bar do Tião. Ocupava a parte térrea de um pardieiro numa rua mal iluminada, quase na divisa dos municípios de Itanhandu e São Sebastião do Rio Verde. O proprietário, que não se chamava Sebastião, estava sentado em um banco alto de madeira. Tinha uma barriga protuberante e flácida que vazava por baixo da camiseta encardida e se deitava no engordurado balcão de fórmica vermelha. Sabia de todos os empregos informais oferecidos pelos escravagistas enrustidos da região. Recebia uma ínfima mas frequente remuneração por isso.

— Procê?

Olhou Yakin da cabeça aos pés.

— Pro meu pai. Ele tem muita experiência como capataz.

O pançudo gritou para um homem de rosto avermelhado, largado na cadeira ao lado de uma mesa cheia de garrafas vazias:

— Misael, ocupou a vaga?

Obteve como resposta um polegar em riste. Esfregou os dedos, cobrando Misael. Voltou-se para Yakin e lamentou por ele e pelo pai dele. Mencionou que mais cedo um homem negro, conhecedor no trato com peões, foi recomendado para mandar em boias-frias da Fazenda Pedra Branca.

Do Bar do Tião, Yakin parou no primeiro posto de gasolina.

— Logo ali — respondeu o frentista.

Não seria assim tão perto. A mocinha no caixa avisou para ele pegar uma estradinha de chão logo depois da saída para Carmo de Minas.

O facho de luz iluminou uma enorme pedra branca. Tal qual biscoito enterrado numa bola de sorvete. Uma placa de granito com o nome da fazenda em letras garrafais. Um pneu de bicicleta prendia a porteira ao palanque.

Nada para se fazer anunciar. Abriu, cruzou e fechou a porteira. Precisou correr para dentro do veículo. Um pit bull malhado quase o trucidou.

Ladeou-o quase um quilômetro até chegar numa guarita de madeira. A luz estava acesa. Dentro, alguém usando um boné desproporcionalmente grande. Esperou-o sair e amansar a fera.

O vigilante abriu a porta e colocou a cabeça para fora. Yakin baixou o vidro da porta até a metade e o cumprimentou. Algo foi dito, mas o latido o impediu de ouvir. Visivelmente contrariado, o vigilante gritou com o animal, fazendo-o calar. Yakin disse o que pretendia. Precisou insistir e se utilizar de inúmeras justificativas. Alguém do outro lado da linha finalmente autorizou.

Orientado, estacionou em frente ao último e maior barracão, apagado. O vigilante entrou com uma lanterna acesa. Não demorou lá dentro. Saiu e voltou para a guarita. O pit bull o acompanhou. Yakin esperou, apreensivo. A porta se abriu. Bomani protegeu a vista da claridade. Fechou a porta e aguardou em pé no último degrau da escada de madeira em frente à porta. Acreditava piamente num equívoco.

Yakin desceu, ficou ao lado do veículo e falou:

— Pai?

— Akin?

Yakin não o corrigiu. Reacenderia a animosidade que os separou. Aproximaram-se.

— Preciso muito falar com o senhor.

Bomani olhou para o interior do veículo, daí para os lados. Ressabiado, quis saber como havia sido encontrado. Yakin precisou resumir parte da conversa do início da tarde. Contou, sem entrar em detalhes, que era namorado de Landara. Bomani, reservado, ouviu tudo atentamente. Interrompeu uma única vez para externar o quanto lamentava deixar Dandá e Nala. A conversa atingiu o momento crítico:

— Agora entendo por que o senhor não quis me registrar.

— Num pudia.

Bomani sempre foi de poucas palavras, mas:

— Gostei deoviocê mechamá de pai.

— Também não irá registrar Nala? Minha irmã!

— Trem doido, sô! Ocê tem uma irmã!

— Então, também não vai registrá-la?

Bomani meneou a cabeça negativamente.

— Vim atrás do senhor pra oferecer ajuda, e principalmente pra pedir ajuda.

— Cuma?

Yakin assegurou que o advogado foi contratado para ajudá-lo. Alertou-o para o risco que corria se expondo a pessoas desconhecidas e interesseiras. Não o iludiu. Ao contrário, concordou que seria uma batalha inglória mantê-lo no país.

— O senhor precisou abandonar a família na África. Depois abriu mão de mim. Não abandone sua esposa e sua filhinha.

— Voubuscá elas um dia.

— Já pensou que o senhor pode ser deportado, sem chance de revê-las?

Bomani esfregou o rosto, desesperado.

— Volte comigo. O senhor estará com pessoas que só querem ajudar.

— Ocê acha memo que a patroinhanum vai colocá a polícia nisso?

— Por que ela faria isso?

— Sô umassassino, ara! Vim fugido!

— Aqui no Brasil o senhor tem uma história linda. Honesta. Constituiu família.

Bomani se emocionou. Yakin tocou no braço dele e perguntou:

— Volta comigo?

— Preciso panhá minhas coisa. Manhã eu volto.

— Por que não hoje?

— O dono aqui ficô cos documentu, o cavalo tamém.

— Não estou gostando disso.

Yakin olhou na direção da guarita e não gostou do que viu. Havia três homens conversando com o vigilante, além do pit bull. Virou-se para Bomani e, determinado, ordenou:

— Entre no carro. Agora!

Os homens junto à guarita perceberam a movimentação. Um deles veio na direção deles. Yakin manobrou rápido e direcionou o facho luminoso da picape contra ele. O homem se jogou para o lado. Os outros dois agitaram os braços, mandando-os parar. Acelerou. Temendo serem alvejados, Yakin abraçou Bomani, e se abaixaram. Nada de tiros. O veículo saiu da trilha, mas por sorte passou por cima de uma plantação de couve-flor. Com a trepidação e o barulho, Yakin ergueu a cabeça e retornou à trilha. Orientou Bomani como deveria abrir a porteira. Por sorte, ninguém os esperava. Freou bruscamente. Bomani desceu e arrancou o pneu que prendia a porteira. Avistaram um vulto rosnando e correndo na direção deles. A caminhonete virou no sentido São Sebastião do Rio Verde. O pit bull foi ficando pequeno à medida que o veículo ganhava velocidade.

Yakin tocou o ombro de Bomani:

— Acho que nos livramos de uma enrascada!

— Trem doido, sô!

Ambos estavam com a adrenalina nas alturas.

— Perdi o Farcão!

— Vamos tentar recuperá-lo.

— Os documentotamém?

— Talvez não precise mais deles.

O silêncio imperou até Yakin perguntar:

— Qual é o seu verdadeiro nome?

Bomani hesitou.

— Dandá também não sabe, ou ela não quis falar?

— Num sabe — esfregou a testa com a mão: — Achei mió ela num sabê de tudo.

Yakin não insistiu, mas Bomani revelou:

— Oluyemi.

Yakin desviou os olhos, fitando-o. Ele repetiu:

— Oluyemi, me chamo Oluyemi.

Yakin apontou na direção do Bar do Tião, e Oluyemi assentiu com a cabeça. Yakin pegou o celular e ligou para Landara. Foi sucinto. A notícia a deixou radiante. Guardou o aparelho no bolso da camisa e olhou para Oluyemi. Achou que ele estava cochilando.

— Ocêfalô quepricisa da minha ajuda.

— Verdade. Por onde eu começo?

Yakin tirou a mão direita do volante e coçou a cabeça. Oluyemi abriu os olhos e esperou Yakin concatenar as ideias.

— O senhor se lembra do Rudá?

Oluyemi fez o sinal da cruz:

— Crendeuspai! Ominino queachamo queo rio tinha levado!

— Landara me contou.

— Dandá disse queominino tá doente.

Yakin olhou para Oluyemi e revelou:

— Ele é seu neto.

Oluyemi se espantou.

— Meu filho.

— Ocê mais Dona Amana! Que Deus a guarde!

Benzeu-se novamente.

— Conheci Amana no dia em que o senhor me expulsou da fazenda.

— Intéhoje tôrrependido, Akin...

— Acho que já posso corrigir o senhor sem começar uma guerra.

Oluyemi não compreendeu.

— Yakin, lembra? Me chamo Yakin.

— Me orguiodocê, fi — bateu na perna direita dele e pausadamente falou: — Y-A-K-I-N.

Até chegarem à Fazenda Berro Alto, Yakin conseguiu inteirar Oluyemi da gravidade da doença que acometia Rudá. Da esperança que depositavam em encontrar um doador em vida. Quando começou a conjecturar sobre a possibilidade de uma doação pós-morte, avistaram o casarão todo iluminado. Yakin buzinou. Dandá, com Nala no colo, e Landara saíram eufóricas para recebê-los. Yakin estacionou. Oluyemi disse antes de descer:

— O que eu pudéfazê pelo meu neto, eu faço.

— Obrigado... Pai!

&&&

Um urutau cantava melancólico, camuflado ao tronco da carnaúba. Honório conhecia a superstição de pássaro amaldiçoado. Não acreditava na lenda, mas se impacientou com a demora. Aquietou-se ao ouvir o som familiar do veículo que iluminou a estradinha. Correu abrir o portão. Yakin abaixou o vidro, cumprimentando-o.

— Vão entrando!

Os três desceram e ficaram ao lado do veículo. Esperaram-no fechar a porteira e vir até eles com seu sorriso de alívio.

Landara apontou para o desconhecido:

— Esse é o Bó; quero dizer, Oluyemi — olhou para ele e admitiu: — Não me acostumei ainda.

Honório estendeu a mão.

— Muito prazer. Honório.

Oluyemi estranhou a gentileza e apertou a mão dele. Honório voltou-se para Yakin:

— Fizeram boa viagem?

— Cansativa, mas nenhum imprevisto.

— Demoraram!?

— Sua neta acha que é necessário realizar jejum para tipagem sanguínea. Passamos antes no laboratório.

— Devem estar famintos. Isso é bom, porque Benta se superou.

Colocaram os pés na varanda e Rudá correu abraçar as pernas da irmã.

— Olha quem veio te visitar!

O garoto se escondeu atrás dela, envergonhado.

— Lembra dele?

Respondeu baixinho:

— Bó!

— Ele mesmo!

Ninguém corrigiu o menino sobre o verdadeiro nome, muito menos disse que era seu legítimo avô. Quiçá, seu salvador.

Sentaram-se todos à mesa, inclusive Benta, que estava nervosa e encabulada. Sua primeira refeição na mesa da sala principal. Honório se levantou e bateu com a faca na taça.

— Quero propor alguns brindes.

Ganhou a atenção de todos.

— Primeiro, à coragem desse senhor aqui ao meu lado.

Inclinou a taça na direção de Oluyemi.

— Segundo, não é bem um brinde, e sim um comunicado — posicionou-se atrás de Benta e colocou a mão esquerda sobre o ombro esquerdo dela: — A partir de hoje Benta se sentará à mesa conosco.

Todos olharam para ela, deixando-a mais ruborescida. Honório a beijou na testa:

— Como minha mulher.

Coral e Landara aplaudiram. Rudá as acompanhou. Honório atreveu-se:

— Nosso ilustre visitante ocupará o quarto que foi de Benta.

À exceção de Oluyemi e Rudá, os demais, ou ficaram boquiabertos, ou ergueram as sobrancelhas. Benta, do time boquiaberto, quis protestar, mas Honório estava impossível e a cortou:

— Tudo resolvido, depois te ajudo a preparar o quarto para a nossa visita — sentou-se e ordenou: — Vamos comer antes que esfrie.

## &&&

A semana voou. Landara estava nervosa demais para ir junto com Yakin e Oluyemi pegar o resultado do *cross-match*. Todas as outras etapas creditaram Oluyemi como um doador perfeito. A expectativa era enorme.

Esperavam apreensivos na varanda. A notícia, boa ou ruim, não seria pelo celular. A porteira já estava aberta. Yakin desceu antes e foi imediatamente interpelado por Landara:

— Por Deus, diga, querido!

Ele abriu os braços e sorriu:

— Negativo! A prova cruzada foi negativa!

— Isso é bom, né? — perguntou Coral. A dúvida era de todos.

— É maravilhoso! Sem risco de rejeição! — respondeu efusivamente Yakin.

Honório desceu correndo os degraus que separavam a varanda do gramado e abraçou Oluyemi, que descia do veículo estacionado. Coral engatou seu braço no de Benta. Landara pegou Rudá no colo. Yakin abraçou os dois e os cobriu de beijos. O menino, ingenuamente, arrancou lágrimas de todos com sua pergunta:

— Não vô mais picisá de agulha no meu braço?

Yakin respondeu:

— Só mais um pouquinho — espalhou o cabelo do filho: — Logo você não precisará mais — apontou para Oluyemi: — Aquele homem ali vai... — enxugou uma lágrima que riscou sua face: — te ajudar.

Honório, ainda com o braço sobre os ombros de Oluyemi, entusiasmado, sugeriu:

— Isso merece um brinde!

— Seaquete, home! — deixou escapar Benta. Em seguida tapou a boca com as mãos.

Todos se lembraram da revelação no último brinde e riram. Mais comedido, Honório convidou:

— Vão se sentando nas cadeiras aqui na varanda mesmo. Vou trazer uma cachacinha especial.

Não demorou, Rudá pediu e Benta o levou para o quarto. Finalmente puderam conversar sobre os próximos passos.

— Liguei há pouco para o advogado. Ele está otimista — revelou Landara.

— Explica direitinho, porque até agora eu não entendi! — pediu Coral.

Landara tocou a perna de Yakin, sentado ao lado dela.

— Querido, você sabe os detalhes melhor que eu.

Yakin resumiu, dizendo que o advogado iria contar uma história diferente para o juiz. Nela, Oluyemi, ainda criança, chegou clandestinamente com sua família ao Brasil. Foi abandonado e criado no sítio do Senhor Demétrio Papadakis. Quem testemunhará, a única sobrevivente da época dos fatos, será Clara, minha mãe. Oluyemi o interrompeu e perguntou se seus antecedentes não seriam averiguados na Nigéria. Yakin respondeu, dirigindo-se a todos:

— Percebam — apontou para Oluyemi: —, quando ele chegou aqui, era uma criança. Não sabia e não sabe até hoje seu nome completo, e muito menos de onde veio.

Todos refletiram e passaram a perceber a estratégia do advogado. Yakin continuou a explicação, acrescentando que o comportamento de Oluyemi, as habilidades que conseguiu, as atividades que desempenhou e ainda desempenhava, tudo isso ajudaria na decisão do juiz de conceder a ele uma identidade de estrangeiro residente no país.

— Merecidamente — externou Honório.

— Estará tudo bem documentado — observou Landara.

— O problema é a lentidão do nosso judiciário — aventou Coral.

— O advogado falou em... — Landara puxou pela memória: — antecipação de tutela.

— Que trem é esse, sô? — quis saber Oluyemi. Outros tinham a mesma dúvida.

Coube a Yakin explanar:

— Todos estamos cientes de que corremos contra o tempo. Rudá tem atualmente peso suficiente para receber o rim de uma pessoa adulta.

Honório intercedeu:

— Mas não tem se alimentado bem.

— Esse é um problema. Ele precisa manter a boa condição para o transplante — enfatizou Yakin.

— Enquanto ele depender da diálise, seu crescimento e desenvolvimento estarão comprometidos — asseverou Landara.

— Tudo estará comprometido! — Honório ganhou a atenção de todos e se explicou: — Quando ele chegou a esta casa, corria em volta sem parar — olhou para Yakin: — Lembra o dia que te conhecemos?

— Ô se lembro!

— O menino passou chispando em frente do teu carro montado numa vassoura!

Honório concluiu:

— Não é só voltar a crescer. Tirar a criança do equipamento que filtra o sangue dele é devolver a ele uma vida de criança. Ele precisa brincar, voltar à escola, voltar a viver!

— Disse bem, vovô!

Coral beijou a face dele. Ficaram reflexivos até Oluyemi perguntar:

— Continuo sem sabê o queocê disse, patroinha.

Landara se permitiu descontrair um pouco. Voltou-se para Yakin e revelou:

— Adoro quando ele me chama de patroinha — virou-se para Oluyemi: — Da tutela?

Oluyemi meneou a cabeça, afirmando. Yakin retomou a explicação:

— Concluindo… O advogado vai mostrar ao juiz que, do ponto de vista clínico, tá tudo certo. Só falta o imbróglio jurídico. Ou seja, regularizar o registro do Oluyemi. Reconhecer que ele é meu pai e que eu sou pai do Rudá.

Coral o interrompeu:

— Por isso os exames de paternidade?

— Doador em vida, só até determinado parentesco.

Olhou para Oluyemi e recapitulou:

— Ele, na época, não pôde me registrar. Eu só soube quando voltei para o Brasil que… — olhou para dentro. Certificou-se de que Rudá não estava por perto e falou baixinho: — Ele é meu filho.

— Esse advogado é porreta!

— Credo, vovô! — estrilou Coral.

— Não é o que você tá pensando. O cearense que trabalha na moagem usa essa gíria, uai!

— "Uai" combina mais com o senhor…

— Mas que o advogado é bom, é bom!

— Seus pais ou sua mãe virão pra cá? — Landara perguntou.

— Parece que será por rogatória — ele olhou para Oluyemi, que fechou os olhos e franziu testa e nariz, denotando incompreensão. Yakin precisou esclarecer novamente:

— A justiça daqui pode pedir pra justiça da Turquia ouvir a mamãe.

— Demora? — Coral se inquietou.

— Se embaçar, trago a mamãe para o Brasil.

Olhou para Landara:

— Mamãe ficou de cara quando contei que você é Papadakis. Ela odiava seu avô.

Landara ergueu as sobrancelhas.

— Mas ficou mais tranquila quando contei que não corre o sangue deles em suas veias.

— Preciso me dar bem com sua mãe.

— Serão grandes amigas, garanto.

Benta apareceu e anunciou que em breve o almoço seria servido.

Oluyemi pediu e a patroinha ligou para saber notícias de Dandá e Nala. Landara passou a ele o telefone. Desajeitado e constrangido, falou com a esposa. Despediu-se dizendo que estava doido de saudade. Arrancou aplausos dos ouvintes.

# CAPÍTULO XVII

# ORAÇÃO

Fura-barreiros estavam agitados. Agourava-se um dilúvio. Temendo eventuais interdições nas estradinhas que davam acesso à cidade, doador e receptor foram internados um dia antes do previsto. Não foi tão rápido quanto se desejava, nem moroso a ponto de elevar a criticidade do quadro clínico de Rudá.

Honório e Benta foram à rodoviária receber Dandá e Nala. Passariam no hospital e depois seguiriam para a Fazenda Três Pontas. Yakin pernoitaria no quarto com Oluyemi. Landara com Rudá. Ela estava impressionada com a serenidade do irmão. Os quartos localizados no mesmo andar propiciaram vários encontros dos enamorados pelos corredores. A madrugada se arrastou.

Todos os procedimentos acautelatórios para garantir o êxito do transplante foram rigorosamente cumpridos. A equipe médica estava otimista. Estimaram quatro horas para concluir a cirurgia.

O relógio redondo acima da porta de acesso ao centro cirúrgico marcava nove horas e três minutos quando a maca carregando Rudá adentrou. Em seguida, a maca com Oluyemi.

Yakin e Landara fizeram o sinal da cruz e sentaram-se lado a lado num sofá na sala de espera. Tenso, ele sugeriu:

— Vamos à cafeteria?

— E depois vamos à capela?

Ela pediu um chá com limão e torradas com mel. Ele, café puro coado e pão de queijo. Passava das onze horas quando deixaram a capela. Encontraram duas cadeiras vagas, de onde era possível acompanhar o entra e sai do centro cirúrgico.

Ele olhava encantado para a boca de Landara sempre que ela dizia algo. Adorava o arco que se formava. No mais, fitava as próprias mãos ou testemunhava o avanço do segundeiro no relógio redondo. Ela se sentia acolhida com ele ao lado. Compadecia-se de o ver agoniado. Intimamente ainda se penitenciava por ter sido tão injusta seis meses antes. Como um tique nervoso, constantemente acendia e conferia as horas no celular.

Oito minutos antes das treze horas o nefrologista saiu pela porta, retirou a bandana e caminhou em direção a eles. Landara deu um passo à frente e prendeu a respiração.

— Um sucesso! — adiantou o médico.

Emocionada, Landara se voltou para Yakin e o abraçou. O médico prosseguiu:

— Ambos estão na sala de recuperação. O menino ficará em observação no CTI. O doador irá para o quarto no final da tarde.

— Muito obrigado, doutor — disse Yakin. Landara, com a voz embargada, agradeceu gesticulando.

Landara ligou para casa e repassou as boas novas. Dandá gostaria de estar no quarto quando o esposo saísse da sala de recuperação, mas Nala certamente não ficaria sossegada com Benta.

— Vá pra casa, querida. Descanse. Amanhã você volta — aconselhou Yakin.

Landara obedeceu.

Sozinho, Yakin tomou uma ducha e se deitou no sofá-cama. Um pesadelo o despertou abruptamente. No moderno painel junto ao leito hospitalar, medidores digitais informavam a temperatura ambiente e as horas. Surpreendeu-se de ter cochilado tanto. Passou água no rosto e saiu atrás de notícias.

Uma enfermeira falava ao telefone, e outra colocava medicamentos em pequenos copos plásticos.

— Boa noite.

A enfermeira colocou um comprimido no último copo plástico e voltou-se para Yakin:

— Boa noite.

— Poderia informar quando o paciente do quarto 415 deixará a sala de recuperação?

Ela olhou a ficha fixada numa prancheta.

— Oluyemi. O paciente se chama Oluyemi — acrescentou Yakin.

A enfermeira que estava ao telefone desligou e quis saber do que se tratava. Provavelmente a responsável por aquela ala, deduziu Yakin. A conversa entre elas o deixou alarmado. Apoiou as mãos no balcão que os separava e perguntou educadamente:

— Ouvi parte da conversa. Vocês falavam de qual paciente?

Elas se entreolharam, e a responsável respondeu seriamente:

— Não estamos autorizadas a passar informações.

— Poderia então informar que horas o paciente do…

Estranhamente, a enfermeira o interrompeu com rispidez:

— Senhor, nada a ser informado no momento.

Yakin ficou ainda mais indignado quando ela lhe pediu que se afastasse do balcão alegando que estava atrapalhando. Desinformado, desceu até o andar do centro cirúrgico. Saindo do elevador, avistou o nefrologista que havia coordenado o transplante conversando com outro médico. A fisionomia deles o preocupou. Aguardou, angustiado. Pediram para Yakin se aproximar.

— Esse é o médico responsável pela liberação dos pacientes que se encontram na sala de recuperação — apresentou o nefrologista.

Yakin cumprimentou-o com a cabeça e perguntou, aflito:

— Algum problema com meu filho Rudá?

Os médicos se entreolharam, e coube ao nefrologista explicar ao colega:

— Rudá é o receptor. Está no CTI.

Virou-se para Yakin e respondeu:

— Está tudo bem com o seu filho. Surgiu um problema com o paciente Oluyemi.

— Que problema?

O nefrologista apontou e o colega respondeu:

— Estamos apurando como, mas o fato é que o paciente desenvolveu um quadro infeccioso.

— É grave?

— Tudo é muito recente. O que eu posso adiantar é que ele está sob cuidados na UTI.

— UTI?

O nefrologista procurou acalmar Yakin:

— É o melhor local para um paciente estar.

— Preciso voltar lá pra dentro — disse o outro médico. Despediu-se.

Yakin e o nefrologista confabularam mais alguns minutos. Yakin o bombardeou com perguntas sobre a gravidade e os riscos a que Oluyemi estava sujeito.

— Farei uma ronda pelo CTI e volto daqui uma meia hora para atualizá-lo sobre a evolução do seu filho.

Yakin desabou no primeiro assento da sala de espera. No mesmo instante desabou também uma chuvarada. Pegou o celular do bolso, mas tornou a guardar. Decidiu ir à capela, e esperar o boletim médico antes de ligar.

A previsão para a alta de Rudá era de uma semana. Em três meses sua rotina seria normal. Enfrentaria restrições alimentares e se sujeitaria à medicação ao longo da vida, mas, no mais, viveria uma vida plena.

Já o quadro clínico de Oluyemi se agravava vertiginosamente.

Landara atendeu. O barulho dos pingos da chuva pesada metralhando o telhado e socando os vidros das janelas a impedia de ouvir com clareza.

— Oi. Não deu pra ouvir. Estão no quarto?

Tapou o microfone e ouviu Yakin repetir:

— Oluyemi está na UTI.

— Como assim? Por quê?

Os presentes na sala ficaram antenados. Quem não estava, no caso, Benta e Dandá, juntaram-se aos demais. Nala dormia num berço improvisado. O burburinho dificultou ainda mais a comunicação. Landara sinalizou com a palma da mão, clamando por silêncio. Decidiu não reproduzir o que Yakin dizia a respeito de Oluyemi para não chocar Dandá. Sobre o estado de Rudá, repetiu em voz alta. Passados angustiantes minutos, despediu-se de Yakin e colocou pesarosamente o aparelho no gancho.

— Ouviram, né? Rudá se recupera superbem, mas Oluyemi contraiu infecção hospitalar.

— Crendeuspai! — Dandá pôs-se a rezar.

— Ele está sob cuidados na UTI.

— Então é grave?

Honório olhou para Coral e com gestos pediu que a neta fosse mais cautelosa. Tarde demais.

— Cuma? — quis saber Dandá, aterrorizada.

— Se acalme, amiga — Landara abraçou Dandá: — Estão cuidando bem do Oluyemi. Dará tudo certo.

Landara virou-se para os demais.

— Yakin disse que não adianta irmos lá. Passou do horário de visitação.

— Mesmo porque na U... — Coral segurou a observação.

— Amanhã iremos todos bem cedo — propôs Honório. Virou-se para Benta: — Você fica cuidando do bebê.

Dandá quis contrariá-lo, mas Landara alertou:

— Hospital não é um local seguro pra levar Nala.

O silêncio imperou por um tempo.

Honório abraçou Benta e sugeriu:

— O que acha de passarmos um café?

— Mió chá.

— Tem razão. Será difícil alguém dormir esta noite.

O temporal mostrou-se mais intenso.

&&&

Honório voltou para a cama. Beijou Benta e lamentou:

— Amanheceu como anoiteceu ontem. A chuva não dá trégua.

— E agora?

— Tudo alagado. Estamos ilhados.

Colocou a mão entre os cabelos desgrenhados e murmurou:

— Queria render o Yakin, coitado.

— Vô ponhá o café na mesa.

Benta colocou os pés para fora da cama. Honório a segurou pelo braço:

— Espero que mais essa tormenta passe para vivermos nossa paixão.

— Ocê fala bonito...

— Você que é bonitona.

Ela se inclinou e o beijou.

Distante dali, o quarteirão onde se situava o hospital, por estar num ponto mais elevado, encontrava-se isolado de todo o resto da cidade. Yakin usava seu celular para manter todos informados.

Durou três dias o isolamento. Finalmente se encontraram pessoalmente no quarto 415. Yakin, abatido, mais magro, pediu para trocar de roupa antes de posicioná-los sobre o estado de saúde de Oluyemi e Rudá. Em sua última ligação as notícias se revezavam entre preocupante e alvissareira.

Honório, Landara e Coral se sentaram no sofá. Dandá ficou em pé ao lado do leito. Yakin, vestindo um moletom cinza, ficou de frente para eles, com as costas encostadas na porta de acesso ao banheiro. Dirigiu-se à companheira de Oluyemi:

— Os antibióticos não estão surtindo efeito, e ele entrou em sepse.

Ela estreitou os olhos. Ele explicou:

— É um estágio avançado de infecção — deu um passo à frente. Apoiou a mão no ombro dela: — Não vou mentir pra você. É grave.

Os olhos dela marejaram. Yakin olhou para Landara, e ela abraçou Dandá, tentando consolá-la.

Ouviam-se apenas soluços, até alguém bater à porta e entrar. Yakin voltou-se para todos:

— Esse é o doutor que está à frente da equipe médica… — olhou para o médico. A voz quase não saiu: — … que está cuidando do Oluyemi.

Relâmpagos foram imediatamente seguidos do estrondo repentino de um trovão que fez a janela do quarto trepidar. Passado o susto, o médico perguntou quem, além de Yakin, era parente do paciente.

— Esta é a esposa dele — apontou Yakin.

Novos relâmpagos. Todos esperaram o barulho ensurdecedor, que foi seguido por chuva intensa. O médico percebeu o sofrimento no semblante de Dandá. Não havia como espairecer, mas tentou:

— Espero não ficarmos ilhados novamente.

Aproximou-se de Dandá para prepará-la:

— Infelizmente o estado do seu marido é gravíssimo.

Ouvia-se apenas a chuva sendo empurrada pelo vento contra a vidraça.

— Retornarei à UTI. Informarei a vocês qualquer mudança no quadro.

— Dotô, posso ir vê ele? — suplicou Dandá.

O médico meneou a cabeça, negando. Olhou ternamente para ela:

— A senhora tem fé em Deus?

Ela assentiu.

— Há uma capela no térreo.

— Doutor? — chamou Landara.

O médico voltou-se para ela.

— E sobre Rudá, meu irmão, o senhor pode nos informar como ele está?

— Vou pedir ao nefrologista responsável para vir falar com vocês.

Cabisbaixo, deixou o quarto 415. Acelerou os passos pelo corredor em direção ao elevador.

## &&&

Leitor(a) lembra-se do CAPÍTULO VI?

A passagem permaneceu brilhante ao fundo. Voltou-se para o Interlocutor. São mundos diferentes?

— Não deveriam.

Franziu o cenho em dúvida.

— Em sala de aula os conhecimentos são passados. As dúvidas são esclarecidas. Só há uma resposta certa. Não existem ambiguidades. O que é certo é certo. O que é errado é errado. Fomos criados à imagem e semelhança Dele. E toda a plenitude do seu amor e graça habita em cada um de nós.

O Interlocutor deslizou a palma da mão e o horizonte se fez uma gigantesca tela. Gestos de bondade, acolhimento, beleza eram projetados aos borbotões. As retinas insofismavelmente captaram o amor em sua essência.

O Interlocutor concluiu:

— Aqui é a escola.

Apontou em direção à passagem.

— Lá, a resultante de como cada aluno aplica seu aprendizado.

Pela primeira vez, sentiu o peso do desconforto.

— É possível cruzar a passagem outras vezes?

— A decisão é sua.

De início, surpreendeu-se com o poder. O dom que lhe foi conferido o fez perceber. Sujeitar-se-ia a deslizes, mas seu comportamento, no afã de restabelecer o que lhe fora ensinado, o credenciaria ou o rebaixaria. Estágios crescentes ou decrescentes.

— Impossível enganar a si próprio e a ti.

O Interlocutor não o interrompeu.

— Não há dúvidas a meu respeito? Da minha capacidade?

— Não.

— Ele confia em mim.

— Sua coragem prova isso.

— Aqui, o futuro seria idealizado, do meu feitio. Voltando, serei um mero coadjuvante.

— A magia do imponderável.

— Voltar ou não? Abdicar da imutável beleza do paraíso. Da leveza. Da segurança. Da previsibilidade.

— Um pouco de tudo isso.

— Sorrir, chorar. Ganhar, perder. Testemunhar a vida e também a morte.

— Desígnios da vida.

Olhou tudo ao redor como se estivesse se despedindo. Desejou reviver momentos inesquecíveis. Deleitou-se com o bom de seu passado. Uma parte da vida foi revivida sem que o tempo avançasse. Nada o apressou.

Os olhares se cruzaram.

— Não me lembrarei de que estive aqui, certo?

O silêncio do Interlocutor lhe impôs a principal dúvida.

— Que ensinamentos eu levaria comigo se nossa conversa não existiu?

— Conversamos todos os dias.

Pôs-se cabisbaixo. Apequenado, murmurou:

— Preciso fortalecer minha fé.

— É o caminho.

— Obrigado.

— O mérito é seu.

Inclinou a cabeça para a frente. O Interlocutor apoiou a mão em sua nuca e beijou-lhe a testa. Experimentou uma energia jamais vivida. Olhou determinado para trás. A visão se ajustou à luminosidade. Pôde ver médicos debruçados sobre seu corpo. Apressou-se.

&&&

Rudá continuaria sedado, e a previsão de subir para o quarto era no meio da tarde, informou com otimismo o nefrologista. Já o médico responsável pela UTI não mais deu as caras. A chuva não os impediu de saírem para almoçar qualquer coisa que não fosse comida de hospital. Dandá decidiu permanecer orando na capela.

O sol voltou a brilhar.

Exceto Dandá, todos no quarto 409 esperavam silentes que Rudá fosse acomodado no leito hospitalar. O menino estava sonolento e um pouco assustado. Reclamou do frio. Landara, seguindo as orientações da enfermeira, tirou do plástico o cobertor higienizado de dentro do armário e o cobriu com cautela.

Não demorou e o nefrologista apareceu. Auscultou. Examinou o curativo. Para alívio dos presentes, ratificou o que havia dito a Yakin. Rudá iria para casa naquele final de semana e teria uma vida normal. Não adiantou nada sobre o estado de saúde de Oluyemi.

— Acabei de operar. Pedirei para alguém da equipe médica que o está atendendo vir até aqui com alguma informação.

— Obrigado, doutor.

— Uma fatalidade, o que está acontecendo. Talvez tenha sido o doador mais saudável com quem já trabalhei.

Olhou pesarosamente na direção de todos e falou antes de sair:

— Ele está em boas mãos.

Dedos entrelaçados, olhos cerrados, ajoelhada diante do Cristo Crucificado, Dandá rezava fervorosamente esperando a bênção. Alguém ocupou o banco atrás dela, desconcentrando-a. Ela fez o sinal da cruz e se levantou. Virou-se e se surpreendeu:

— O sinhô?

— Estava certo de que a encontraria aqui.

Dandá abriu a boca para perguntar, mas ele previu. Estendeu a palma da mão e falou com serenidade:

— Sim. Seu esposo… — apontou para a imagem do Senhor Jesus Cristo: — milagrosamente dá sinais de recuperação inacreditáveis.

Ela pegou a mão do médico e a beijou, agradecida. Constrangido, ele segurou a mão dela:

— Por favor. A senhora não precisa fazer isso — apontou para o banco: — Sente-se aqui.

Dandá, visivelmente emocionada, obedeceu. Ele se sentou ao lado.

— Depois posso lhe dar mais detalhes sobre o estado de saúde do seu esposo. O importante é que está evoluindo muito bem. No momento, se me permite, quero, junto da senhora, agradecer pela bênção concedida. A recuperação dele certamente atendeu à sua prece, e é também a redenção de todos que trabalham neste hospital. Nos dedicamos arduamente para curar pessoas, mas às vezes falhamos e colocamos alguns pacientes em risco. Foi o caso do seu esposo.

O médico se ajoelhou. Intimamente agradeceu. Dandá fez o mesmo. Levantaram-se praticamente juntos.

— Vamos subir dar a boa notícia? — convidou o médico.

O quarto 415 estava vazio. Da porta avistaram Yakin saindo do último quarto no final do corredor.

— Vamos. Eles estão no 409 — disse o médico.

Yakin ficou parado, tenso. À medida que eles se aproximavam, percebeu seus semblantes serenos. Aliviado, esboçou um sorriso e perguntou:

— Oluyemi melhorou?

— Muito — respondeu o médico.

— Posso chamar todos para saírem do quarto? Rudá está dormindo. Estava indo atrás dela.

Apontou para Dandá.

O médico bateu na porta do quarto 410 e abriu. Certificou-se de que estava desocupado.

— Vamos conversar aqui — sugeriu.

Ficaram todos estarrecidos quando o doutor contou que Oluyemi teve uma parada cardíaca e precisou ser reanimado. Que todos da equipe médica acreditavam que o tinham perdido. Olhou para Dandá e concluiu:

— Milagrosamente, o coração voltou a bater — voltou-se novamente para todos: — Passamos a tarde receosos por uma outra parada, mas o que testemunhamos foi uma melhora gradativa do paciente.

Ajeitou os cabelos para trás e confessou:

— Vai me custar um bom tempo estudando pra entender como conseguimos salvá-lo.

— Ele está fora de perigo, doutor? — perguntou Landara.

— Os exames apontaram uma regressão extremamente satisfatória da infecção. Felizmente, posso afirmar que sim.

Yakin, envergonhado, confessou:

— Desculpa, doutor. Todos nós aqui nos referimos ao senhor como doutor ou nefrologista. Agora leio em seu jaleco. Obrigado, Doutor Lincoln F. Corrêa.

Deram-se as mãos e começaram a rezar em voz alta:

*Agradecemos, Senhor, a vossa bênção.*

*Livrai-nos de todo o mal.*

*Sejais nosso guia.*

*Pai do destino.*

# EPÍLOGO

De mãos dadas, desciam a ruela ladeada por casarões. Nos beirais das janelas, vasos de cerâmica acolhiam flores-da-fortuna, feijão-de-lima, pimenta-caiena, comigo-ninguém-pode, e outras tantas, multicolorindo o centro histórico. A agência situava-se numa esquina. Atravessaram uma grande porta de madeira azul. Esperaram sentados uma das atendentes os chamar.

— Ocê sabe. Nosso mundinho é bão demais, sô. Num precisa saí puraí.

Ele tocou a face dela com ternura.

— Lembra do filme que assistimos dias atrás. Aquele das gôndolas?

— Dos barquinho pititinho?

— Você achou tão romântico!

— E é!

— É pra lá que iremos.

— Ocê é loco!

— Louco por você, mulher bonitona!

Ela pôs a mão sobre a dele e o olhou profundamente.

— Amo ocêdimais da conta.

Ele se preparou para beijá-la, mas ela o coibiu colocando a mão no peito dele.

— Êta, home!

— Gosto quando você faz essa cara.

— Seu Honório! — chamou uma atendente.

Sentaram-se diante da moça.

— O casal já conhece Veneza?

— Nunca sequer viajamos de avião.

— Nunca é tarde pra viver a vida, não é mesmo?

Benta sorriu e respondeu:

— Verdade, mocinha.

## &&&

Os palcos montados para a Festa dos Doze viraram palanques eleitoreiros. O pai de Cassiano entrou com pequena vantagem na batalha do segundo turno para ocupar o cargo de prefeito. A informação panfletada era bombástica. Fotos revelavam o filho envolvido com tráfico de entorpecentes. Os cidadãos ouro-pretanos não relevariam essa grave transgressão.

Mas o dia 12 de outubro continuava sendo, primordialmente, o dia para exaltação a Nossa Senhora Aparecida. Landara e Yakin levaram Rudá à Basílica Matriz de Nossa Senhora do Pilar para agradecer. Depois o levaram para assistir no cinema à animação *Meu Malvado Favorito*, em comemoração ao Dia das Crianças. O garoto se sentou entre o casal. Surpreendeu Yakin quando apertou sua mão numa cena de adoção protagonizada pelo personagem principal. Landara também percebeu e se emocionou.

Do cinema foram ao shopping. Pediram pizza. Rudá deu uma mordida em sua fatia. O queijo derretido grudou em seu queixo. Yakin passou o guardanapo. A pergunta o desnorteou:

— Você quer ser meu papai?

Com os olhos, pediu socorro a Landara.

— Por que a pergunta, Rudá?

— Você disse que meu papai não era meu papai verdadeiro, lembra?

— Claro que eu me lembro.

— Eu perguntei e você disse que não sabia quem era o meu pai.

— Também me lembro de ter dito isso a você.

— O Yakin num quê?

Yakin e Landara entreolharam-se. Não tinham certeza de que chegara o momento. Sempre achavam que a recuperação do garoto poderia recalcitrar. Rudá facilitou:

— Eu quero que você seja meu papai.

Apoiou a mãozinha engordurada sobre a mão de Yakin.

Yakin olhou para Landara. Ela lhe dirigiu um olhar de aprovação. Ele tomou Rudá pela mão. Receoso revelou:

— Sou seu verdadeiro pai, Rudá.

Rudá virou a cabeça de lado e estreitou os olhos.

— Só soube que você é meu filho antes da...

O menino abraçou Yakin pela cintura e gritou, entusiasmado:

— Obaaaa!

A naturalidade do menino afastou todos os fantasmas alimentados pelos adultos.

## &&&

No horizonte, o alvorecer tingia de alaranjado o imenso céu azul. Tomavam café na varanda. Honório brincou com Oluyemi:

— Chega de cuidar de leite, seu negócio agora é café.

A negociação envolvendo a Fazenda Berro Alto foi concluída. Dandá e Oluyemi decidiram colocar à venda a pequena propriedade. Aceitaram o convite para trabalhar e morar na Fazenda Três Pontas. A casa dos sonhos seria edificada em uma área cedida por Seu Honório. Yakin concluiria a graduação em BH em dois semestres. Não podia ser o responsável técnico, mas ficaria à frente da obra.

Landara tentou convencer o noivo a trabalharem juntos, mas ele contou da promessa que fez ao avô Hans. Ela usou parte do dinheiro obtido com a venda da Berro Alto para associar-se formalmente a Honório. Em breve teriam a empacotadora mais automatizada e moderna do estado.

Oluyemi devolveu a brincadeira:

— Ma vô tê umas vaquinha leiterapastano.

Yakin e Landara surgiram apressados.

— Emprestaria a SUV, vovô? É mais espaçosa.

— Claro. Mas não é muito cedo?

Clara e Serkan viriam para o Natal e réveillon. Chegariam a Confins somente no meio da tarde. A surpresa, horas antes. Coube a Yakin o engodo:

— Vou aproveitar e passar antes na universidade pra deixar uns documentos.

— Meu fio ingeero. Bãodimais, sô!

Yakin bateu carinhosamente no braço de Oluyemi. Ele e a noiva embarcaram no veículo.

## && &

No crepúsculo, chegaram ao sobrado de Yakin. Clara e Serkan descansariam. Conheceriam a Fazenda Três Pontas somente no dia seguinte. Yakin voltaria para buscá-los. Landara ligou avisando que chegariam para o jantar e pediu um favor a Coral.

A porteira aberta os esperava. Oluyemi não entendeu direito o que Coral queria com ele, mas a acompanhou até o quarto onde Dandá amamentava Nala. A esposa sabia da surpresa e contribuiu para mantê-lo ali.

Não demorou, Yakin apareceu em frente à porta do quarto e o chamou:

— Como está o coração?

— Nunca mais chiou.

— Lembra que o senhor me pediu pra levantar informações sobre sua família na Nigéria?

— Sem levantá lebre! — asseverou Oluyemi.

— Tem uma pessoa na sala que quer prosear com o senhor.

Oluyemi, cabreiro, franziu o cenho. Yakin foi ainda mais enigmático:

— Pode ser em inglês ou iorubá.

A princípio não a reconheceu, mas logo a emoção o dominou. Oluyemi abraçou a irmã Nala. Choraram emocionados dimais da conta, sô!

FIM